也是冬天,也是春天

(升级彩插版)

迟子建/著

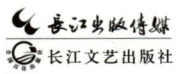

文学确实是晦暗时刻的闪电，
有一股穿透阴霾的力量。

我觉得自己是幸运的,

因为有母亲在,

我生命中的电影,

就永远不会是一个人的啊。

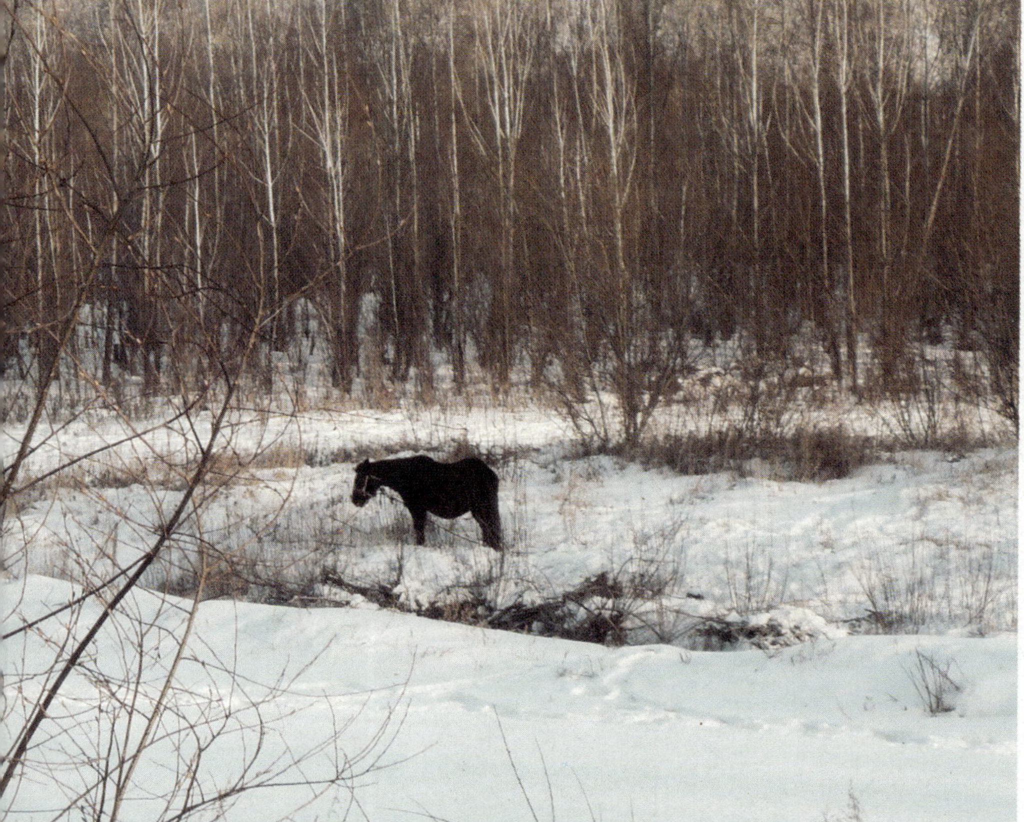

我想，

人生是可以慢半拍，

再慢半拍的。

生命的钟表，

不能一味地往前拨，

要习惯自己是生活的迟到者。

11

当我年轻的时候，

我曾有过好时光。

那森林中的野草可曾记得，

我曾抚过你脸上的露珠。

啊，当我抚弄你脸上露珠的时候，

好时光已悄悄溜走。

目录　　　　　　　　　　　　　　CONTENTS

01 好时光悄悄溜走

灯祭…003
好时光悄悄溜走…008
撕日历的日子…016
腊月的守灵…021
北方的盐…024
农具的眼睛…028
蚊烟中的往事…032
龙眼与伞…037
两个人的电影…041
原来姹紫嫣红开遍…045
最是花影难扫…052
父亲的肖像…056

CONTENTS

02 我的世界下雪了

伤怀之美…063
冰灯…069
一滴水可以活多久…073
女人的手…077
光与影…080
我的世界下雪了…085

我对黑暗的柔情…091
上天的九级浪…095
雪山的长夜…099
谁说春色不忧伤…104
水银花开的夜晚…109

03 时间怎样地行走

泥泞…119

必要的丧失…122

晚风中眺望彼岸…126

论谦卑…134

睡眠与劳动…139

骂声中的浪漫…142

时间怎样地行走…146

红绿灯下…149

长发的秘密…153

CONTENTS

04 美景，总在半梦半醒之间

是谁扼杀了哀愁…161
石头与流水的巴黎…165
光明于低头的一瞬…169
紫气中的烟火…173
今日水犹寒…178
鲁镇的黑夜与白天…182
西栅的梆声…189
最是沧桑起风情…194
飞向泥土的箭…198
美景，总在半梦半醒之间…202
一个作家应该谢谢什么…206
阿尔卡拉的王冠…210

05 也是冬天，也是春天

- 午夜的费穆与伯格曼…217
- 看见的和看不见的镣铐…220
- 一个人和三个时代…224
- 落红萧萧为哪般…239
- 从富春江到硕莪馆…246
- 也是冬天，也是春天…259

06 渐行渐近的夕阳

- 从童话到神话的路有多长…273
- 渐行渐近的夕阳…278
- 我们时代的塑胶跑道…281
- 一座城的生灵烟火…292
- 用文字收拢时代速度的缰绳…298
- 是谁在遥望乡土时还会满含热泪…311

01

好时光悄悄溜走

灯　祭

> 没想到我迎来了千盏万盏灯，却再也迎不来幼时父亲送给我的那盏灯了。

父亲在世时，每逢过年我就会得到一盏灯。那灯是不寻常的。

从门外的雪地上捡回一个罐头瓶，然后将一瓢滚热的开水倒进瓶里，"啪"的一声，瓶底均匀地落下来，灯罩便诞生了。赶紧用废棉花将灯罩擦得亮亮的，亮到能看清瓶中央飞旋的灰尘为止。灯的底座是圆形的，木制，有花纹，面积比灯罩要大上一圈，沿边缘对称地钻两个眼，将铁丝从一只眼穿过去，然后沿着底座的直径爬行，再扎入另一个眼中，铁丝在手的牵引下像眼镜蛇一样摇摆着身子朝上伸展，两个端头一旦汇合扭结在一起，灯座便大功告成了。那时候从底座中心再钉透一根钉子，把半截红烛固定在钉子上。待到夜幕降临时，轻轻捧起灯罩，"嚓"地点燃蜡烛，敛声屏气地落下灯罩，你提着这盏灯就觉得无限风光了。

父亲给我做这盏灯总要花上很多工夫。就说做灯罩，他总要捡回五六个瓶子才能做成一个。不是把瓶子全炸碎了，就是瓶子安然无恙地保持原状，再不就是炸成功了，一看却是一只猪肉罐头瓶子，怎么擦都浑浊，只好弃了。

尽管如此，除夕夜父亲总能让我提上一盏称心如意的灯。没有月亮的除夕里，这盏灯就是月亮了。我怀揣着一盒火柴提着灯走东家串西家，每到一家都将灯吹灭，听人家夸几句这灯看着有多好，然后再心满意足地擦根火柴点燃灯去另一家。每每转回到家里时，蜡烛烧得只剩下一汪油了。

那时父亲会笑吟吟地问："把那些光全折腾没了吧？"

"全给丢在路上了。"我说，"剩下最亮的光赶紧提回家来了。"

"还真顾家啊。"父亲打趣着我去看那盏灯。那汪蜡烛油上斜着一束蓬勃芬芳的光，的确是亮丽至极。将死的光芒总是灿烂夺目的。

过年要让家里里外外都是光明。所以不仅我手中有灯，院子里也是有灯的。院子中的灯有高有低。高高在上的灯是红灯，它被挂在灯笼杆的顶端，灯笼穗长长的，风一吹，唰唰响。低处的灯是冰灯，冰灯放在窗台上，放在大门口的木墩上，冰灯能照亮它周围的一些景色，所以除夕夜藏猫猫要离冰灯远远的。无论是高出屋脊的红灯还是安闲地坐在低处的冰灯，都让人觉得温暖。但不管它们多么动人，也不如父亲送给我的灯美丽。

因为有了年，就觉得日子是有盼头的。而因为有了父亲，年也就显得有声有色；而如果又有了父亲送我的灯，年则妖娆迷人了。

年一过去后，新衣服就脱下来了，灯也收了，院子里黑漆漆的，那时候我就会望着窗外的雪花发怔，心想：原来一年之中只有几天好日子啊。人为了那几天充满光明的好日子，就要整整辛苦一年。唉！

我一年年地长大了，父亲不再送灯给我，我已经不是那个提着灯串来串去的小孩子了。我开始在灯下想心事。但每逢除夕，院子里照例要在高处挂起红灯，在低处摆上冰灯。

然而父亲没能走到老年就去世了。父亲去世的当年我们没有点灯。别人家的院子灯火辉煌，我们家却黑漆漆的。我坐在暗处想：点灯的时候父亲还不回来，看来他是迷了路了。我多想提着父亲送我的灯到路上接他回来啊。爸爸，回家的路这么难找啊？

从此之后虽然照例要过年，但是我再也没有接受灯的那种福气了。

一进腊月，家里就忙年了。姐姐会来信叙说年忙到什么地步了，比如说被子拆洗完了，年干粮也蒸完了，各种吃食采买得差不多了，然后催我早点回家过节。所以，不管我身在西安、北京还是哈尔滨，总是千里迢迢地冒着严寒朝家奔，当然今年也不例外。

腊月廿六我赶回家中，母亲知道这个日子我会回去的。因为腊月廿七我们姐弟要请父亲回家过年。

我们就去看父亲了。给他献过烟和酒，又烧（捎）了些钱，已经成家立业的弟弟就叩头对父亲说："爸爸我有自己的家了，今年过年去儿子家吧，我家住在——"

弟弟把他家的住址门牌号重复了几遍，怕他记不住。我又补充说："离综合商场很近。"父亲生前喜欢到综合商场买皮蛋来下酒，那地方想必他是不会忘的。

父亲的房子上落着雪，周围都是雪，还有树，有时从树林深处传来鸟鸣。太阳极端明亮。

我们一边召唤着父亲回家过年一边离开墓地。因为母亲住在姐姐家，所以我们都到姐姐家来了。我们都喜欢姐姐家的孩子小虎，他刚过周岁，已经会走路了，非常漂亮。一进门母亲就抱着小虎从里屋出来了。我点着小虎的脑门说："把你姥爷领回来过年了。"

小虎乐了，他一乐大家也乐了。

当夜小虎哭个不休。该到睡觉的时辰了，他就是不睡。母亲关了灯，千般万般地哄，他却仍然嘹亮地哭着。直到天亮时，他才稍稍老实起来。

姐夫说："可能咱爸跟到这儿来了，夜里稀罕小虎了。"

说得跟真事似的，我们都信了。

父亲没有看过他的外孙，而他生前又是极端喜欢孩子的。我们从墓地回来，纷纷到了姐姐家，他怎么会路过女儿的家门而不入呢？而他一进门就看见了小虎，当然更舍不得离开了。

母亲决定把父亲送到弟弟家去。

早饭后，母亲穿戴好后推起自行车，对父亲说："孩子也稀罕过了，跟我到儿子家去过年吧。"

母亲哄孩子一般地说："慢慢跟着走，街上热闹，可别东看西看的，把你丢了，我可就不管了。"

我心想：这回母亲要把父亲丢了，一定是丢到街上的酒馆了。

母亲把父亲送走的当夜小虎果然睡了个安稳觉。第二天早晨起来他把屋子挨个走了一遍，咕噜着一双黑莹莹的眼睛东看西看的，仿佛在找什么，小虎是不是在想：姥爷到哪儿去了？

初三过后，父亲要被送回去了。我愿意请他回来，而永远不希望送他回去。天那么冷，他又有风湿病，一个人朝回走会是什么样的心情呢？

正月十五到了。这天是我的生日。二十八年前，一个落雪的黄昏，我降临人世了。那时窗外还没有挂灯，天似亮非亮，似冥非冥，父亲便送我一乳名：迎灯。没想到我迎来了千盏万盏灯，却再也迎不来幼时父亲送给我的那盏灯了。

走在冷寂的大街上，忽然发现一个苍老的卖灯人。那灯是六角形的，用玻璃做成的，玻璃上还贴着"福"字。我立刻想到了父亲，正月十五这一天，父亲的院子该有一盏灯的。

我买下了一盏灯。天将黑时，将它送到了父亲的墓地。"嚓"地划根火柴，周围的夜色就颤动了一下，父亲的房子在夜色中显得华丽醒目，凄切动人。

这是我送给父亲的第一盏灯。

那灯守着他，虽灭犹燃。

1992 年

好时光悄悄溜走

> 家乡的冬天实在太漫长了。漫长得让我觉得时间是不流动的。

十年以前,我家还有一个美丽的庭院。庭院是长方形的,庭院中种花,也种树。树只种了一棵,是山丁子树,种在窗前,树根周围用红砖围了起来,那树春季时开出一串串白色的小花,夏季时结着一树青绿的果子,而秋季时果子成熟为红色,满树的红果子就像正月十五的灯笼似的,红彤彤醉醺醺地在风中摇来晃去。花种得可就多了,墙角、障子边到处种满了扫帚梅、爬山虎、步步高、金盏菊,等等。那庭院的西南角还悬着一个鸡架,也是长条形的,鸡白天时被撒到外面,一到夜间便把它们圈了起来,到喂食的时候它们就将头伸出来,鸡槽上横着许多毛茸茸的脑袋,一顿一顿的,看起来充满了无穷的生气。清晨时雄鸡喔喔,正午时母鸡下完蛋则"咯咯咯"地叫唤,所以我常常不知道是公鸡好呢,还是母鸡好。公鸡的冠子红彤彤的,走起路来昂首阔步,而母鸡则很温情,它在下蛋的时候安安静静地趴在窝里，不管外面有什么好吃的东西在诱惑它，它都毫不动摇，所以我又常常对产蛋的母鸡生出几分敬意。

十年以前我家的房屋是真正的房屋，因为它和土地紧紧相连。不像现在的楼房以别人家的天棚作为自己的土地。那造作的土地是由钢筋和混凝土加固而成的。十年以前的房屋宽敞而明亮，房子有三大间，父母合住一间，我和姐姐合住一间，弟弟住一间。厨房里有一条长长的走廊，这条走廊连接着三个房间。整座房子一共开着五个窗口，所以屋子里阳光充足。待到夜晚，若外面有好看的月亮的时候，便可将窗帘拉开，那么躺在炕上就可以顺着窗子看到外面的月亮，月光会泻到窗台上，炕面上，泻到我充满遐想的脸庞上。好的月光总是又白又亮的。

春天来到的时候燕子也来了，墙上挂着的农具就该拿下来除除锈，准备春耕了。我家有三片菜园，一片自留地。有两片菜园围绕着房子，一前一后，前菜园较大，后菜园较小一些。前菜园大都种菠菜、生菜、香菜、苞米、柿子、辣椒。而后菜园主要栽着几行葱和十几垄爬蔓的豆角，另外一片菜园离家大约有七八百米的路程，不算远。它位于一片松树林中，主要种豌豆、大头菜和秋白菜。我喜欢来这片菜园，因为在它附近常常可以找到高粱果，我喜欢吃高粱果。而且，在这片菜地附近的草地上还可以捉到蚂蚱和身背长刀的"三叫驴"。除了这三片菜园外，我家还有一片广大的自留地，它离家很远，远到什么程度呢？骑着自行车一路下坡地驰去也要用十几分钟，若是步行，就得用半个小时了。不过我从来没有在半小

时之内走完那一段路程，因为我总是走走停停，遇到水泡子边有人坐在塔头墩上钓鱼，我便要凑上去看看钓上鱼来了没有。要是钓上来了则要看看是什么鱼，柳根、鲫鱼，还是老头鱼。有时还去问人家："拿回去炸鱼酱吗？"我最喜欢吃鱼酱。我的骚扰总是令钓鱼人不快，因为我常常不小心将人家的蚯蚓罐踢翻，或者在鱼将要咬钩的时候，大声说："快收竿呀，鱼打水漂了！"结果鱼听到我的报警后从水面上一掠而过，钓鱼人用看叛徒那样的眼光看着我。那么就识趣点离开水泡子，接着朝前走吧，结果我又发现草甸子上那紫得透亮的马莲花了。我便跑去，采了这棵又看见了下一棵，就朝下一棵跑去，于是就被花牵制得跑来跑去，往往在采得手拿不住的时候回头一看，天哪，我被花引岔路了！于是再朝原路往回返，而等到赶到自留地时，往往一个小时就消磨完了。我家的自留地很大，大到拖拉机跑上一圈也要用五分钟的时间。那里专门种土豆，土豆开花时，那花有蓝有白有粉，那片地看上去就跟花园一样。到这块地来干活，就常常要带上午饭，坐在地头的蒿草中吃午饭，总是吃得很香。那时就想：为什么不天天在外吃饭呢？

　　十年以前，我家还是一个完整的家庭。那时祖父和父亲都健在。祖父种菜，住着他自己独有的茅草屋，还养着许多鸟和两只兔子。父亲在小学当校长，他喜欢早起，我每次起来后都发现父亲不在家里。他喜欢清晨时在菜园劳作，我常常见到他早饭回来的时候裤脚处湿淋淋的。父亲喜欢菜地，更喜欢吃自己种的菜，他常在傍晚时吃着园子中的菜，喝着当地酒厂烧出来的白酒，他那时看起来是平和而愉快的。

父亲是个善良、宽厚、慈祥而不乏幽默的人。他习惯称我姐姐为"大小姐",称我为"二小姐",有时也称我作"猫小姐"。逢到星期天的时候,我和姐姐的懒觉要睡到日上中天的时刻了,那时候他总是里出外进地不知有了多少趟。有时我躺在被窝里会听到他问厨房里的母亲:"大小姐二小姐还没起来?"继之他满怀慈爱地叹道,"可真会享福!"

十年以前我家居住的地方那空气是真正的空气,那天空也是真正的天空。离家不过五分钟的路程,就可以走到山上。山永远都是美的。春季时满山满坡都盛开着达子香花,远远望去红红的一片,比朝霞还要绚丽。夏季时森林中的植物就长高了,都柿、牙各达、马林果、羊奶子、水葡萄等野果子就相继成熟了。我喜欢到森林里去采它们,采完以后就坐在森林的草地上享用。那时候阳光透过婆娑的枝叶投射到我身上,我的脸颊赤红赤红的,仿佛阳光偷来了世界最好的胭脂,全部涂在我的脸上了。当然,也不总有这样怡然自得的时候,有一次,便是一屁股坐在了马蜂窝上,这下可不得了了,倾巢而出的马蜂嗡嗡地围着我,不管我跑得多么快,它们还是把我当作侵略者紧紧追踪,并且予以有力的还击:我的脸上、胳膊上、腿上红斑点点,而屁股那里,则密麻麻得像出了麻疹似的。那一次我是一路哭着逃回家的,从此再在林地上坐的时候可就不那么随心所欲了,总要看看周围有没有"敌情",有时坐上去还心有余悸。秋天来到的时候,蘑菇就长出来了,那时候我就会随父亲到山上去

捡蘑菇。秋季的森林多情极了,树叶有红的,有金黄的,也有青绿的。那黄的叶子大多数落了下来,而红的则脆弱地悬在枝条上,青绿的还存有一线生机,但看上去却是经受不住秋风的袭击而略呈倦意。我喜欢那些毛茸茸、水灵灵的蘑菇密密地生长在腐殖质丰富的林地上,那些蘑菇就是森林的星星。在秋天,我还喜欢渡过呼玛河去采稠李子和山丁子。稠李子喜阴,大都生长在河谷地带,经霜后的稠李子甜而不涩,非常可口。不仅我喜欢吃,黑熊也是喜欢吃的,可我是不能和黑熊同时享用果子的。所以我一过了河,在还没有接近稠李子树的时候,就用镰刀头将挎着的铁桶敲得咚咚地响,听说熊最怕听到这种声音,只要这种声音传来,它就会落荒而逃。现在想来,觉得那时对黑熊实在刻薄了些,可是,如果不那样做,会不会有现在的我呢?当然,也可能黑熊根本不喜欢吃我,我想我总不至于像稠李子那样美味而令它垂涎三尺,但谁能保证它见了我之后,会不会突然有换换胃口的打算?所以黑熊照例是要被驱赶的,人和动物之间看来永远有解不开的矛盾。

　　就说冬天吧,家乡的冬天实在太漫长了。漫长得让我觉得时间是不流动的。雪花一场又一场地铺天盖地袭来,远山苍茫,近山也苍茫。森林中的积雪深过膝盖,那时候我们就进山拉烧柴。有时用爬犁,有时用手推车,当然用手推车的时候多。阳光照耀着雪道,雪道上亮晶晶的,晃得人双目生疼。我跟随着父亲在林子中穿梭着,他截好了木头,我负责将它们抬到有路的地方。常常是还没有走到有路的地方我就停住了脚步,因为我发现吃樟子松树缝中僵虫的啄木鸟了，而那啄木鸟却没有发现我。我就想：我要有啄木鸟那么漂亮该有多好。然而啄木鸟还是飞走了。我又想：自己还不如一只僵虫能拴住啄木鸟的心呢，那么再接着朝前走吧。我又发现了雪地上怪异的兽迹了，心想：这是狍子印还是狼印呢？若是狼的脚印，这可怎么好呢？那么就与狼背道而驰吧。我朝与兽迹相反的地方走去，往往就走岔了路，那时候父亲召唤我的声音听起来就遥远得不能再遥远了。在山里，若是不加紧干活，那么就觉得身上冷得受不住了，这时父亲会给我笼起一堆火来，所以我上山时就常常用破棉絮包上几个土豆，将它们放入火中，等到干完活装好车将要下山的时刻，就蹲在雪地上将熟透的土豆从奄奄一息的火中扒拉出来，将皮一剥，香气就徐徐散开了。吃完了土豆，身上有了温暖和力气，那么就一路不回头地朝家奔。那时，手推车顶上常常放着一根大桦树枝，遇到大下坡的时候，就将树枝放下来，用棕绳拴在手推车后面。我坐在树枝上，树叶刮起的雪粉喷得满脸都是，我和树枝就像一片云似的轻盈地飘动着，我便会大声呼喊着："真自由啊！"

十年一晃就过去了。十年后的晚霞还是滴血的晚霞，只是生活中已是物是人非了。祖父去世了，父亲去世了。我还记得一九八六年那个寒冷的冬季，父亲在县医院的抢救室里不停地呼喊："回家啊，回家啊……"父亲咽气后我没有哭泣，但是父亲在垂危的时候呼喊"回家啊"的时候，我的眼泪却夺眶而出。

十年后的我离开了故乡，十年后的母亲守着我们在回忆中度着她的寂寞时光。我还记得前年的夏季，我暑假期满，乘车南下时，

正赶上阴雨的日子。母亲穿着雨衣推着自行车去车站送我。那时已是黄昏，我不停地央求她："妈你回去吧，路上到处是行人。""我送送你还不行吗？就送到车站门口。""不行，我不愿意让你送，你还是回去吧。""我回去也是一个人待着，你就让我遛达遛达吧。"我望着雨中的母亲，忽然觉得时光是如此可怕，时光把父亲带到了一个永远无法再回来的地方，时光将母亲孤零零地抛到了岸边。那一刻我就想：生活永远不会圆满的。但是，曾拥有过圆满，有过，不就足够了吗？

我在哈尔滨生活已近半年了。我最喜欢那些在街头卖达子香、草莓和樱桃的乡下人。因为他们使我想起故乡，想起那些曾有过的朴实而温暖的日子。所以，在那一段时期，我的案头总是放着一碟樱桃或者一盘草莓。阳光透过窗户照耀着樱桃和草莓，也照亮了我曾有过的那些鲜活的日子。

不久以前我的故乡发生了特大洪水，孤寂当中我写下了《愿上帝降临平安之夜》，记得开头是这样写的：

> 我无法想象故乡在汪洋中的情景，汪洋中的故乡消失了。那被阳光照耀着的门庭，那傍晚的炊烟和黄昏时落在花盆架上的蝴蝶，那菜园中开花而爬蔓的豆角、黄瓜以及那整齐的韭菜和匍匐着的倭瓜，如今肯定是不知去向了。没有了故乡，我到哪里去？

为此，我祝愿我的故乡永远地存在下去，祈求上帝给那一方土地和人民降临永远的平安之夜，让故乡的朴实和温暖久驻。

当我将要放下笔来的时候我想，待我白发苍苍，回首往事时，我的回忆是否仍然是这样美好呢？但愿那时我会平静地站在西窗前，望着落日轻轻吟唱我年轻时就写下的一首歌：

当我年轻的时候，

我曾有过好时光。

那森林中的野草可曾记得，

我曾抚过你脸上的露珠。

啊。当我抚弄你脸上露珠的时候，

好时光已悄悄溜走。

1992 年

撕日历的日子

> 撕去的日子有风雨雷电,也有阳光雨露和频降的白雪。

又是年终的时候了,我写字台上的台历一侧高高隆起,而另一侧却薄如蝉翼,再轻轻翻几下,三百六十五天就在生活中沉沉谢幕了。厚厚的那一侧是已逝的时光,由于有些日子上记着一些人的地址和电话,以及偶来的一些所思所感,所以它比原来的厚度还厚,仿佛说明着已去岁月的沉重。它有如一块沉甸甸的砖头,压在青春的心头,使青春慌张而疼痛。

发明台历的人大约是个年轻人,岁月于他来讲是漫长的,所以他让日子在长方形的铁托架上左右翻动,不吝惜时光的消逝,也不怕面对时光。当一年万事大吉时,他会轻轻松松地把那一摞用过的台历捆起,随便扔到什么地方让它蒙尘,因为日子还多得是呢。而对于中老年人来说,看着那一摞摞用过的台历,也许会有一种人生如梦的沧桑感。

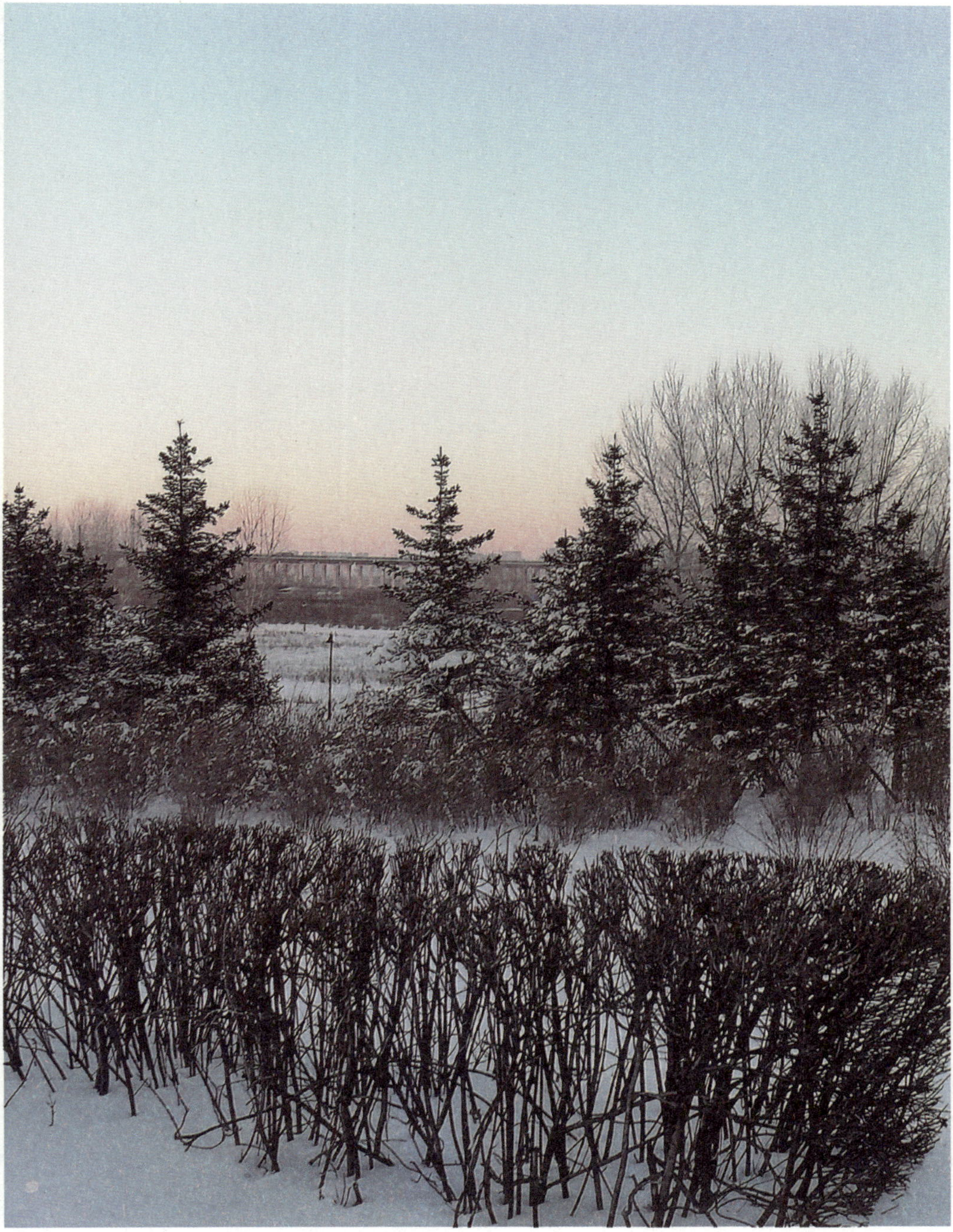

日子永远都是：

过去了的就成为回忆。

于是想到了撕日历。

小的时候，我家总是挂着一个日历牌，我妈妈叫它"阳历牌"，我们称它"月份牌"。那是个硬纸板裁成的长方形的彩牌，上面是嫦娥奔月的图画：深蓝的天空，一轮无与伦比的圆月，一些隐约的白云以及袅娜奔月的嫦娥飘飞的裙裾。下面是挂日历的地方，纸牌留着一双细眯的眼睛等着日历背后尖尖的铁片插进去，与它亲密地吻合。那时候我每天最喜欢做的事情就是撕日历。早晨一睁开眼，便听得见灶房的柴火噼啪作响，有煮粥或贴玉米饼子的香味飘来。这基本上是善于早起的父亲弄好了一家人的早饭。我爬出被窝的第一件事不是穿衣服，而是赤脚踩着枕头去撕钉在炕头的月份牌，凡是黑体字的日子就随手丢在地上，因为这样的日子要去上学，而到了红色字体的日子基本上都是星期天，我便捏着它回到被窝，亲切地看着它，觉得上面的每一个字母都漂亮可爱，甚至觉得纸页泛出一股不同寻常的香气。于是就可以赖着被窝不起来，反正上课的钟在这一天成了哑巴，可以无所顾忌地放纵自己。有时候父亲就进来对炕上的人喊："凉了凉了，起来了！"

"凉了"不是指他，是指他做的饭。反正灶坑里有火，凉了再热，于是仍然将头缩进被窝，那张星期日的日历也跟了进来。父亲是狡猾的，他这时恶作剧般地把院子中的狗放进睡房，狗冲着我的被窝就摇头摆尾地扑来，两只前爪搭着炕沿，温情十足地呜呜叫着，我只好起来了。

有时候我起来后去撕日历，发现它已经被人先撕过了，于是就

很生气,觉得这一天的日子都会没滋味,仿佛我不撕它就不能拥有它似的。

撕去的日子有风雨雷电,也有阳光雨露和频降的白雪。撕去的日子有欢欣愉悦,也有争吵和悲伤。虽然那是清贫的时光,但因为有一个团圆的家,它无时不散发出温馨气息。被我撕掉的日子有时飘到窗外,随风飞舞,落到鸡舍的就被鸡一哄而啄破,落到猪圈的就被猪给拱到粪里也成为粪。命运好的落在菜园里,被清新的空气滋润着,而最后也免不了被雨打湿,沤烂后成为泥土。

有会过日子的人家不撕日历,用一根橡皮筋勒住月份牌,将逝去的日子一一塞进去,高高吊起来,年终时拿下来就能派上用场。有时女人们用它给小孩子擦屁股,有时候老爷爷用它来卷黄烟。可我们家因为有我那双不安分的手,日子一个也留不下来,统统飞走了。每当白雪把家院和园田装点得一派银光闪闪的时候,月份牌上的日子就薄了,一年就要过去了,心中想着明年会长高一些,辫子会更长一些,穿的鞋子的尺码又会大上一号,便有由衷的快乐。新日子被整整齐齐地装订上去后,嫦娥仍然在日复一日地奔月,那硬纸牌是轻易不舍得换的。

长大以后,家里仍然使用月份牌,只是我并不那么有兴趣去撕它了,可见长大也不是什么好事情。待到上了师专,住在学生宿舍,根本没日历可看,可日子照样过得一个不错。也就是在那一时期,商店里有台历卖了,于是大多数人家就不用月份牌了。我自然而然地结束了撕日历的日子。

我在哈尔滨生活的这几年才算像模像样过起了日子，每天早晨起来的第一件事就是翻台历，让它由一侧到另一侧。当两侧厚薄几乎相等时，哈尔滨会进入最热的一段日子。年终时我将用过的台历用线绳串起，然后放到抽屉里保存起来。台历上有些字句也分外有趣，如一九九三年二月十四日记载着"不慎打碎一只花碗"；而二月二十八日则写着"一夜未睡好，梦见戒指断了，起床后发现下雪了"；八月二十八日是"天边出现双彩虹，苦瓜汤真好喝"！

到了一九九四年的一月十九日，是腊月初八的日子，东北人喜欢这天煮"腊八粥"，我在这天的日历上记着"煮八宝粥。材料：大米、小米、绿豆、小碴子、葡萄干、核桃仁、大枣、花生"。三月三日写着"武则天墓被万人践踏，只因为她践踏了万人"。而七月十一日是"德国队以1∶2败给保加利亚队。保加利亚用火一样的激情焚烧了陈旧的德国战车"（好像引自一位体育评论记者之言）。

台历有意无意成了我的简易日记本，当然就更加有收藏价值了。不管多么不愿意面对逝去的日子，不管多么不愿意让青春成为往事，可我必须坦然面对它。当我串起一九九五年的台历、将一九九六年散发着墨香气的日子摆在铁皮架上时，我仍然会在上面简要抒写一些我的所作所为、所思所感的。如果能把幼时已撕去的日历一一拾回，也许已故的父亲就会复活，他又会放一条狗进我的睡房催我起床，也许我家大固其固的那个已经荒芜了的院落又会变得绿意盈门。但日子永远都是：过去了的就成为回忆。

可它毕竟深深地留在了心底。当我年事已高,将台历的日子看花了,翻台历的手哆嗦不已时,嫦娥肯定还在奔月。

1996 年

腊月的守灵

> 那雪地上长明灯的光焰,在记忆的光影中,宛若一群金灿灿的鱼苗,充满激情地游着,成为岁月之河的萤火虫。

1986年的腊月,只有49岁的父亲突发脑出血去世了,那年我母亲43岁。

父亲死在县城的抢救室,他在临终的前两天不停地喊:"回家啊,回家啊",所以我们把他拉回家举行葬礼。

父亲无限眷恋的家在一个小山村里,只有百多户人家,四面环绕着森林、河流和草滩。

那是冬天中最为寒冷的时刻,到处是白雪。太阳照着雪地,晃得人睁不开眼睛。我由于哭肿了眼睛,愈发地睁不开眼。由于父亲永远闭上了眼睛,我陡然明白能够睁着眼睛看世界多么美好啊,哪怕阳光刺痛了你的眼睛。

父亲躺在深红的棺材里,那做棺材的木材是我故乡的树。也许父亲曾不经意地经过为他做棺材的树,而他并不知道,它会以它的

死亡，来拥抱他的死亡。

少不更事的时候，我曾经像村里的其他小孩子一样，跑到别人家的葬礼上看热闹，听披麻戴孝的人号哭，看着死者灵位前那令人馋涎欲滴的供品。那时没有感觉死亡是多么凄切，相反，觉得单调乏味的日子因葬礼而喧闹起来了，有一种莫名的兴奋。

父亲走的那年我22岁，已是大兴安岭师范学校的老师了。因为死去的是我的至爱亲人，我有了切肤之痛，才觉得童年时去别人家的葬礼上看热闹是多么无知、可憎！父亲的灵棚就搭在家门口，那是他活着时进进出出的地方。他平素喜欢唱歌，所以往往是歌声先飘进院子了，他的身影才缓缓出现。歌声就仿佛长长的幕布，将它缓缓拉开，作为主角的父亲才会款款登台。

我在黑夜里为父亲守灵，一盏长明灯在沉沉暗夜中散发出清澈逼人的光芒，就像父亲的眼睛里跳荡的光辉。他是个内心透明、喜怒形于色的人，因而从他的眼睛里看不到杂质。他幼年丧母，被寄养在叔叔家里。他学业优异，可是由于家境贫寒，没有人继续供他上学了，就在开发大兴安岭的那一年，他背着所有的亲人偷偷报了名，悄悄登上了由哈尔滨开往大兴安岭的森林小火车。我不敢想那一幕情景，因为它令人心碎。父亲在这片寒冷的土地上当过放映员和教员，在漠河喜欢上我妈妈，娶妻生子，一家人又迁移到永安。他创办学校，边教学边做校长，扎根于此，直到辞世。他喜欢拉小提琴和手风琴，喜欢与人开玩笑，喜欢给大家讲他从小说中读来的故事。他的毛笔字写得很好，每逢春节的时候，他就端出笔墨，在喜庆的大红纸上为左邻右舍的人书写对联。他每写完一副，我就帮他把这副拿到地上，让那墨迹早些干了。可有的时候他写得多了，粗心的我摆布不好，往往使它们正反交叉了，将干未干的对联上的墨字重叠在一起，便彻底地模糊了，让人觉得那含有吉祥意味的字，提前团聚在一起，热热闹闹地把年给先过了。这时候父亲不得不再重新写几副，他并不责备我的大意。

坐在腊月刺骨的冷风中，坐在父亲的灵前，我想着他种种的好，不由潸然泪下。父亲很爱树，他带领我们去山里拉烧柴，不像别人家那样去伐枝繁叶茂的树，而是盘那些已经被人砍伐过的树的树墩。也许他的内心仍有伤感，他嗜酒如命，这酒在为他驱除寒冷和悲伤的同时，也静悄悄地硬化了他的血管。

死亡是分裂家庭的杀手，同时也是团聚家庭的因子。因为亲人的离去，我们懂得了生命的美好和脆弱，懂得了怀念，懂得了珍惜每一个日子，懂得了孝敬还健在的老人。每当我想起那年腊月的守灵，我的心都会为之一动。那雪地上长明灯的光焰，在记忆的光影中，宛若一群金灿灿的鱼苗，充满激情地游着，成为岁月之河的萤火虫。

2001 年

北方的盐

> 盐在漫漫寒冬中披着它银色的铠甲在北方闪亮登场了。

盐那雪白的颜色常使我联想到雪。在北方,盐与雪正如雷与电,它们的美是裹挟在一起呈现的。

盐与雪来历不同。雪从天上来,而盐来自地下。雪的成因与低沉的云气有关,而盐的提取有两种途径,其一是多年矿物质的沉积,其二便是海水的凝结。不论它们来自天上还是人间,其形成都有一个浪漫的过程。云与海水作为雪与盐的载体,其氤氲与浩渺的气质总令人浮想联翩,谁能想到缥缈的云会幻化出那么轻盈、美丽、灿烂的雪花?谁能想到奔涌的海水会萃取出结晶的、闪着宝石一样光泽的盐粒?

是北方的寒冷引得雪花翩跹起舞,还是姿态袅娜的雪的降临赋予了北方以寒冷?反正在北方,寒冷与雪花是一对孪生姐妹,它们总是结伴而来,形影不离。尤其在北方之北方,也就是我的故乡北极村——那个夏至时可以看到白夜的地方，每年的九月底就进入冬季了，雪花会与还没有享受够暖阳的我们不期而遇。初始的雪似乎还不大敢肯定这就是它们的落脚之地，所以雪下得很斯文，有点小心翼翼的味道。一旦它们发现这片寒冷的土地使它们毫发无损，且能保持其明艳的肤色时，它们就一改矜持的姿态，沸沸扬扬地腾空而下，把大地染得一片洁白、一片苍茫。

雪来了，天气越来越冷了。这时的北方大地寸草不生，看不到一抹绿色，所有的植物都成了寒冬的战利品，被彻底地俘虏了，无声无息。我童年记忆中的北方人的餐桌上，是看不到新鲜的绿色菜蔬的。不似现在，由于运输的畅通和市场经济的发达，数九天气也能吃到来自南国的蔬菜。

盐在漫漫寒冬中披着它银色的铠甲在北方闪亮登场了。它其实在秋天就亮着它的白牙向北方女人微笑了。秋季是北方人腌菜的时节。家庭主妇们把还新鲜的豆角、辣椒、芹菜、黄瓜、萝卜、芥菜等塞进形形色色的缸里，撒上一层又一层的盐，做成咸菜，以备冬季食用。北方人爱吃的、一直以来被大张旗鼓腌制的酸菜，更是缺少不了盐。盐被白花花地撒向缸里的时候，会发出簌簌的声响，好像盐在唱歌。在秋天，山间的蘑菇也露出毛茸茸的头了，蘑菇除了晒干外，还可以用盐腌渍在坛子里存储起来，冬天时用清水漂出它的盐分，吃起来味道仍是鲜美的。所以盐在秋季是撒向北方土地的最早的雪，它融化了，融化在菜蔬最后的清香中。如果你问一个北方人，你们的灶房里什么东西最多？我猜十有八九的人都会冲口而出：咸菜缸！的确，腌酸菜的大缸，腌萝卜和芥菜的中等型号的缸，以及腌糖蒜和韭菜花的坛子，等等，就像乐池上摆放着的形形色色的乐器一样，你一进灶房它们就会扑入你的视野，并且在你不小心碰撞了它们的时候，为你奏出或沉郁或清脆的乐声。

咸菜是北方人餐桌上的"正宫娘娘"，在寒风呼啸的日子里占据着统治地位，因而北方人也较其他地区的人摄盐量大，形成了口重的习惯，似乎不多加盐的食物都是寡淡无味的。北方人对盐有种近乎崇拜的心理，认为它是力量的化身，所以民间流传着吃盐长力气的说法。那些靠力气而生活的伐木工及家庭主妇，对盐的青睐可想而知了。记得童年时看电影《白毛女》，看到白毛女在山洞里因为多年吃不到盐而过早地白了少年头的时候，盐在我心目中还具有了乌发的作用，这印象一直延续至今，根深蒂固。现代膳食讲究低盐少糖，这与北方人对盐的巨大热情是背道而驰的。北方人心脑血管的发病率远远高于江南，其气候的寒冷与摄盐过量无疑是两大元凶。尽管如此，北方人对盐仍然像对老朋友一样紧紧相拥，人们并未将它当敌人一样警惕着，虽然冬季可以从副食商场购得新鲜蔬菜，紫白红黄地点缀着餐桌，但在餐桌的一角，总会有几碟颜色黯淡的酱菜与之唱和着，有如一部歌剧在结尾时洒下的袅袅余音，它们呈现着旧时阳光的那种温暖与美好，令人回味。

当我们吃着腌制的酱菜望着窗外的雪花、听着时光流逝的声音时，浓云会在深冬的空中翻卷，海水会在遥远的天际涌流。而当我们为着北方的冻土上所发生的那些故事无限感怀时，泪水便会悄然浮出眼眶。泪水一定来自大海，不然它为什么总是咸的？

因为有了寒冷，有了对寒冷尽头的温暖的永恒的渴望，有了对盐那如同情人般的缠绵和依恋，我想北方人的泪水会比南方人的泪水更咸。

2003 年

农具的眼睛

> 我还是热爱我们家的农具,热爱它的愚钝和那满身岁月的尘垢。

看一个农民的活计做得是否地道,打量他家的农具便知晓了。

农具一般被放置在仓棚中,或者被挂在山墙上。放在仓棚中的,是镐头、犁杖、铁齿子和钐刀,而挂在山墙上的,是耙子、锄头和镰刀。农具似乎与树木有着亲缘关系,农具的把儿几乎都是木柄制成的。你能从光滑的农具把儿上,看到树的花纹和节子。那些大大小小的木节一个个圆圆的,有黑色的,也有褐色的,好像农具长了眼睛似的。

农具当中,我最憎恨的就是犁杖了。有了它,我们就得干牛做的活儿。由于家中没养牲口,用犁杖耕田时,我爸爸就把我们姐弟三人当成牛,套在犁杖上,让我们拉犁。我一拉犁就有屈辱的感觉,常常是直着腰,只把绳子轻飘飘地搭在肩头。这时父亲就会在后面叫着我的乳名打趣我,说我真不简单,能把绳子拉弯了。我父亲是山村小学的校长，曾在哈尔滨读中学，会拉小提琴，他那双手在那个年代既得写粉笔字，又得摸农具，因为我们上小学时，学工学农的热潮风起云涌，我们每周都要到生产队的田地里劳作一两次。而且，家家户户又都拥有园田，种植着各色菜蔬，自给自足，所以无论大人还是孩子，没有没摸过农具的。

农具当中，我不厌烦的是锄头和镰刀。锄头的形态很像道士帽，所以你若把它倒立着，俨然是一个清瘦的道士站在那里。锄头既可用于铲除庄稼中的杂草，又可给板结的田地松土。我扛着锄头去田间劳作，一般是到土豆地里去了。土豆一般要铲三次，人们称之为"头趟、二趟、三趟"。没打垄前铲头趟，那时苗才出齐不久，土豆秧矮矮的，杂草极好清除，半天的时间，一片地就会铲完了。铲二趟的时候呢，那是在土豆打垄之后，粉的白的蓝的土豆花也开了，杂草与土豆秧争夺生长的空间，这时就得抡起锄头"驱邪扶正"。到了铲三趟的时候，闷在土里的早熟的土豆已有把泥土顶破了的，这时稗草疯长，有的和秧苗缠绕在一起，颇有"绑票"的意味，想把秧苗一并拖垮，这时候为土豆清除"异己"就显得尤为重要了。所以，铲三趟的时候最累，有时候你得撇下锄头，亲手一下一下地把纠缠在土豆秧身上的杂草摘除。我喜欢铲二趟，我爱那些细碎的土豆花，它们会招来黄的或白的蝴蝶，感觉是在花园中劳作。干活乏了小憩的时候，躺在被阳光照耀得发烫的泥土中，感受着如丝绸一样柔曼滑过的清风，惬意极了。清风拍打着土豆花，土豆花又借着风势拍打着我的脸颊，那些娇柔玲珑的花朵如蜜蜂一样蜇着了我，

让我脸颊发痒，那是一种多么醉人的痒啊。渴了的时候，我会到田边草丛中采上几支酸浆来吃，它长得跟竹子一样，光滑的身子，细长的叶片，它的茎能食用，酸甜可口，十分解渴，我铲地时就不背水壶，因为酸浆早已存了满腹的清凉之汁等着我享用。

我父亲是个知识分子，他伺候庄稼的本事与他的教学本领是无法相提并论的。我们家的地不是因为施肥过少而使庄稼呈现一派萎靡之气，就是垄打得歪歪斜斜的，宽的宽，窄的窄，白菜和豆角往往长着长着就露出根茎，阻碍了它们的成长，所以进了我家园田的庄稼，很像是被送入孤儿院的弃婴，命运总是不大好。我就不止一次听见邻人在路过我家的田地时，发出的"啧啧"的叫声，那不是赞赏的"啧啧"声，而是惋惜，好像我们辜负了那肥沃的田地似的。我们家的农具，也因而比别人家的要邋遢许多，锄头上锈迹斑斑，镐头和犁杖上携带的尘土足够蓄一只花盆的，镰刀钝得割草时草会发出被剧烈撕扯的痛苦的叫声，如乌鸦一样呀呀呀地叫，而不是锋利的镰刀割草时所发出的唰唰唰的如流水一样的声音。而那些地道的农家，农具总是被磨得雪亮，拾掇得利利索索的，该放仓棚的就放在仓棚里，该挂在山墙上的就挂在山墙上，不似我们家的农具，一律被堆置在墙角，任凭风雨侵蚀，如一群衣衫褴褛的乞丐。即便如此，我还是热爱我们家的农具，热爱它们的愚钝和那满身岁月的尘垢。

我喜欢镰刀，是因为割猪草的活儿在我眼中是非常浪漫的。草甸子上盛开着野花，你割草的时候，也等于采着花了。那些花有可供观赏的，如火红的百合和紫色的马莲花；还有供食用的，如金灿灿的黄花菜。用新鲜的黄花菜炸上一碗酱，再下上一锅面条，那就是最美妙的晚饭了。我打草归来，肩上背的是草，腰间别的是镰刀，左手可能拿的是一束马莲，右手握的就是黄花菜了。所以我觉得猪的命运也不算坏，它一天到晚除了吃就是睡，窝里絮的草还来自芳菲的大草甸子，比耕田的牛马要有福气，可惜它的命太短太短了。看来单纯为了人的口福而生存的动物，总是薄命的。

  我们家在山村小镇使用过的那些农具，早已失传了。它们也许流失到别人手中，依然被农人的手把握着，春种秋收；也许它们已经在被废弃的老屋中静悄悄地腐烂了，成了一堆废铁。但我忘不了农具木把儿上的那些圆圆的节子，那一双双眼睛曾打量过一个小女孩如何在锄草的间隙捉土豆花上的蝴蝶，又如何在打猪草的时候将黄花菜捋到一起，在夕阳下憧憬着一顿风味独具的晚饭。我可能会忘记尘世中我所见过的许多人的眼睛，那些或空洞或贪婪或含着嫉妒之光的眼睛，但我永远不会忘记农具身上的眼睛，它们会永远明亮地闪烁在我的回忆中，为我历经岁月沧桑而渐露疲惫、忧郁之色的眼睛，注入一缕缕温和、平静的光芒。

2005 年

蚊烟中的往事

> 菜园依然青翠，火烧云也依然会在西边天燃烧，只是一家人坐在院落中笼起蚊烟吃晚饭的岁月一去不复返了。

如果是夏天，如果火烧云又把西边天映红了的话，我们喜欢将饭桌放置在院落里吃晚饭。当然，这时候必不可少的，是笼蚊烟，因为傍晚的蚊子很活跃，你若不驱赶它，当你享受美味佳肴的时候，它也会叮我们的脸和胳膊，享受它的美味佳肴。

笼蚊烟其实很简单，先是用一蓬干树枝将火引着，让它燃烧一会儿，就赶紧抱来一捆蒿草，将它们均匀地散开，压在火上。这时丝丝缕缕的青烟就袅袅升起了，蚊子似乎很不习惯这股在我们闻来很清香的烟，它们远远地避开了。我们就可以轻松地吃晚饭了。

这样对着青翠的菜园和绚丽晚景的晚饭，是别有风味的。饭桌上通常少不了一碗酱，这酱都是自己家做的。每年二月二龙抬头的日子一过，寒风还在肆虐的时候，做酱的工作就开始了。家庭主妇们煮熟了黄豆，把它捣碎，等它凉透了，再把它们揉捏成砖头的形状，用报纸一层又一层地裹了它们，放置起来。这种酱块到了清明之后，自然风干了，将它身上已经脆了的报纸撕下来，将酱块掰开，放到酱缸里，兑上水和盐，酱就开始了发酵的过程。酱喜欢阳光，所以大多数的人家不是把酱缸放在窗跟前，就是搁在菜园的中央，那都是接受阳光最多的地方。阳光和风真是好东西，用不了多久，酱就改变了颜色，由浅黄变为乳黄直至金黄，并且自然地把酱汁调和均匀了，香味隐约飘了出来，一些贪馋的人受不了它的诱惑，未等它充分发酵好，就盛着它吃了。夏日的晚餐桌旁，占统治地位的就是酱了。那些蘸酱菜有两个来源：野地和菜园。野地的菜自然就是野菜了，比如明叶菜、野鸡膀子、水芹菜、鸭子嘴、老桑芹和柳蒿芽。野菜通常要在开水中焯一下，让它们在沸水中打个滚，捞出来，用凉水拔了，攥干了再吃。野菜中，我最爱吃的就是老桑芹，所以采野菜时，明明看到了大片的水芹菜和鸭子嘴，我还是会绕过它们，去寻觅老桑芹。很多人不喜欢吃老桑芹，说它身上有股子奇怪的气味，像药味，可我却格外青睐它。因为有了酱，就有了采野菜的乐趣，你可以堂而皇之地提着篮子出了家门，就说是采野菜去了，你愿意在河边多流连一刻，看看浸在水中的柔软的云，是没人知道的；你愿意在山间偷偷地采一些浆果来吃，大人们依然是不知道的；反正有那么几种野菜横在篮子中，你就可以理直气壮地踏入家门。但野菜是分季节的，春季和初夏吃它们是可以的，等到天气越来越热的时候，它们就老了，柴了，吃不得了，这时候伺候晚餐桌上酱碗的，就得是园田中的蔬菜了。青葱、黄瓜、菠菜、生菜、香菜和小白菜水灵灵地闪亮登场了。园田中的菜适宜于生吃,只需把它们在清水中洗过则是。一家人围坐在饭桌旁,这个人拿棵葱,那个人拿棵菠菜,另一个人则可能把香菜卷上一绺,大家纷纷把这些碧绿的蔬菜伸向酱碗,吃得激情飞扬的,而此时蚊烟静静地在半空浮悬,晚霞静悄悄地落着,天色越来越黯淡,大家的脸上就会呈现出那种知足的平和表情。

我最钟情的酱,是炸鱼酱。鱼来自草甸子中的水泡子。水泡子里有鲫鱼、柳根和老头鱼。父亲用一根柳条杆为我做了杆鱼竿,虽然它不直溜,但钓起鱼来却不含糊。我挖上一些蚯蚓,放到铁皮盒里用土养起来,做诱饵,然后扛着简陋的鱼竿和蚯蚓罐去了大草甸子。水泡子大都在芳香的草甸子上,面积不大,圆形或椭圆形,非常幽静,我择一个水深的地方,将鱼竿抛下去,静候鱼咬钩的时刻。只要鱼上钩了,鱼竿就会像闪电那样颤动着,这时候你轻轻收回鱼竿,随着银白的饵线露出水面,鱼也就跟着摇头摆尾地上岸了。我把逮住的鱼用铁丝穿上,重新上了蚯蚓,把饵线再次抛入水中。水泡子中的鱼不似河里的,它长不大,都是小鱼,而且由于是死水,鱼有股土腥味,所以决不能清蒸和调汤喝,只能放上浓重的调料煎炒烹炸。我钓回来的鱼,基本都是把它连着骨头剁成泥,舀上一碗黄酱,炸鱼酱吃了。只要晚餐桌上有一碗鱼酱,园田中的蔬菜就遭殃了,一盆青菜往往不够,再拔上一盆,可能还是不够,不把酱碗蘸得透出瓷器的亮色,我们的嘴是不会罢休的。当然,我去水泡子边钓鱼的次数屈指可数,一个是因为女孩子家,家长不放心我去;

还有一个是我自己也恐惧去了,因为水泡子边的蚊子十分猖狂,一场鱼钓下来,我的脸上被咬得到处是包。终于,有一个学生溺死在水泡子,彻底结束了我的钓鱼活动。七十年代不是响应毛主席的号召,到大风大浪里锻炼成长吗?七十年代时,有一次体育老师就把学生带到水泡子,不管大家会不会游泳,一律给赶下水去,让他们经受风浪的洗礼。结果一个不会水的男生被洗礼得丢了性命,他被淹死了。他妈妈闻讯赶来,晕厥在岸边,从此她就常常念着儿子的名字,在水泡子边疯疯癫癫地走。人们说水泡子有了鬼,会缠人,就很少有人涉足了。我猜想那以后水泡子里的鱼也是寂寞的,因为它们听不到人类的脚步声了。

酱缸其实是很娇气的,它像小孩子一样需要精心呵护着。它的脸要蒙上一层白纱布,以防蚊虫飞进去,弄脏了它;它喜欢晒太阳,似乎还很害痒,要经常用一个木耙子捣一捣它,把它身上的白醭撇出去;它还惧怕雨水,所以酱缸旁通常要放着一块玻璃,一看雨要来了,就把它盖上去。我就很心疼家中的酱缸,有的时候在学校上课,一听到雷声轰隆隆地响起,就举手跟老师请假,撒谎说要上厕所,而我出了教室后会一路飞奔回家,冲进菜园,盖上酱缸。酱没被淋着,我却会在返回的路上被雨水打湿。

蚊烟稀薄的时候,火烧云也像熟透了的草莓似的落了。我们吃完了晚饭,天也就越来越陈旧,蚊子又三三两两地回来了。我们把饭桌撤了,打扫干净笼蚊烟的灰烬,站在院子里盼着星星出来,或者是打着饱嗝去火炕上铺被窝。我还记得父亲酒足饭饱在院子中看天时，如果被飞回的蚊子给咬着了，他会得意地喊我妈妈出来，说他很招人稀罕，母蚊子又啃他的脸了！我们那时就都会发出快意的笑声，以为爸爸在开玩笑。长大后我才知道，父亲说得也没错，吸食人的血液的确实都是雌蚊，而雄蚊吮吸的则是植物的汁液。如今曾说过这话的父亲早已和着缥缈的蚊烟去另一个世界了。菜园依然青翠，火烧云也依然会在西边天燃烧，只是一家人坐在院落中笼起蚊烟吃晚饭的岁月一去不复返了，让我在回忆蚊烟的时候，为那股亲切而熟悉的气息的远去而深深地怅惘着。

2005 年

龙眼与伞

> 雪中夹杂着丝丝细雨,好像残冬流下的几行清泪。做母亲的,怕的就是这样的泪痕会淋湿她的女儿啊!

大兴安岭的春雪,比冬天的雪要姿容灿烂。雪花仿佛沾染了春意,朵大,疏朗。它们洋洋洒洒地飞舞在天地间,犹如畅饮了琼浆,轻盈,娇媚。它们似乎知道自己的美丽,不像冬天的雪往往在夜里下,它们喜欢白天时从天庭下来,安抚着人们掠美的眼神。

我是喜欢看春雪的,这种雪下的时间不会长,也就两三个小时。站在窗前,等于是看老天上演的一部宽银幕的黑白电影。山、树、房屋和行走的人,在雪花中闪闪烁烁,气象苍茫而温暖,令人回味。

去年,我在故乡写作长篇《额尔古纳河右岸》。四月中旬的一个下午,正写得如醉如痴,电话响了。是妈妈打来的。她说,我就在你楼下,下雪了,我来给你送伞,今天早点回家吃饭吧。

没有比写到亢奋处遭受打扰更让人不快的了。我懊恼地对妈妈说,雪有什么可怕的,我用不着伞,你回去吧,我再写一会儿。妈

妈说，我看雪中还夹着雨，怕把你浇湿，你就下来吧！我终于忍耐不住了，冲妈妈无理地说，你也是，来之前怎么不打个电话，问问我需不需要伞？我不要伞，你回去吧！

我挂断了电话。听筒里的声音消逝的一瞬，我马上意识到自己犯了最不可饶恕的错误！我跑到阳台，看见飞雪中的母亲撑着一把天蓝色的伞，微弓着背，缓缓地朝回走。她的腋下夹着一把绿伞，那是为我准备的啊。我想喊住她，但羞愧使我张不开口，只是默默地看着她渐行渐远。

也许是太沉浸在小说中了，我竟然对春雪的降临毫无知觉。从地上的积雪看得出来，它来了有一两个小时了。确如妈妈所言，雪中夹杂着丝丝细雨，好像残冬流下的几行清泪。做母亲的，怕的就是这样的泪痕会淋湿她的女儿啊！而我却粗暴地践踏了这份慈爱！

从阳台回到书房后，我将电脑关闭，站在南窗前。窗外是连绵的山峦，雪花使远山隐遁了踪迹，近处的山也都模模糊糊，如海市蜃楼。山下没有行人，更看不到鸟儿的踪影。这个现实的世界因为一场春雪的造访而有了虚构的意味。看来老天也在挥洒笔墨，书写世态人情。我想它今天捕捉到的最辛酸的一笔，就是母亲夹着伞离去的情景。

雪停了。黄昏了。我锁上门，下楼，回妈妈那里。做了错事的孩子最怕回家，我也一样。朝妈妈家走去的时候，我觉得心慌气短。妈妈分明哭过，她的眼睛红肿着。我向她道歉，说我错了，请她不要伤心了，她背过身去，又抹眼泪了。

我知道自己深深伤害了她。我结婚时，最高兴的就是她了，她知道自己把女儿交给了一个最放心的人。我爱人去世后，她大病一场，一年中衰老了许多。她大约知道无人疼怜我了，向我张开了衰老的臂膀，把她那受了命运伤害的孩子又揽回怀中，小心呵护着。可我虽然四十多岁了，在她面前，却依然是个任性的孩子。

母亲看我真的是一副悔过的表情，便在晚餐桌上，用一句数落原谅了我。她说，以后你再写东西时，我可不去惹你！

《额尔古纳河右岸》初稿完成后，我来到了青岛，做长篇的修改。那正是春光融融的五月天。有一天午后，青岛海洋大学文学院的刘世文老师来看我，我们坐在一起聊天。她对我说，她这一生，最大的伤痛就是儿子的离世。刘老师的爱人从事科考工作，常年在南极，而刘老师工作在青岛。他们工作忙，所以孩子自幼就跟着爷爷奶奶，在沈阳生活。十几年前，她的孩子从沈阳一个游乐园的高空意外坠下身亡。事故发生后，沈阳的亲属给刘老师打电话，说她的孩子生病了，想妈妈，让她回去一趟。刘老师说，她有一种不祥的预感，觉得儿子可能已经不在了，否则，家人不会这么急着让她回去。刘老师说她坐上开往沈阳的火车后，脑子里全都是儿子的影子，他的笑脸，他说话的声音，他喊"妈妈"时的样子。她黯然神伤的样子引起了别人的同情，有个南方籍的旅客抓了几颗龙眼给她。刘老师说，那个年代，龙眼在北方是稀罕的水果，她没吃过，她想儿子一定也没吃过。她没舍得吃一颗龙眼，而是一路把它们攥在掌心，想着带给儿子。

刘老师讲到这里哽咽了，我的眼睛也湿了。我不敢设想她带着那几颗龙眼去看儿子时的场景。

那个时刻，我的眼前蓦然闪现出春雪中妈妈为我送伞的情景。母爱就像伞，把阴晦留给自己，而把晴朗留给儿女。母爱也像那一颗颗龙眼，不管表皮多么干涩，内里总是深藏着甘甜的汁液。

2006 年

两个人的电影

> 我觉得自己是幸运的,因为有母亲在,我生命中的电影,就永远不会是一个人的啊。

母亲今春血压居高不下,我怀疑是故乡的寒冷气候使然,劝她来哈尔滨住上一段,换换水土,她来了。说也怪,她到后的第二天,血压就降了下来,恢复正常。我眼见着她的气色一天天好看起来,指甲透出玫瑰色的光泽。她在春光中恢复了健康,心境自然好了起来。她爱打扮了,喜欢吃了,爱玩了,甚至偶尔还会哼哼歌。每天她跟我出去散步,看待每一株花的眼神都是怜惜的。按理说,哈尔滨的水质和空气都不如故乡的好,可她却如获新生,看来温暖是最好的良药啊。

白天,我看书的时候,母亲也会看书。她从我的书架上选了一摞书,《红楼梦》《毛泽东的晚年生活》《慈禧与我》《文化大革命十年史》等,摆在她的床头柜上。受父亲影响,她不止一次读过《红楼梦》,熟知哪个丫鬟是哪一府的,哪个小厮的主子又是谁。大约

一周后,她把《红楼梦》放回去,对我说,后两卷她看得不细。母亲说《红楼梦》好看的还是前两卷,写的都是吃呀喝呀玩呀的事情,耐看。而且,宝玉和黛玉那时还天真着,哥哥妹妹斗嘴斗气是讨人喜欢的。到了后来,宝玉和宝钗一结婚,小说就不好看了。母亲对高鹗的续文尤其不能容忍,说他不懂趣味,硬写,把人都搞得那么惨,读来冷飕飕的。她对《红楼梦》的理解令我吃惊,起码,她强调了小说趣味性的重要。

母亲对历史的理解也是直观朴素的。那段时间,我正看关于康有为的一些书籍,有天晚饭同她聊起康有为,她说,这个人不好啊,他撺掇着光绪闹变法,怎么样?变法失败了,他跑了。要不是他,光绪帝能死吗?为了证明她的判断是正确的,她拿来《慈禧与我》,说那里面有件事涉及康有为,也能证明他的不仁义。母亲翻来翻去,找不见那页了,她撇下书,对我说:"不管怎么着,连累了别人的人,不是好人啊。"康有为就这样被她给定了性。

我想让母亲在哈尔滨过得丰富些,除了带她到商场购物,去饭店享受美食,去植物园看牡丹和郁金香外,还带她进剧场。我陪她看了一场京剧,是省京剧院在五月份推出的"京剧现代戏经典剧目回顾展",上演的是《红色娘子军》《沙家浜》《磐石湾》《海港》等的片段。当舞台上出现穿着蓝军服、戴着红袖标的娘子军时,母亲直摇头。而到了《磐石湾》的演员演唱"负伤痛冲破千层巨浪"时,她干脆堵起了耳朵。好不容易挨到戏散,她得救般地对我说:"这样板戏有什么好看的?太难听了!现在怎么还演这个?这东西怎么还成了'经典'了?"母亲接着说了一大堆传统折子戏的名字,什么《打渔杀家》《贵妃醉酒》《霸王别姬》《杜十娘》《空城计》等,她说:"还得是这些老戏是个东西啊,样板戏那叫什么玩意啊。"听了她的话,我回去后给她放梅兰芳的唱碟,谁知她对我说:"换了换了,我最不喜欢梅兰芳的戏了。"我诧异,问她为什么。她说:"我不喜欢男人扮女声,听起来不舒服。"母亲真是本色到家了。

刘老根大舞台最近落户哈尔滨的工人文化宫,每晚都有演出,场面很火爆。我约母亲一同去看,她说:"那东西有什么看头?就是耍嘛!"母亲伸出手来,绘声绘色地学着演员:"这边观众的掌声不热烈呀,给点掌声好不好啦?"她说她受不了这个。不过她没有拗过我,有一天,我还是把她拉到剧场。虽然不是周末,但上座率还是很高。母亲说得没错,演出一开始,演员就朝观众要掌声,有的还蹦下台,在观众席中怂恿观众鼓掌。高分贝的音乐震耳欲聋,母亲再次堵起了耳朵,一副痛苦状。演出只到半程,当又一位演员出场后耸着肩膀嬉皮笑脸地要掌声时,母亲终于忍不住了,她几乎是用命令的口气大声对我说:"咱走吧!"我也没有料到演出是那么低俗,赶紧跟着她出来了。出了剧场,她长吁了一口气,对我说:"怎么样?我说就是个'耍'嘛。花着钱遭着罪,再坐下去,我都要犯心脏病了!"

有一天,我和母亲黄昏散步时路过文化宫,看见《图雅的婚事》在上映,立刻买了两张票。我知道这部电影在威尼斯国际电影节上拿了奖。按照票上的时间,它应该开演五分钟了,我正为不能看到

开头而懊恼呢，谁知到了小放映厅门口却吃了闭门羹。原来，这场电影只卖出这两张票，放映厅还没开呢。我找来放映员，他说坐飞机要是一个乘客，人家都得给飞，电影票呢，哪怕只卖出一张，他也会给放的。放映员打开门，为我和母亲放了专场电影。当银幕上出现了蒙古包、羊群和纯朴的牧民时，母亲慨叹了一句："这是真景啊。"母亲看过两部流行大片，对里面电脑制作的假景很反感，所以这真实的场景让她觉得亲切。故事很简单，一个女人征婚，要带着"无用"的丈夫嫁人。而这个丈夫之所以"废"了，是因为打井所致的。这背后透视出的是草原缺水的严峻现实。虽然它与多年前轰动一时的《老井》有似曾相识之处，但影片拍得朴素、自然，苍凉而又温暖，我和母亲被吸引住了，完整地把它看完了。出了影厅，只见大剧场刘老根大舞台的演出正在高潮，演员在台上热闹地和观众做着互动，掌声如潮。

　　我和母亲有些怅然地在夜色中归家，慨叹着好电影没人看。快到家的时候，母亲忽然叹息了一声，对我说："我明白了，你写的那些书，就跟咱俩看的电影似的，没多少人看啊。那些花里胡哨的书，就跟那个刘老根大舞台一样，看的人多啊。"

　　母亲的话，让我感动，又让我难过。我没有想到，这场两个人的电影，会给她那么大的触动。那一瞬间，我觉得自己是幸运的，因为有母亲在，我生命中的电影，就永远不会是一个人的啊。

2007 年

原来姹紫嫣红开遍
——关于年货的记忆

> 天上的年画,该是西边天绚丽的晚霞吧!

我对年货的记忆,是从腊月宰猪开始的。

三四十年前,大兴安岭山林小镇的人家,没有不养猪的。一般的人家是春天抓猪崽,喂上一年,不管它长多大,进了腊月门,屠夫就提着刀,上门要它们的命了。猪挨宰时嗷嗷叫着,乌鸦闻着血腥味,呀呀叫着飞来。不过好的屠夫,会让它连一滴血都尝不着。血被接到盆里,灌了血肠吃了!猪被大卸八块后,家家会敞开肚子吃顿肉,然后把余下的作为年货,存在仓房的大木箱里。怕它风干了味道不好,人们在储肉箱里撒上雪。大兴安岭不趁别的,就趁雪花,你想撒多少就撒多少。有的人家图省心,干脆把肉埋在院子的雪堆里。可是吃的时候去拿,发现肉少了!在黑夜里做强盗的不是人,而是那些会倒洞的黄鼠狼!它们有拖走东西的本事。

有了猪肉,除夕夜的肉馅饺子就有了主心骨。可光有肉还不行,那夜的餐桌上，还必须有鸡，有鱼，有豆腐，有苹果，有芹菜和葱。鸡是"吉利"，鱼是"富余"，豆腐是"福气"，苹果是"平安"，芹菜是"勤劳"，葱则是"聪明"，这些一样都不能少！过年不能吃酸菜，说是"辛酸"，白菜也不能碰，说是"白干"。

腊月宰过猪，就得宰鸡了。宰猪要请屠夫，宰鸡一般人家的女主人就能做。鸡架在霜降时，就从院子抬进了灶房，跟人一起生活了。这些过冬的鸡，基本都是母鸡，养它们是为了来年继续生蛋，而鸡架上的大公鸡，不过一两只，主人留它们，是为了年夜饭，所以只能活半冬。公鸡死后，我们会把它身上漂亮的羽毛拔下来，以铜钱为垫，做鸡毛毽子，算是女孩子献给自己的年礼吧。

年三十餐桌上的鱼，通常是冻鱼、胖头鱼、鲅鱼、刀鱼之类，这是供给制时代能够买到的鱼。做鱼不能剁掉头尾，说是"有头有尾"，年景才好。女主人的菜刀要是不慎伤及头尾，就会很慌张，担心未来的日子起波折，所以过年时的菜刀不敢磨得太快。在鱼身上，除了防菜刀，还得防猫。闻着腥的猫，两眼放光，你一不留神，大半条鱼就被它消灭了！所以很多人家的猫，这时会被关在小黑屋。人在过年，猫在受苦，它的忧伤可想而知了。

有没有吃到鲜鱼的可能呢？那得看家中男主人捕鱼的本领和运气了。在冰河凿口冰眼，下片渔网，有时能捕到葫芦籽和柳根鱼。这类鱼都不大，上不了席面。谁要是捉到鲶鱼和花翅子，那就是中了彩了！这种能镇得住除夕宴的鱼，会让从冰河回家的男主人腰杆挺直，进屋后有老婆的热脸迎着，有热酒迎着，当然，晚上吹灯后还有热炕头的缠绵迎着。只是这样走运的男人很少，绝大多数都是如我父亲一样的人，空手而回。

比起鲜鱼，豆腐就很容易获得了。我们小镇有两爿豆腐房，得到豆腐除了用钱，还可用黄豆换。一般来说，换干豆腐，比水豆腐用的黄豆多。男人们扛着豆子去豆腐房时，你从他们肩上袋子的大小上，就能看出这家过年需要多少豆腐。莹白如玉的水豆腐进了家门，无非两种命运，一种切成小方块进了油锅，炸成金黄的豆腐泡，另一种则直接摆在户外的木板上，等它们冻实心了，装进布袋，随吃随取。

除夕宴上的葱，是深秋储下的。葱在我眼里是冬眠的菜蔬，它在零下三四十度的严寒中，看似冻僵了，可是进了温暖的室内，你把它扔在墙角，一夜之间，它就缓过气来，腰身变得柔软了！又过几天，它居然生出翠绿的嫩芽了，冻葱变成水灵灵的鲜葱了！至于芹菜，它也来自园田，不过它与葱不同，要是挨冻，就是真的冻死了！芹菜秋天时割下来打捆，下到户外的菜窖里。两三米深的菜窖，储藏着土豆、萝卜、大白菜等越冬蔬菜，芹菜就和它们同呼吸共命运了。不过芹菜没有它们耐性好，叶片很快萎黄，幸而它的茎，到年关时没有完全失去水分，仍然能做馅料。我小时一听大人们骂架，诅咒对方下地狱时，我就想，地下有什么可怕的，冬天时漫天飞雪，地窖却是春天呀！

年夜饭中唯一的冷盘，就是苹果了。苹果可用鲜的，也可用罐头的。我们那时更喜欢罐头的，因为它甜！这两种苹果的获得，都是在供销社，拿钱来买。除了买苹果，我们还要买烟酒糖茶，花生瓜子，油盐酱醋，冻柿子冻梨。最重要的是，买上一摞新碗新盘子，再加一把筷子，意谓添丁进口，家族兴旺。

在置办年货上，家中的每个人都会行动起来，各司其职。主妇们要去供销社扯来一块块布，求裁缝裁剪了，踏着缝纫机给一家人做新衣。腊月里猪的嚎叫，总是和着缝纫机的嗒嗒声。缝纫机上的活儿忙完了，她们还得蒸各色年干粮、馒头、豆包、糖三角、菜包等。馒头这时成了爱美的小姑娘，女人们会用筷子蘸着印泥，在正中央给它点上一枚圆圆的红点，那是馒头的眉心吧。除了这些，她们还要做油炸江米条和蕉叶子，作为春节的小点心。

那些平素淘气惯了的男孩子，这时候也得规规矩矩地忙年。他们负责买鞭炮，买回后放到热炕上，让它干燥着，这样燃放起来更响亮。他们得拿起斧头，劈一堆细细的松木桦子，让除夕夜的灶火旺旺的！他们还要帮着大人竖灯笼杆，买来彩纸糊灯笼。不过在我们家，糊灯笼是我的事情。因为我是元宵节天将黑时出生的，父亲送了我一乳名"迎灯"，家人认定我的名字中有光明，糊灯笼非我莫属。不过我糊灯笼是讲条件的，那就是提前享用油炸小点心，虽然母亲不情愿，但为灯笼着想，只得依从。我给圆圆的宫灯糊上一圈红纸后，会用金黄的皱纹纸，为它铰上飘逸的穗子，粘在灯座上，让灯长出金胡子！

那时还没有印刷的春联，作为校长的父亲，因毛笔字写得好，腊月里就有很多人家求他写春联和福字。人们送来红纸，我帮着裁纸，父亲挥毫。写好一副，待墨迹干了，就把它卷起放到一边，写另外一家的。有时父亲让我编写春联，他也采纳过一副，是贴在仓房上的，记忆中我把他的小名"满仓"嵌了进去。父亲写完春联，会给我们做一盏用木座和罐头瓶子做成的灯。为了获得完美的灯罩，他得从户外捡回挂着霜雪的罐头瓶，然后飞快地将一瓢热水浇下去，这样它的底儿就会砰然脱落。当然取灯罩并不容易，有时一瓢热水下去，它整个碎了，只能弃了；有时那罐头瓶子如烈女一般，热水泼来，依然故我。父亲只得再跑回雪地中，去翻找罐头瓶子。

  小年前后，我会和邻居的女孩子搭伴，进城买年画。好像女孩子天生就是为年画生的，该由我们置办。小镇离城里十几里路，腊月天通常都在零下三四十度，我们穿得厚厚的，可走到中途，手脚还是被冻麻了。我们知道生冻疮的滋味不好受，于是就奔跑。跑得快，血脉流通得就快，身上就不那么冷了。我们跑在雪地的时候，麻雀在灰白的天上也跑，也不知它们是否也去购置年画。天上的年画，该是西边天绚丽的晚霞吧！进了城里的新华书店，我们要仔细打量那一幅幅悬挂的年画，记住它们的标号，按大人的意愿来买。母亲嘱咐我，画面中带老虎的不能买，尤其是下山虎；表现英雄人物的不能买，这样的年画不喜气。她喜欢画面中有鲤鱼元宝的，有麒麟凤凰的，有鸳鸯蝴蝶的，有寿桃花卉的。而父亲喜欢古典人物图画的，像《红楼梦》《水浒传》故事的年画。母亲在家说了算，所以我买的年画，以她的审美为主，父亲的为辅。这样的年画铺展开来，就是一个理想国。

也是冬天，也是春天

　　买完年画，我们会去百货商店，给自己选择头绫子、发卡、袜子、假领子，再买上几包红蜡烛和两副扑克牌。那时我们小镇还没通电，蜡烛是家里的灯神。任务完成，我们奔向百货商店对面的人民饭店，一人买一根麻花，站着吃完，趁着天亮，赶紧回返。冬天天黑得早，下午三点多，太阳就落山了。想在天黑前到家，就要紧着走。我们嘴里呼出的热气，与冷空气交融，睫毛、眼毛和刘海染上了霜雪，生生被寒风吹打成老太婆了！不过不要紧，等进了家门，烤过火，身上挂着的霜雪化了，我们的朝气又回来了！

　　人们为自己办年货，也为离世的亲人办年货。逝去的人，未必坟茔就在近前。所以小年一过，小镇的十字路口，会腾起团团火光。人们烧纸钱时，不忘了淋上酒，撒上香烟。年三十的饺子出锅后，盛出的头三个饺子，要供在亲人的灵位前，请他们品尝。

　　我小的时候，父亲和爷爷都在时，我们只在十字路口为葬在远方的奶奶烧纸。爷爷去世后，除了给奶奶买下烧纸，爷爷那里也得备一份了。等我长大成人，父亲过世了，母亲预备下的烧纸，就比往年厚了。待到十年前我爱人因车祸离世，我回故乡过年，在给爷爷和父亲上过坟后，总不忘了单独买份烧纸，在除夕前夜，在我和爱人无数次携手走过的山脚下的十字路口，为回归故土的他，遥遥送上牵挂。火光卷走了纸钱，把我留在长夜里。

　　我快五十岁了，岁月让我有了丝丝缕缕的白发，但我依然会千里迢迢，每年赶回大兴安岭过年。我们早已从山镇迁到小城，灯笼、春联都是买现成的，再不用动手制作了。我们早就享用上了电，也不用备下蜡烛了。至于贴在墙上的年画，它已成为昨日风景，难再寻觅其灿烂的容颜了。我们吃上了新鲜蔬菜，可这些来自暖棚的施用了化肥的蔬菜，总没有当年自家园田产出的储藏在地窖的蔬菜好吃。我们的生活变得越来越便利，越来越实际，可也越来越没有滋味，越来越缺乏品质！

我怀念三四十年前的年，怀念我拿着父亲写就的"肥猪满圈"的条幅，张贴到猪圈的围栏上时，想着猪已毙命，圈里空空荡荡，而发出的快意笑声；怀念一家人坐在热炕头打扑克时，为了解腻，从地窖捧出水灵灵的青萝卜，切开当水果吃，而那个时刻，蟋蟀在灶房的水缸旁声声叫着；怀念我亲手糊的灯笼，在除夕夜里，将我们家的小院映照得一片通红，连看门狗也被映得一身喜气；怀念腊月里母亲踏着缝纫机迷人的声响；怀念自家养的公鸡炖熟后散发的撩人的浓香；怀念那一杆杆红蜡烛，在新旧交替的时刻，像一个个红娘子，喜盈盈地站在我家的餐桌上、窗台上、水缸上、灶台上，把每一个黑暗的角落都照亮的情景！

可是这样的年，一去不复返了！在我对年货的回忆中，《牡丹亭》中那句最著名的唱词，"原来姹紫嫣红开遍，似这般都付与断井颓垣！"不止一次在我心中鸣响。好在繁华落尽，我心存有余香，光影消逝，仍有一脉烛火在记忆中跳荡，让我依然能在每年的这个时刻，在极寒之地，幻想春天！

2013 年

最是花影难扫

> 这日光和明月下永不消散的花影，就是时光，不管它穿越多少年，总会把美留在人的心头。

在故乡的春夏，要问什么店铺的生意最清冷，无疑是花店了。因为这时节大自然开着豪气十足的花店，谁能与它争芳菲呢。花儿开在林间，开在原野，开在山崖，开在水边，当然，这样的花儿都是野花，达子香、白头翁、蒲公英、百合、芍药、铃兰、鸢尾、绣线菊等，它们仿佛彩虹的儿女，红红白白，紫紫黄黄的，绚丽极了。

这时节的居民区也是花团锦簇，农人们栽种在花圃的虞美人、大丽花、步步高、牵牛花、金盏菊等，呼应着菜圃中的土豆花、豆角花、茄子花和倭瓜花。野花和花圃中的花儿，专为悦人眼目的，不肩负给人提供食物的使命，大抵是只开花不问结果，如热烈的情人，不计前程，恣意盛开。而菜圃中开花的植物，命系人类的餐桌，花开得就规矩、适度、收敛，除了倭瓜花开大朵，其余的细细碎碎的，它们得留着精气神儿坐果呀。

菜圃中每朵花的背后，都有一个看不见的宇宙，这个宇宙就是果实。西红柿能否饱满红润，决定了它与鸡蛋为伍时，能不能在金黄和雪白之间，为它注入最炫目的落霞；茄子是否硕大，决定了它与鲶鱼相遇时，能吸纳多少鲶鱼肌理的鲜香；豆角是否厚实，决定了它出锅时是否跟入锅时一样出息，不让主人的碗盘亏空；土豆是否圆滚滚，决定了它们在被蒸煮的过程中，能否像孩子一样绽开笑脸；辣椒是否挺实鲜辣，决定了它能为姑娘们省下多少口红。

花圃和山间的花儿还开着呢，菜圃的花儿早就谢了，结了果子。待到秋天，人们收获了果实，霜也来了。霜是花朵的敌人，它们一来，花季就结束了。被霜打过的花儿，在阳光中耷拉着脑袋，憔悴不堪，满脸是泪。它们哭也是没用的，想要绰约的风姿，想要蜜蜂与蝴蝶同欢的快乐，只有等待春回大地了。此时它们也许会羡慕菜圃那些不起眼的花儿，它们结了果，在冬天还活着——谁家的地窖不储藏着土豆和萝卜呢。

冬天的花朵是什么呢？是雪花和霜花。可这样的花儿太素白了，又太脆弱了，说化就化，于是喜欢鲜亮颜色的女孩子们，不想让漫漫长冬为这样的花儿所统率，她们在深秋糊窗缝时，就在两层窗中间的隔层里，造了一个花园。

那是独一无二的梅园。

极北的房屋，为了抵御寒流，玻璃窗都是双层的。这双层窗，一拃间距。深秋时节，人们在用毛边纸或是废报纸糊窗缝时，会在二层窗间，放上二三十公分厚的保暖的锯末子，然后插几枝用蜡油捏成的梅花。

那时北方偏僻的山村大都没通电,蜡烛是我们的光明神。蜡烛通常红白两色,从供销社买来。蜡烛将要燃尽时,烛芯气数已尽,侧歪了身子,人们只得吹灭蜡烛,留下烛头。女孩子们最喜欢那一块块润泽的蜡烛头了,尤其是红色的。我们会把它们珍藏起来,到了糊窗缝时,将收集到的蜡烛头,放到一个空的铁皮盒里,坐到火炉上融化了,一手擎着选好的形态妖娆的干树枝,一手在滚烫的烛油和凉水之间飞转,让干树枝瞬间成了干枝梅。

捏蜡花要眼疾手快,勇气也不能少。大拇指和二拇指要紧密团结,先是共同踏入滚烫的烛油(有点赴汤蹈火的意味),然后赶紧撤兵,再探入事先备好的一碗凉水中,让沾在指尖的那层烛油,瞬间冷却而不失黏性,再飞速移兵至干树枝,随你选什么位置,以枝条为主心骨,大拇指二拇指对着它一捏,奇迹出现了,花瓣似的烛油从指尖脱落,一朵粉红娇嫩的梅花,灿灿绽放了!一朵,两朵,三朵,七八朵,数十朵,干树枝瞬间春色贯通、梅花点点了!因为女孩手指粗细有别,再加上所蘸蜡油厚薄不同,蜡花有大有小,有胖有瘦,有深有浅。但不管怎的,它们都是霜雪时节开得最烂漫的花儿!我们把这样的梅花,插在二层窗格芳香的锯末子上,它们就像开在金色的泥土里。这时你封上窗,一个冬天就有花儿看了。

这样的梅园什么时候消失呢?当寒风撤兵,春风长驱直入,把山岭涂抹上绿色,野花和庭院的花儿姹紫嫣红时,人们要开窗闻花香鸟语,破败的梅园也就成为春风中的垃圾,被清理掉了。

我很喜欢苏轼的那首《花影》：重重叠叠上瑶台，几度呼童扫不开。刚被太阳收拾去，又教明月送将来。研究者总把它说成政治抒情诗，说是苏轼在抒发他内心的愤懑，可我更愿意把它看作一首清新的自然诗。花影在台阶摇曳，任凭什么扫把，也扫不开它。这日光和明月下永不消散的花影，就是时光，不管它穿越多少年，总会把美留在人的心头。就像我遥想逝去的花儿，无论是山间的，还是花圃和菜圃中的，抑或是我们亲手在二层窗格打造的梅园，它们没有随着时光流逝而被遗忘，而是像风一样，一直吹拂着我的记忆，不让它沉睡。

　　哦，还忘了说，我父亲当年看我捏蜡花，还帮我修剪过干树枝呢。他会掰下一些枝条，让它变得疏朗，且斜斜地朝向一侧，好像拱着虾米腰。我嫌这样的花枝没有精神，老态龙钟的，撇进炉膛烧掉。他还叫我不要在干树枝上捏那么多的蜡花，说花多了反而不受端详。我才不听他的呢，那时我和所有的女孩子一样，觉得花满枝头才美。等我到了父亲那般的年龄，真正懂得美以后，父亲已去了另一世界，再无人为我修剪那样的梅枝了，而且，我们也不再捏蜡花，村落通了电，我们不用蜡烛了。我们得到了永恒的光明，却失去窗格里的梅园了。

2015 年

父亲的肖像

> 无论冬夏，森林里鸟语不绝，所以我们在祭奠时说给他的话，总有回音。

我记忆中最寒冷的冬日，是 1986 年的腊月，年仅 49 岁的父亲突发疾病，与亲人永别在年关。看着躺在棺材中唇角依然挂着一缕微笑的他，我想父亲是不是像熊一样，跟我们捉个生命的迷藏，冬眠了呢？熊冬眠前要拼命补充能量，扫荡山林可食之物，肚子吃出孕妇状，可是父亲发病后大都处于昏迷状态，难以进食，他走得令人心碎的消瘦，又不像去冬眠的样子。而次年春天熊苏醒了，山林又有熊迹了，他却还沉沉睡着，大地上再也寻不到他的脚印了。

父亲的墓地在故乡的山下，离他工作了一生的山镇学校很近。每至清明、中元节和春节，我们都要去给父亲上坟。无论冬夏，森林里鸟语不绝，所以我们在祭奠时说给他的话，总有回音。

父亲走了三十二年，他的影子却从未从我们心底和梦里消失。父亲盛年离世，他留给我们的形象，也就儒雅潇洒，从无老态。我还记得父亲过世后，我初来哈尔滨工作，去探望抚养过父亲几年的四爷爷，他见了我，也不顾我是女孩家，扯着一条白毛巾，失望地擦着泪说："你不随你爸啊，你爸小时那个好看！你爸找的你妈，是一般人啊！"四爷爷是第一次见我，那时我二十多岁，不算漂亮，但也不丑吧。而父亲自二十世纪五十年代因贫穷不能继续求学，自愿报名去了大兴安岭参加开发建设，再没回过哈尔滨。四爷爷记忆中父亲最后的形象，是他不到二十岁的模样。记得我将四爷爷的话转给孀居的母亲时，她直撇嘴，要知她年轻时算是美人呢。而姐姐弟弟不无调侃地对我说："咱家还数你好看呢，四爷爷要是见了我们，不得哭迷糊啊。"只能说四爷爷为了强调父亲的英俊，不惜嘲讽他的骨肉。

但不久前我突然接到故乡一封来信，说明父亲在别人眼里是其貌不扬的。写信者是父亲的生前同事，说是见到了父亲的几位学生，他们忆起父亲的几段往事，觉得很有意义，所以整理给我。

其中一位回忆说，他10岁随父亲来到大兴安岭永安时，这里还没学校，所以他过了上学年龄却无书可读。1966年，新学校在永安东头开建了，他满心欢喜，每天都跑过去看。领着工人建校的校长姓迟，一个瘦弱的小伙子，个子不高，面貌寻常，和工人一起光着膀子举着土坯垒墙，满脸流汗，灰头土脸的。而最终落成的茅草苫顶的土教室，课桌也是土坯垒的，粗糙不堪，椅子则是用原木锯成的木墩。那时没有本子，他们每人发一块石板，用粉笔写字，而身为校长的父亲，一个人承担好几门课的教学。

我向母亲求证这些细节，她说的确如此。父亲从哈尔滨高中毕业，是当年大兴安岭的人才了，所以一个人得兼多门课。而他建学校的时候，我才两岁，正是流着涎水傻呆呆啃手指的年龄，记忆还没发芽呢。

父亲的学生还回忆到，1970年清明节，父亲带领学生去烈士墓扫墓。仪式结束，忽然间天昏地暗，暴雪袭来，学生们被狂风吹打得站不稳，父亲连忙让学生趴倒在地，然后再一个一个将他们转移到桥洞。待暴风雪止息，父亲吓坏了，一会儿看看这个的脸，一会儿摸摸那个的头，生怕暴风雪伤着了学生。

这个事情虽然感人，但老实说，我对此毫无记忆。一看年份，时年六周岁的我，已被母亲从永安送到漠河乡的姥姥家，所以父亲带领学生扫墓的事情，我自然不知。

能和记忆重叠上的，是信尾记叙的一件事，说是永安学校第一届小学生毕业时，父亲从家里端了一盆新烀的土豆和新炒的黄豆，师生们吃着土豆，嚼着黄豆，开着毕业式。这确实是父亲的风格。父亲喜欢把家中吃食拿给别人，也常把他喜欢的孩子带到我们家吃饭。姐姐讲过一件有趣的事，她参加工作后，有一天突然回家，发现不是饭点，我家灶台前却蹲着三个陌生的小家伙，一人捧个饭碗，吃得热火朝天的。饭碗里是大米饭，灶台上是一盘炒鸡蛋，是我们家平素都不舍得吃的。这三个孩子是新来我们山镇的，因为家里生活拮据，孩子们穿得破烂，肚子里也没油水。姐姐说父亲这是趁母亲出去干活，我和弟弟在暑假中跑出去疯玩，在家偷着做给他们的。

父亲的善心和慷慨，本是人性的阳光，但投射回来的，有时却是阴霾。他欣赏人才，有一年从教育局要来一位大学毕业生为我们山镇学校做教师。因为学校还没建起教工宿舍，他就让这位新教师携着家眷，在我们家一住两年，吃一锅饭却分文不要，直到他们有了宿舍搬出。其后永安学校规模不断扩大，大学毕业生来此做教师的，就不止一人了。记得有一年涨工资，身为校长的父亲，把仅有的一个指标，给了另一位大学毕业的老师，因为先前住过我家的老师已涨过一次，谁知这位老师认定还应该是他调资，找父亲去闹。父亲没满足他的要求，他对他的恩情，也就被一笔勾销。父亲自此很难过，常说有的知识分子真是难交，你对他一百个好，只要一个不顺他意，你就成了他的敌人了。

父亲做了二十年山镇学校的校长，直到辞世。我在永安学校读的小学和初中，也在大兴安岭师范毕业后，分配回母校，成为他麾下的一员，那时土教室早被红砖瓦房的教室取代了。我最初学写小说的时候，悄悄告诉给他，谁知他立刻告诉给母亲，带着惊喜和揶揄的口气，说："咱家二小姐要写小说啦！"

我记得父亲最沮丧的一件事情是，北头有户人家多子多女，他们的父母不许所有孩子上学，只派去两三个，其余的在家跟他们干活，父亲几次三番上门相劝，可家长认定，一家有几个识数认字的就够了。父亲许诺减免部分孩子的学杂费，他们依然不允。以致后来他们看见父亲远远过来了，赶紧关门闭户。父亲无计可施，曾想让能接受教育的那几个孩子，回家将知识传与兄弟姐妹，可他们没一个好成绩的。父亲每每说起，痛心不已。

　　我很感激这封故乡来信，唤醒了我对往事的一些回忆，父亲的学生帮我勾勒了他肖像的另一侧面。如今永安学校不复存在，但校址还在，我们家半塌陷的老宅还在。我很担心父亲的灵魂出游时，对着空荡荡的校舍会伤感，怎么不闻读书声了呢？看见我家荒草萋萋的老院也会伤感，家里的烟囱咋不冒烟了呢？

　　父亲大约明白大地没他的春天了，他不再醒来。

2018 年

02

我的世界下雪了

伤怀之美

> 我感觉只有狗的呼吸声和雪花陪伴着我,我有一种要哭的欲望,那便是初始体会到的伤怀之美了。

不要说你看到了什么,而应该说你敛声屏气凝神遐思的片刻感受到了什么。那是什么?伤怀之美像寒冷耀目的雪橇一样无声地向你滑来,它仿佛来自银河,因为它带来了一股天堂的气息,更确切地说,为人们带来了自己扼住咽喉的勇气。

我八岁的时候,还在中国最北的漠河北极村。漫天大雪几乎封存了我所有的记忆,但那年冬天的渔汛却依然清晰如目。冬天的渔汛到来时,几乎家家都彻夜守在江上。人们带着干粮、火盆、捕鱼的工具和廉价的纸烟,从一座座木刻楞房屋走出来。一孔孔冰眼冒出乳白的水汽,雪橇旁的干草上堆着已经打上来的各色鱼类。一些狗很懂得主人的心理,它们摇头摆尾地看到上鱼量很大,偶尔又有杂鱼露出水面时,就在主人摘钩的一瞬间接了那鱼,大口大口地吞嚼起来。对那些名贵的鱼,它们素来规规矩矩地忠实于主人,不闻不碰。就在那年渔汛结束的时候，是黄昏时分，云气低沉，大人们将鱼拢在麻袋里，套上雪橇，撤出黑龙江回家了。那是一条漫长的雪道，它在黄昏时分是灰蓝色的。大人们抄着袖口跟在雪橇后面慢腾腾地走着，他们之间没有任何言语，世界是如此沉静。快到家门口的时候，天忽然落起大片大片的雪花，我眼前的景色一片迷蒙，我所能听到的只是拉着雪橇的狗的热气沼沼的呼吸声。大人们都消失了，村庄也消失了，我感觉只有狗的呼吸声和雪花陪伴着我，我有一种要哭的欲望，那便是初始体会到的伤怀之美了。

年龄的增长是加深人自身庸碌行为的一个可怕过程。从那以后，我更多体会到的是城市混沌的烟云。狭窄而流俗的街道，人与人之间的争吵、背信弃义乃至相互唾弃，那种人、情、景相融为一体的伤怀之美似乎逃之夭夭了，或者说伤怀之美正在某个角落因为蒙难而掩面哭泣。

一九九一年年底，我终于又在异国他乡重温了伤怀之美。那是在日本北海道，我离开札幌后来到了著名的温泉圣地——登别。在此之前已经领略过层云峡的温泉之美了。在北海道旅行期间一直大雪纷纷，空气潮湿清新，景色奇佳。住进依山而起的古色古香的温泉旅馆后，已是黄昏时分了，我洗过澡，穿上专为旅人预备的和服到餐厅就餐。席间，问起登别温泉有何独到之处时，日本友人风趣地眨眨眼睛说，登别的露天温泉久负盛名。也就是说，人直接面对着十二月的寒风和天空接受沐浴。我吐了下舌头，有些兴奋，又有些害怕。露天温泉只在凌晨三时以后才对女人开放。那一夜我辗转

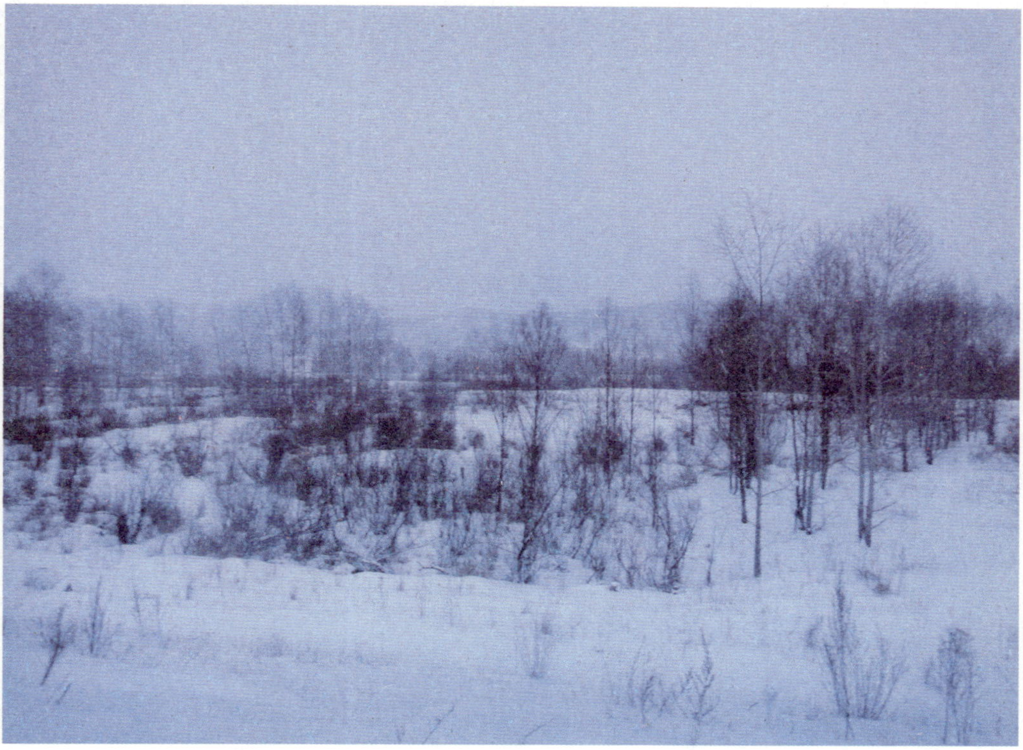

伤怀之美像寒冷耀目的雪橇一样

无声地向你滑来,

它仿佛来自银河,

因为它带来了一股天堂的气息。

反侧,生怕不慎一觉醒来云开日朗而与美失之交臂。凌晨五时我肩搭一条金黄色的浴巾来到温泉区。以下是我在访日札记中的一段文字:

  温泉室中静悄悄的,仍然是浓重的白雾袭来。我脱掉和服,走进雾中,那时我便消失了。天然的肤色与白雾相融为一体。我几乎是凭着感觉在雾中走动——先拿起喷头一番淋浴,然后慢慢朝温泉走去。室内温泉除我之外还有另外两人,我进去后就四处寻找露天温泉的位置。日语不通,无法向那两位女人求问,看来看去,在温泉的东方望见一扇门,上写五个红色大字:露天大风吕。汉语中的"露天大风"自不用解释,只是"吕"字却让人有些糊涂。汉语中的"吕"除了做姓氏之外,古代还指用竹管制成的校正乐律的器具,代表一种音律。把这含义的"吕"与"露天大风"联系起来,便生出了"由风弹奏,由吕校音"的想法。不管如何,我必须挺身而出了。

  我走出室内温泉,走向那扇朝向东方的门。站在门边就感觉到了寒气,另外两位女子惊奇地望着我。试想在隆冬的北海道,去露天温泉,实在需要点勇气啊。我犹豫片刻,还是将门推开。这一推我几乎让雪花给吓住了,寒气和雪花汇合在一起朝我袭来,我身上却一丝不挂。而我不想再回头,尤其有人望着我的时候,我是绝不肯退却的。我朝前走去,将门关上。

  我全身的肌肤都在呼吸真正的风、自由的风。池子周围落满了雪。我朝温泉走去,我下去了,慢慢地让自己成为温泉的一部分，将手撑开，舒展开四肢。坐在温泉中，犹如坐在海底的苔藓上，又滑又温存，只有头露出水面。池中只我一人，多安静啊。天似亮非亮，那天就有些幽蓝，雪花朝我袭来，而温泉里却暖意融融。池子周围有几棵树，树上有灯，因而落在树周围的雪花是灿烂而华美的。

我想我的笔在这时刻是苍白的。直到如今，我也无法准确表达当时的心情，只记得不远处就是一座山，山坡上错落有致地生长着松树和柏树，三股泉水朝下倾泻，琤琤有声。中央的泉水较直，而两侧的面积较大，极像个打鱼人戴着斗笠站在那。一边是雪，一边是泉水，另一边却结有冰柱（在水旁的岩石上），这是我所经历的三个季节的景色，在那里一并看到了。我呼吸着新鲜潮湿而浸满寒意的空气，感觉到了空前的空灵。也只有人，才会为一种景色，一种特别的生活经历而动情。

我所感受到的是什么？是天堂的绝唱？那无与伦比的伤怀之美啊！我以为你已经背弃了我这满面尘垢的人，没想到竟在异国他乡与你惊喜地遭逢，你带着美远走天涯后，伤怀的我仍然期待着与你重逢。

去年九月上旬，我意外地因为心动过速和痢疾而病倒了。一个人躺倒在秋高气爽的时节，伤感而绝望，窗外的阳光再灿烂都觉得是多余的。我盼望有一个机会出去呼吸新鲜空气，在城市里我已经疲惫不堪。九月二十日，大病初愈的我终于踏上了一条豪华船，历时十天的旅行开始了。省人大的领导考察沿江大通道，加上新华社、《光明日报》的两位记者和我的一位领导及同事陪同，不过二十人。船是"黑龙江"号，整洁而舒适。我们白天在甲板眺望风景，看银色水鸟在江面上盘桓，夜晚船泊岸边，就宿在船上。船到达边境重镇抚远，停留一天后，第二天正午便返航了。那时船正行驶在黑龙江上，岸两侧是两个国度：中国和俄罗斯。是时俄罗斯正在内乱，但叶利钦很快控制了局面。那是九月二十五日的黄昏，饭后我独自来到船头的甲板。秋凉了，风已经很硬了，落日已尽，天边涌动着轰轰烈烈的火烧云，映红了半面江水。这时节有一群水鸟忽然出现在船头不远处，火烧云使它们成为赤色。它们带着水汽朝另一岸飞去，我目随着它们，突然发现它们身上的红色在瞬间消失了，俄罗斯那岸的天空月白风清，水鸟在那里重现了单纯的本色。真是不可思议，一面是灰蓝的天空和半轮淡白的月亮，另一侧却是红霞漫卷。船长在驾驶室发现了我，便用扩音器送出来一首忧郁缠绵令人心动的乐曲。我情不自禁地和着乐曲独自舞蹈起来。我旋转着，领略着这红白相间的世界的奇异之美。我长发飘飘，那一时刻我感觉自己就是一个女巫。没有谁来打扰我，陪伴我舞蹈的，除了如临仙界的音乐，便是江水、云霓、月亮和无边无际的风了。伤怀之美此时突然撞入我的心扉，它使我忘却了庸俗嘈杂的城市和自身的一切疾病。我多想让它长驻心中，然而它栖息片刻就如袅袅轻烟一般消失了。

　　伤怀之美为何能够打动人心？只因为它浸入了一种宗教情怀。

一种神圣的不可侵犯的忧伤之美,是一个帝国的所有黄金和宝石都难以取代的。我相信每一个富有宗教情怀的人都遇见过伤怀之美,而且我也深信那会是人一生中为数不多的几次珍贵片段,能成为人永久回忆的美。

1994 年

冰　灯

> 在吃热气腾腾的团圆饺子时，屋外干冷的空气中绽放着睡莲般安详的冰灯，它的美丽和光明，曾温暖了我寂寞的童年时光。

冰是寒冷的产物，是柔软的水为了展示自己透明心扉和细腻肌肤的一场壮丽的死亡。水死了，它诞生为冰，覆盖着北方苍茫的原野和河流。

我出生在漠河，那里每年有多半的时间被冰雪笼罩着，零下三四十度的气温是司空见惯的。我外婆家的木刻楞房子就在黑龙江畔，才入九月，风便把树梢经霜后变得五颜六色的树叶给吹得四处飘扬，漫山漫坡落叶堆积，斑斓绮丽。然而这金黄深红的颜色没有灿烂多久，雪便从天而降，这时节林中江面都是一片白茫茫的。奔腾喧嚣的黑龙江似乎流得疲惫了，它的身上凝结了厚厚的冰层，只有极深处的水在河床里潜流着。那时候冰上就可以打爬犁，用鞭子抽陀螺玩，当然还可以跑汽车。水在变成冰后异常坚硬，它的负载能力极其惊人。这时节我们还用冰钎凿开冰层捕鱼，将银白的网撒向鱼儿穿梭的底层的水域，撞网的鱼总是络绎不绝。

在水源枯竭的漫漫寒冬，人们曾凿冰放到缸里融化，使之成为饮用水。而将冰做成一盏盏灯，不知是谁最先发明的。总之，人在利用冰满足了物质需求之后，又理所当然有了审美的需求。我最初见到冰灯是在童年记事的时候，当然是过年的时候了。人们用韦得罗（俄语音译，即一种小水桶）盛满清水，然后放到屋外的寒风中让它冻成冰，未等它全部冻实，便将其提回屋里，放在火炉上轻轻一烤，冰便不再粘连桶壁，再从正中央凿一小小的圆洞，未成冰的水在桶倾斜时汩汩而出，剩下一具腹中空空、四处冰壁环绕的躯壳，那便是冰灯了。除夕，家家户户门口的左右两侧都摆着冰灯，它们体体面面地坐在木墩上，中央插着蜡烛，漆黑的夜里，它们通身洋溢着无与伦比的宁静和光明，那是每家每户渴望春天的最明亮的眼睛了。

北方的百姓如今过年仍然沿袭着这一古老的习俗，在吃热气腾腾的团圆饺子时，屋外干冷的空气中绽放着睡莲般安详的冰灯，它的美丽和光明，曾温暖了我寂寞的童年时光。

离开大兴安岭后，我来到了哈尔滨。一到冬天，这座有典型俄罗斯情调的城市便开始筹备一年一度的冰灯游园会了。人们在冰封的松花江上切割下一块块巨大的冰，然后用吊车弄到岸上，再由卡车运至兆麟公园，接下来便是来自世界各地的冰雕艺术家施展才华绝技的时候了。他们在园子里竖起了一道道晶莹剔透的冰墙，然后在各个角落雕出狮子、老虎、雄鹰、孙悟空西天取经、天使、长城、荷花、宫殿等千姿百态、栩栩如生的冰雕作品。冰雕里装饰着五颜六色的彩灯，一到夜晚，那些灯亮起来，那冰因此而变成了嫣红、橘黄、天蓝、浓翠、浅粉和深紫，来自各地的观光游客就纷纷涌向那里。

我也去看了冰灯。公园里人潮涌动，照相机的闪光灯闪烁不休，千姿百态的冰雕作品妖娆地出现在我眼前。我走上一条长长的冰墙筑成的走廊，我摘下手套，用温暖的手去抚摸冰墙，寒冷透过肌肤浸润着我的整个身心，我的心悚然一抖。我抚摸的是松花江的冰，这玲珑剔透的冰是松花江水失去呼喊后沉默的结晶。这是沦陷时那曾经被鲜血浸染的松花江的水吗？这是遭受现代工业文明污染后的松花江水吗？这是那负载过无数苦难岁月之舟的松花江的水吗？它是如此冰冷、凛冽而断肢解体地把晶莹和单纯展现给观众，它那么虚荣地把河床底层淤积的泥沙和碎屑给摒弃了。它的红色是彩灯装点的结果，而不是沦陷时人民惨遭日军屠戮陈尸松花江的那种血腥之色了；它的黄色也是彩灯装点的结果，而不是连年来遭受严重污染、水患纵横的松花江浊黄的水流了。松花江慷慨大度地把轻盈之美付托给世人，但也不避讳呈现它的脆弱性，当春风吹拂大地的时候，再美的冰雕作品，也会化成空气和水，消失在广阔的土地和茫茫宇宙之中。

在远离人烟的地方，人们点起冰灯是为了驱散沉重的黑暗；而在人烟稠密被灯火笼罩的城市，人们之所以不让冰灯呈现本色，装饰起各色彩灯，是因为城市已无真正的黑夜了，人们只能把美寄托给多彩

的光焰，来渲染和烘托冰雪之美。但再绚丽的色彩，也抵不上一种本色更为经久不衰。

从冰灯乐园出来，我的心中矗立的仍然是二十几年前漠北家门口的两盏冰灯：它那寂静单纯的美对我的诱惑和滋养是永恒的。

1995 年

一滴水可以活多久

> 那滴水随之滑落在地,渗透到她辛劳一世的泥土里。

这滴水诞生于凌晨的一场大雾。人们称它为露珠,而她只把它当作一滴水来看待,它的的确确就是一滴水。最初发现它的人是一个七八岁的小女孩,她不是在玫瑰园中发现它的,而是为了放一只羊去草地,在一片草茎的叶脉上发现的。那时雾已散去,阳光在透明的空气中飞舞。她低头的一瞬发现了那滴水。它饱满充盈,比珠子还要圆润,阳光将它照得肌肤晶亮,她在敛声屏气盯着这滴水看的时候不由发现了一只黑黑的眼睛,她的眼睛被水珠吸走了,这使她很惊讶。我有三只眼睛,两只在脸上,一只在草叶上,她这样对自己说。然而就在这时她突然打了一个喷嚏,那柔软的叶脉随之一抖,那滴水骨碌一下便滑落了。她的第三只眼睛也随之消失了。她便蹲下身子寻找那滴水,她太难过了,因为在此之前,她从未发现过如此美的事物。然而那滴水却是难以寻觅了。它去了哪里?它死

了吗？

　　后来她发现那滴水去了泥土里，从此她便对泥土怀着深深的敬意。人们在那片草地上开了荒，种上了稻谷，当沉甸甸的粮食蜕去了糠皮，在她的指间矜持地散发出成熟的微笑时，她确信她看见了那滴水。是那滴水滋养了金灿灿的稻谷，她在吃它们时意识里便不停地闪现出凌晨叶脉上的那滴水，它莹莹欲动，晶莹剔透。她吃着一滴水培育出来的稻谷一天天地长大了，有一个夏日的黄昏她在蚊蚋的歌唱声中，发现自己成了一个女人，她看见体内流出的第一滴血时，确信那是几年以前那滴水在她体内作怪的结果。

　　她开始长高，发丝变得越来越光泽柔顺，胸脯也越来越丰满，后来她嫁给了一个种地的男人。她喜欢他的力气，而他则依恋她的柔情。她怎么会有这么浓的柔情呢？她伏在男人的肩头老有说也说不尽的话，夜晚时被男人搂在怀里就总也不想再出来，后来她明白是那滴水给予她的柔情。不久她生下了一个孩子，她的奶水真旺啊，如果不吃那滴水孕育出的稻米，她怎么会有这么鲜浓的奶水呢？后来她又接二连三地生孩子。渐渐地她老了，她在下田时常常眼花，即使阴雨绵绵的天气也觉得眼前阳光飞舞。她的子孙们却像椴树林一样茁壮地成长起来。

　　她开始抱怨那滴水，你为什么不再给予我青春、力量和柔情了呢？难道你真的死去了吗？她步履蹒跚着走向童年时去过的那片草地，如今那里已经是一片良田，入夜时田边的水洼里蛙声阵阵。再也不见碧绿的叶脉上那滴纯美至极的水滴了，她伤感地落泪了。她的一滴泪水滑落到手上,她又看见了那滴水,莹白圆润,经久不衰。你还活着,活在我的心头!她惊喜地对着那滴水说。

她的牙齿渐渐老化,咀嚼稻米时显得吃力了。儿孙们跟她说话时要贴着她耳朵大声地叫,即使这样她也只是听个一知半解。她老眼昏花,再也没有激情伏在她男人的肩头咕哝不休了。而她的男人看上去也畏畏缩缩,终日垂头坐在门槛前的太阳底下,漠然平静地看着脚下的泥土。有一年的秋季她的老伴终于死了,她嫌他比自己死得早,把她给丢下了,一滴眼泪也不肯给予他。然而埋葬他后的一个深秋的月夜,她不知怎的格外想念他,想念他们的青春时光。她一个人拄着拐杖哆哆嗦嗦地来到河边,对着河水哭她的伴侣。泪水落到河里,河水仿佛被激荡得上涨了。她确信那滴水仍然持久地发挥着它的作用,如今那滴水幻化成泪水融入了大河。而她每天又都喝着河水,那滴水在她的周身循环着。

直到她衰老不堪即将辞世的时候,她的意识里只有一滴水的存在。当她处于弥留之际,儿孙们手忙脚乱地为她穿寿衣,用河水为她洗脸时,她的头脑里也只有一滴水。那滴水湿润地滚动在她的脸颊为她敲响丧钟,她仿佛听到了叮当叮当的声音。后来她打了一个微弱的喷嚏,安详地合上眼帘。那滴水随之滑落在地,渗透到她辛劳一世的泥土里。她不在了,而那滴水却仍然活着。

她在过世后又变成了一个七八岁的小女孩,有一天凌晨,大雾消散后她来到一片草地,她在碧绿的青草叶脉上发现了一颗露珠,确切地说是一滴水,她还看见了一只黑亮的眼睛在水滴里闪闪烁烁,

也是冬天，也是春天

她相信她与一生中所感受的最美的事物相逢了。

1997 年

女人的手

> 女人的手经过泪水的洗礼变得更加有活力。

如果不出什么意外的话,一般来说,女人的手都比男人的要小巧、纤细、绵软和细腻。不是常常有人用"纤纤素手""十指尖尖如细笋"来形容女人的手吗?

旧时代女人的手真正是派上了用场。纺织、缝补、浆洗、扯着细长的麻绳纳鞋底、擦锅抹灶、给公婆端尿盆、为外出打工的男人打点行装、洗尿布,等等,真是不一而足。当然也有耽于刺绣、抚琴而歌、拈扇捕蝶的小姐的手,但那不是大多数女人的手的命运,所以也就略去不计了。

女人的手虽然备受辛劳,但很奇怪它们总是保持着女性的手应有的本色,灵巧而充满光泽。看许多古代的仕女图,画得最美的不是眼睛和嘴,而是那一双双安然垂在胸前的手。它们光滑美丽,像玉一般莹莹泛光。几百年过后,再看那画中的女人,只感觉那手充满灵性地又要动起来，仿佛又要去挑油灯的灯花，又要撩开竹帘看一眼她屋里的男人，又要到河边去窸窸窣窣淘米一样。

女人的手是经久不衰的。

现在的女人不必那么辛苦了。但是她们照例要下厨房，要照顾小孩子。她们仍然要洗衣、淘米、切菜、站在煤气灶前将葱花撒到沸油中爆香。若是她们有好心情，她们还要编织毛衣、裁剪、布置居室，等等。她们用手使屋子一尘不染，连窗台上莳弄的花卉的叶片也纤尘不染，家里的空气真正是透明的。女人在忙碌这些的时候就丢掉了一些时光，她们的额头和眼角悄悄起了皱纹，发丝的光泽不似往昔，但她们的手却仍然有别于男人，即使粗糙也是一种秀气的粗糙。

于是我便想，女人的手为什么不容易老呢？我想其中的一个主要原因是由于它们经常接触蔬菜水果、花卉植物和水的缘故。女人们在切菜的时候，柿子那猩红的汁液流了出来、芹菜的浓绿的汁液也流了出来、黄瓜的清香汁液横溢而出、土豆乳色的汁液也在刀起刀落之间漫出。它们无一例外地流到了女人的手上，以丰富的营养滋养着它们，使它们新鲜明丽。女人的手在莳弄花卉和常绿植物时必然也要沾染它们的香气和灵气，这种气韵是男人所不能获得的。女人大都爱水，米浆、洗衣水的每一次浸泡都使得手获得一次极好的滋润。

我这样说，并不是鼓励女人都下厨房。可是不下厨房的女人有味道吗？

女人的手不容易老的另一个原因，我猜想是因为眼泪的滋养。

女人爱哭，很少有人会任泪自流到脖颈衣襟而不管不顾，也很少有人会像古典小说中的女人一样拈着手帕擦泪，女人哭起来大多是"鼻涕一把泪一把"，手也就适时而来，一把一把地在脸颊擦个不停。眼泪是一个人的精华，它只有在人极度悲伤和高兴的时候才夺眶而出，它对女人的手的滋养肯定不同凡响。泪水在手的表皮上慢慢地透过毛细血管浸透在人手的内部，这时悲哀也就随之化解，青春和希望的力量在渐渐回升，女人的手经过泪水的洗礼变得更加有活力。

以上我所揣测的两点，最好不要被医学专家看到，不然便免不了要深究我犯了如何如何的常识错误，我可不想唇红齿白地对簿公堂。何况，我对一些常识性知识的千年不变总是深怀恐惧和疑虑。

不去说它了。

忘了哪一年在一本书上看到，女人在临终前比男人喜欢伸出手来，她们总想抓住什么。她们那时已经丧失了呼唤的能力，她们表达自己最后的心愿时便伸出了手，也许因为手是她们一生使用了最多的语言，于是她们把最后的激情留给了手来表达。

我现在是这样一个女人，我用手来写作，也用它来洗衣、铺床、切蔬菜瓜果、包饺子、腌制小菜、刷马桶。如果我爱一个人，我会把双手陷在他的头发间，抚弄他的发丝。如果我年事已高，很不幸地在临终前像大多数女人一样伸出了手，但愿我苍老的手能哆哆嗦嗦地抓住我深爱的人的手。

2002 年

光与影

> 看来光的结束也不总是黑暗，通过另一种渠道，它们又会获得明媚的新生。

光肯定不单单是为了黑暗而存在的，因为光也生长在光明的时刻。比如白昼时大地上飞舞的阳光，它就是光明中的光明。当然，大多的光是因了黑暗的存在而存在的，生长这样光明的物品有蜡烛、油灯、马灯、电灯泡、灯笼、篝火，等等。月亮和星星无疑也是生长在黑暗中的光明，但它们可能是无意识地生长的，所以对待黑暗的态度也相对宽容些。月亮有圆有缺，即使它满月时，也可能一头扎进乌云的大厚被子中蒙头大睡，全不管有多少夜行人等待它的光明。星星呢，它们的光暗淡的时候多于明亮时，所以人类想借助它们的光明，是不大容易的。

我记忆最深的光，是烛光。上小学的时候，山村还没有通电，就得用烛光撕裂长夜了。那时供销社里卖得最多的是蜡烛，蜡烛多是五支一包，用黄纸裹着。当然也有十支一包的，那样的蜡烛就比较细了。蜡烛白色的居多，但也有红色的，人们喜欢买上几包红蜡烛，留到节日去点。所以供销社里一旦进了红蜡烛，买它的人就会挤破门槛。在那个年代，蜡烛是完全可以作为礼品送人的。正月串亲戚的人的礼品袋中，除了鸡、鸭、罐头和布匹外，很可能就会有几包蜡烛。懂得节省的人家，一支蜡烛能使上四五天，只要月亮的光能借上，他们就会敞开门窗，让月光奔涌而入，刷碗扫地，洗衣铺炕。我最爱做的，就是剪烛花。蜡烛燃烧半小时左右，棉芯就会跳出猩红的火花，如果不剪它，费蜡烛不说，它还会淌下串串烛泪，脏了蜡烛。我剪烛花，不像别人似的用剪刀，我用的是自己的手，将大拇指和二拇指并到一起，屏住气息探进烛苗，尖锐的指甲盖比剪刀还要锋利，一截棉芯被飞快地掐折了，蜡烛的光焰又变得斯文了。我这样做，从未把手烧着，不是我肉皮厚，而是做这一切眼疾手快，火还没来得及舔舐我。烧剩的蜡烛瘪着身子，但它们也不会被扔掉，女孩子们喜欢把它们攒到一起，用一个铁皮盒盛了，坐到火炉上，熔化了它们，采来几枝干树枝，用手指蘸着滚烫的烛油捏蜡花。蜡花如梅花，看上去晶莹璀璨，有喜欢粉色的，就在蜡烛中添上一截红烛，熔化后捏出的蜡花就是粉红色的了。在那个年代，谁家的柜子和窗棂里没有插着几枝蜡花呢！看来光的结束也不总是黑暗，通过另一种渠道，它们又会获得明媚的新生。

　　光中最不令我喜欢的就是阳光了。往往我还没有睡足呢，它就把窗户照得雪亮了。夏天的时候，它会晃得你睁不开眼睛，让人在强烈的光明中反倒有失明的感觉。不过我不讨厌黄昏时刻的阳光，它们简直就是从天堂播撒下来的一道道金线，让大地透出辉煌。比较而言，月光是最不令人厌烦的了，也许有强大的黑暗作为映衬，它的光总是柔柔的，带着股如烟似雾的缥缈气息，给人带来无边的遐想和温存的心境。好的月光质感强烈，你觉得落到手上的仿佛不是光，而是绸带，顺手可以用来束头发的。而且泻在山山水水的月光也不像阳光那样贫乏，月光使山变得清幽，让水变得柔情，流水裹挟着月光向前，让人觉得河面像根巨大的琴弦一样灿烂，清风轻轻抚过，它就会发出悠扬的乐声。

马灯和油灯，因为有了玻璃灯罩作为衬托，其性质有点像后来的电灯了。很奇怪，我印象中使马灯的都是些老气横秋的更倌和马夫，他们提着它，要么去给牲口喂夜草，要么去检查门闩是否闩上了。而掌着油灯的人呢，又多数是年老的妇人，她们守着油灯纳鞋底或者是补衣裳，油灯那如豆的火苗一耸一耸的，映着她们花白的头发和衰老平和的面庞。所以我觉得马灯和油灯与棺材前的长明灯密切相关，因为使着这两种灯的人，离点长明灯的日子是不远的了。

有了光，而又有了形形色色的天上和人间的事物，就有了影子。云和青山有影子，它们的影子往往是投映在水面上了；树、房屋、牲畜、篱笆、人、花朵与飞鸟，都会产生影子。有些影子是好看的，如月光下被清风摇曳的树影，黄昏时水面漂泊的夕阳的影子以及烛光中小花猫蹑手蹑脚偷食儿的影子。我印象最深的影子，是烛光反射到墙面的影子，它们有桌子的影子，有花瓶的影子，有插在柜角的鸡毛掸子的影子，也有人影。这些上了墙的影子随着光的变幻而变幻着，忽而胖了，忽而又瘦了；忽而长了，忽而又短了，让人觉得影子毕竟是影子，一从实物中脱离出来，它就走了样了。

老人们爱说，一个人有影子是好事情，要是有一天你发现自己的影子消失了，说明你离做鬼的日子不远了。所以我从小特别恐惧看自己的影子。它在，你可以气定神凝；一旦寻不着它，真的会急出一身冷汗，以为身后已经跟着一群小鬼了。而一个人即使沐浴在光明中，也并不总能看到自己的影子。而且，自己的影子有时也会吓着自己，比如走夜路的时候，我在前面走，我的影子就跟在我后面走，让我觉得身后跟着一个人，惴惴不安的。回过头一望，影子却不见了，可当你转过身接着行走的时候，影子又跟在身后了，甩也甩不掉，就像一条忠诚于主人的狗一样，一直跟着你。

在光与影的回忆中，有一把小提琴的影子会浮现出来。我家的墙壁上挂着一把小提琴，只有父亲能让它歌唱。它的旋律响起来的时候，即使在阴郁的天气中，你仍能感受到光明。"文革"中，那把小提琴被砸烂了，因为那是属于小资阶级的东西。琴声能流淌出光明，这样的光明能照亮人荒芜的心，可是这种光明是看不到影子的，如果用老人们的说法去推理它，音乐与鬼魅就是难解难分的了。难怪最忧伤最动人的旋律在给人带来心灵光明的时候，也会在一个特殊年代带来生活上的灾难，因为音乐带着鬼啊。

生活的富足，使马灯、油灯渐次别我们而去了，烛台也只成了一种时髦的展览了。当我们踏着繁华街市中越来越绚丽的霓虹灯的

也是冬天,也是春天

灯影归家,为再也找不见旧时灯影的痕迹而发出一声叹息的时候,那些灯影斑驳的往事,注定会在午夜梦回时幽幽地呈现。

2005 年

我的世界下雪了

> 伴随着雪花那轻歌曼舞的脚步,山峦迎来了另一次的灿烂,它披上一件银白的棉袍,于苍茫中呈现着端庄、宁静的圣洁之美。

沿着堤坝向南走,可以看到一带蜿蜒起伏的山峦。春夏时节,那山是绿色的。当然,这绿也不是纯粹的绿,其中仍夹杂着点点的白色,那是白桦树荡漾在松林中的几点笑窝。山脚下,有一条清澈而宽阔的河流——呼玛河。从河岸到堤坝,是一片茂密的柳树丛和几百棵高大的青杨。那些青杨间距很广、错落有致地四散开来,为这带风景平添了几分动人的风韵。初春的时候,残雪消融,矮株的柳树红了枝条,而高大的青杨则绿了身躯,那些青杨就像是站在河岸的穿着绿蓑衣的渔民,而那丝丝柳枝,有如一群漫游在他们脚下的红鱼。

如果是沿着河岸向南走的话,你仍然可以看到山峦、柳树丛和青杨,不过在岸边还可以看到一块又一块的庄稼地和在那里劳作的农人的身影。如果你乐意,可以停下脚来问问他们今年的庄稼长势如何，他们会热情地告诉你，哪种庄稼长势喜人，哪种庄稼缺了雨水，哪种庄稼又遭了虫灾。他们跟你说话的时候，偎在农人身旁的先前还跟你汪汪叫着的狗，立刻就停止了吠叫，它会摇着尾巴，歪着头听你和它的主人友好地交谈。而那谈话始终是有流水声相伴着的，河水"哗——哗——"地流着，就像一位腰肢纤细、身材修长的白衣少女，正躺在那里懒洋洋地小睡着，而河水发出的如歌的行板就是她均匀的呼吸。

当然，我是从一个漫步者的角度描述我故乡居室窗外的风景的。如果你坐在书房的南窗前观赏山峦、柳树丛和河流，那就是另一番情境了。通常情况下，河水看上去只是浅浅细细的一条亮线，但是到了涨水的季节，而月亮又格外地圆润皎洁的话，河流就被映照得焕发出勃勃金光，明亮得就像镶嵌在大地上的一道闪电。而山峦和柳树丛呢，它们也会因着观察角度的变化而改变了容颜，山显得低了些，山峦与天相接所呈现的剪影也就更为明显，它那妖娆的曲线一览无余；柳树丛呢，它们缥缈得就像岸边的一片芦苇，而那些高大的青杨，由于你看不清它们身上那些纵横的枝丫和漫溢着的鲜润的绿色，则很有点武士的味道了，显得是那么浑厚、苍劲和威严。

如果把老天比喻为一个画师的话，那么它春夏时节为大自然涂抹的是如梦似幻的温柔之色；到了秋天，它的画风发生了巨变，它借着秋霜的手，把山峦点染得一派绚丽，那灿烂的金黄色成为这个季节的主色调，让人想起凡·高的画。但这种绚丽持续不了多久，随着冷空气频频的入侵，落叶飘零，山色骤然变得暗淡陈旧了。但这种暗淡也不会让你的心灰暗很久，伴随着雪花那轻歌曼舞的脚步，山峦迎来了另一次的灿烂，它披上一件银白的棉袍，于苍茫中呈现着端庄、宁静的圣洁之美。

我之所以喜欢回到故乡，就是因为在这里，我的眼睛、心灵与双足都有理想的漫步之处。从我的居室到达我所描述的风景点，只需三五分钟。我通常选择黄昏的时候去散步。去的时候是由北向南，或走堤坝，或沿着河岸行走。如果在堤坝上行走，就会遇见赶着羊群归家的老汉，那些羊在堤坝的慢坡上边走边啃噬青草，仍是不忍归栏的样子。我还常看见一个放鸭归来的老婆婆，她那一群黑鸭子，是由两只大白鹅领路的。大白鹅高昂着脖子，很骄傲地走在最前面，而那众多的黑鸭子，则低眉顺眼地跟在后面。比之堤坝，我更喜欢沿着河岸漫步，我喜欢河水中那漫卷的夕照。夕阳最美的落脚点，就是河面了。进了水中的夕阳比夕阳本身还要辉煌。当然，水中还有山峦和河柳的投影。让人觉得水面就是一幅画，点染着画面的，有夕阳、树木、云朵和微风。微风是通过水波来渲染画面的，微风吹皱了河水，那些涌起的水波就顺势将河面的夕阳、云朵和树木的投影给揉碎了，使水面的色彩在瞬间剥离，有了立体感，看上去像是一幅现代派的名画。我爱看这样的画面，所以如果没有微风相助，水面波澜不兴的话，我会弯腰捡起几颗鹅卵石，投向河面，这时水中的画就会骤然发生改变，我会坐在河滩上，安安静静地看上一刻。当然，我不敢坐久，不是怕河滩阴森的凉气侵蚀我，而是那些蚊子会络绎不绝地飞来，围着我嗡嗡地叫，我可不想拿自己的血当它们的晚餐。

在书房写作累了，只需抬眼一望，山峦就映入眼帘了。都说青山悦目，其实沉积了冬雪的白山也是悦目的。白山看上去有如一只只来自天庭的白象。当然，从窗口还可以尽情地观赏飞来飞去的云。云不仅形态变幻快，它的色彩也是多变的。刚才看着还是铅灰的一团浓云，它飘着飘着，就分裂成几片船形的云了，而且色彩也变得莹白了。如果天空是一张白纸的话，云彩就是泼向这里的墨了。这墨有时浓重，有时浅淡，可见云彩在作画的时候是富有探索精神的。

无论冬夏，如果月色撩人，我会关掉卧室的灯，将窗帘拉开，躺在床上赏月。月光透过窗棂漫进屋子，将床照得泛出暖融融的白光，沐浴着月光的我就有在云中漫步的曼妙的感觉。在刚刚过去的中秋节里，我就是躺在床上赏月的。那天浓云密布，白天的时候，先是落了一些冷冷的雨，午后开始，初冬的第一场小雪悄然降临了。看着雪花如蝴蝶一样在空中飞舞，我以为晚上的月亮一定是不得见了。然而到了七时许，月亮忽然在东方的云层中露出几道亮光，似乎在为它午夜的隆重出场做着昭示。八点多，云层薄了，在云中滚来滚去的月亮会在刹那间一露真容。九点多，由西南而飞向东北方向的庞大云层就像百万大军一样越过银河，绝大部分消失了踪影，月亮完满地现身了。也许是经过了白天雨与雪的洗礼，它明净清澈极了。我躺在床上，看着它，沐浴着它那丝绸一样的光芒，感觉好时光在轻轻敲着我的额头，心里有一种极其温存和幸福的感觉。过了一会儿，又一批云彩出现了，不过那是一片极薄的云，它们似乎是专为月亮准备的彩衣，因为它们簇拥着月亮的时候，月亮用它的芳心，将白云照得泛出彩色的光晕，彩云一团连着一团地出现，此时的月亮看上去就像一个巨大的蜜橙，让人觉得它荡漾出的清辉，是洋溢着浓郁的甜香气的。午夜时分，云彩全然不见了，走到中天的明月就像掉入了一池湖水中，那天空竟比白日的晴空看上去还要碧蓝。这样一轮经历了风雨和霜雪的中秋月，实在是难得一遇。看过了这样一轮月亮，那个夜晚的梦中就都是光明了。

我还记得二〇〇二年正月初二的那一天，我和爱人应邀到城西的弟弟家去吃饭，我们没有乘车从城里走，而是上了堤坝，绕着小城步行而去。那天下着雪，落雪的天气通常是比较温暖的，好像雪花用它柔弱的身体抵挡了寒流。堤坝上一个行人都没有，只有我们俩，手挽着手，踏着雪无言地走着。山峦在雪中看上去模模糊糊的，而堤坝下的河流，也已隐遁了踪迹，被厚厚的冰雪覆盖了。河岸的柳树和青杨，在飞雪中看上去影影绰绰的，天与地显得是如此苍茫，又如此亲切。走着走着，我忽然落下了眼泪，明明知道过年落泪是不吉祥的，可我不能自持，那种无与伦比的美好滋生了我的伤感情绪。三个月后，爱人别我而去，那年的冬天再回到故乡时，走在白雪茫茫的堤坝上的，就只是我一人了。那时我恍然明白，那天我为何会流泪，因为天与地都在暗示我，那美好的情感将别你而去，你将被这亘古的苍凉永远环绕着！

所幸青山和流水仍在，河柳与青杨仍在，明月也仍在，我的目光和心灵都有可栖息的地方,我的笔也有最动情的触点。所以我仍然喜欢在黄昏时漫步,喜欢看水中的落日,喜欢看风中的落叶,喜欢看雪中的山峦。我不惧怕苍老,因为我愿意青丝变成白发的时候,月光会与我的发丝相融为一体。让月光分不清它是月光呢还是白发;让我分不清生长在我头上的,是白发呢还是月光。

几天前的一个夜晚,我做了一个有关大雪的梦。我独自来到了一个白雪纷飞的地方,到处是房屋,但道路上一个行人也看不见。有的只是空中漫卷的雪花。雪花拍打我的脸,那么凉爽,那么滋润,那么亲切。梦醒之时,窗外正是沉沉暗夜,我回忆起一年之中,不论什么季节,我都要做关于雪花的梦,哪怕窗外是一派鸟语花香。看来环绕着我的,注定是一个清凉而又忧伤、浪漫而又寒冷的世界。我心有所动,迫切地想在白纸上写下一行字。我伸手去开床头的灯,没有打亮它,想必夜晚时停电了;我便打开手机,借着它微弱的光亮,抓过一支笔,在一张打字纸上把那句最能表达我思想和情感的话写了出来,然后又回到床上,继续我的梦。

那句话是:我的世界下雪了。

是的,我的世界下雪了……

2005 年

我对黑暗的柔情

> 只有这干干净净的黑暗,才会迎来清清爽爽的黎明啊。

我回到故乡时,已是晚秋的时令了。农人们在田地里起着土豆和白菜,采山的人还想在山林中做最后的淘金,他们身披落叶,寻觅着毛茸茸的蘑菇。小城的集市上,卖棉鞋棉帽的人多了起来,大兴安岭的冬天就要来了。

窗外的河坝下,草已枯了。夏季时繁星一般闪烁在河畔草滩上的野花,一朵都寻不见了。母亲莳弄的花圃,昨天还花团锦簇的,一夜的霜冻,就让它们腰肢摧折,花容失色。

大自然的花季过去了,而居室的花季还在。母亲摆在我书房南窗前的几盆花,有模有样地开着。蜜蜂在户外没有可采的花蜜了,当我开窗通风的时候,它们就飞进屋子,寻寻觅觅的。不知它们青睐的是金黄的秋菊,还是水红的灯笼花?

那天下午,我关窗的时候,忽然发现一只金色的蜜蜂。它蜷缩在窗棂下,好像采蜜采累了,正在甜睡。我想都没想,捉起它,欲把它放生。然而就在我扬起胳膊的那个瞬间,我左手的拇指忽然针刺般地剧痛,我意识到蜜蜂蜇了我了,连忙把它撇到窗外。

蜜蜂走了,它留在我拇指上的,是一根蜂针。蜂针不长,很细,附着白色的絮状物,我把它拔了出来。我小的时候,不止一次被蜜蜂蜇过,记得有一次在北极村,我撞上马蜂窝,倾巢而出的马蜂蜇得我面部红肿,疼得我在炕上直打滚。

别看这只蜜蜂了无生气的样子,它的能量实在是大。我的拇指顷刻间肿胀起来,而且疼痛难忍。我懊恼极了,蜜蜂一定以为我要置它于死地,才使出它的撒手锏。而蜇过了人的蜜蜂,会气绝身亡,即使我把它放到窗外,它也不会再飞翔,注定要化作尘埃了。我和它,两败俱伤。

我以为疼痛会像闪电一样消逝的,然而我错了。一个小时过去了,两个小时过去了,到了晚饭的时候,我的拇指仍然锥心刺骨地疼。天刚黑,我便钻进被窝,想着进入梦乡了,就会忘记疼痛。然而辗转着熬到深夜,疼痛非但没有减弱,反而像涨潮的海水一样,一浪高过一浪。我不得不从床上爬起,打开灯,察看伤处。我想蜜蜂留在我手指上的蜂针,一定毒素甚深,而我拔蜂针时,并没有用镊子,大约拔得不彻底,于是拿出一根缝衣服的针,划了根火柴,简单地给它消了消毒,将针刺向痛处,企图挑出可能残存着的蜂针。针进到肉里去了,可是血却出不来,好像那块肉成了死肉,让我骇然。想到冷水可止痛,我便拔了针,进了洗手间,站在水龙头下,用冷水冲击拇指。这招儿倒是灵验，痛感减轻了不少，十几分钟后，我回到了床上。然而才躺下，刚刚缓解的疼痛又傲慢地抬头了，没办法，我只得起来。病急乱投医，一会抹风油精，一会儿抹牙膏，一会又涂抗炎药膏，百般折腾，疼痛却仍如高山的雪莲一样，凛冽地开放。我泄气了，关上灯，拉开窗帘，求助于天。

已经是子夜时分了，如果天气好，我可以望见窗外的月亮、星星，可以看见山的剪影。然而那天阴天，窗外一团漆黑，什么也看不见。人的心真是奇怪，越是看不见什么，却越是想看。我将脸贴在玻璃窗上，瞪大眼睛，然而黑夜就是黑夜，它毫不含糊地将白日我所见的景致都抹杀掉了。我盼望着山下会突然闪现出打鱼人的渔火，或是堤坝上有汽车驶过，那样，就会有光明划破这黑暗。然而没有，我的眼前仍然是沉沉的无边的暗夜。

我已经很久没有体味这样的黑暗了。都市的夜晚，由于灯火的作祟，已没有黑暗可言了；而在故乡，我能伫立在夜晚的窗前，也完全是因为月色的诱惑。有谁会欣赏黑暗呢？然而这个伤痛的夜晚，面对着这处子般鲜润的黑暗，我竟有了一种特别的感动，身上渐渐泛起暖意，有如在冰天雪地中看到了一团火。如今能看到真正的黑暗的地方，又有几处呢？黑暗在这个不眠的世界上，被人为的光明撕裂得丢了魂魄。其实黑暗是洁净的，那灯红酒绿、夜夜笙歌的繁华，亵渎了圣洁的黑暗。上帝给了我们黑暗，不就是送给了我们梦想的温床吗？如果我们放弃梦想，不断地制造糜烂的光明来驱赶黑暗，纵情声色，那么我们面对的，很可能就是单色调的世界了。

我感激这只勇敢的蜜蜂,它用一场壮烈的牺牲,唤起了我的疼痛感,唤起了我对黑暗的从未有过的柔情。只有这干干净净的黑暗,才会迎来清清爽爽的黎明啊。

2007 年

上天的九级浪

> 而这场暴雨后的天空，让我明白天空之所以如海，是它也能卷起层层波浪！

楼下的农家，大约在白山黑水间生活久了的缘故，他家饲养的家禽，非黑即白。看门的狗呢，也是一黑一白。白的是大狗，黑的是小狗。女主人六十多岁了，虽然她多子多女，但因为孩子们大都下岗，无力奉养她，她便一早一晚地蒸了馒头，拿到小市场卖。她出门的时候，由白狗率领着，那条威猛的白狗看上去就像翻卷在她前面的一团云。

白狗在家，小黑狗是老实的。白狗和主人一出门，小黑狗大约觉得天下是自己的了，立刻神气起来了。它会翻越木栅栏，跳到鸭子和鹅的领地，把鸭子撵得四处奔逃。鸭和鹅平素也是掐架的，但小黑狗一旦欺负鸭子了，鹅就会昂首挺胸地，梗起它气贯长虹的脖子，雄赳赳地出击。小黑狗此时会落荒而逃，溜回果树下的老窝。别以为它受了威胁后会长记性，没脑子的小黑狗，下次照样去骚扰鸭子。

这些鸭子和鹅居于园田的角落。鹅一律是白色的，鸭子呢，大多是灰黑的。有一只鸭子，羽毛是黑的，唯有胸脯那儿是白的，好像这只鸭子给自己开了一扇窗。这只鸭子，便也遭同类的嫉妒，不仅黑鸭子对它群起而攻之，傲慢的大白鹅，也时常袭击它。它们那架势，似乎不合力把它胸前的那扇窗撞碎，就决不罢休。所以只要听到楼下的鸭子发出受惊的叫声了，十有八九是那只黑白花的鸭子。

狗对鸭子和鹅的食物，是不闻不碰的，它们吃的不是一路的。狗捡主人的剩饭，鹅和鸭呢，啄食的多半是谷物。冬天的时候，尤其雪大的日子，山上的麻雀寻觅不到吃的了，就会惦记这家院落家禽的食物。麻雀密密麻麻地落下来，往往刚偷个三口两口的，鹅就会张开蒲扇似的翅膀，驱赶它们。麻雀一哄而起，逃向天空。我想鹅身上无所畏惧的英雄主义气概，大概源自它与众不同的眼睛吧。老人们说鹅眼是收缩的，所以往往把人和风景都看小了。人在它眼里也许只是谷穗一般大，麻雀呢，不用说就是一缕浮尘了。

我观察了，不仅人喜欢看风景，动物也是一样的。起风的时候，果树抖得厉害，狗就喜欢钻出窝，歪着脖子看摇摆的树，欣赏它的万种风情吧。正午的阳光将大地照得泛出白光时，鸭子和鹅就格外欢实，"嘎嘎——呱呱——"地叫着，且歌且舞。它们张开翅膀的时候，一定是把阳光当成了上天垂下的长发，而把自己的翅膀当成了梳子。

五月二日的傍晚，天空本来晴朗着，可是突然，一团连着一团的阴云从西南方向飞涌而出。它们气势宏大，像一支无坚不摧的铁甲部队，顷刻间横跨天际，占领了东北部的天空。灰云压顶，天色黯淡，它们却还嫌兵力不够，继续增兵，阴云厚起来，天黑起来，一看，就是大暴雨要来了。果然，我刚把窗子关上，雷声轰隆隆响起，闪电在云层中游鱼似的穿梭，暴雨已经来了。它们把玻璃窗打得噼啪噼啪响，像是放爆竹。我站在窗前，看了一眼楼下的农家小院，发现家禽都已回棚了，小黑狗也回窝了，只有白狗，站在窗棂下，随时准备出发的样子。

大兴安岭的暴雨就是这样，来得猛烈，去得也快。一刻钟吧，云薄了，雨小了。又一刻钟，天放晴了。本该落山的太阳，又明晃晃地跳了出来，大约雷声把它给打回来了吧。山上的水雾与阳光交融，生出了今年的第一道彩虹！好像老天嫌山河还缺乏春意，特意为它加上一只妩媚的眼。本来它要加一双的，可是第二条彩虹只是隐隐约约眨了眨眼，就不见了。而第一条彩虹，也很快被轰轰烈烈的云霓所淹没。

并不是所有的阴云都能演化成雨水。暴雨过后，天空还飞涌着大片大片的云。这些云带着股重生的喜悦，翩翩起舞，姿态万千。灼灼的夕阳把西边天空的云照得一片嫣红，而东方的云，却是一派金黄。给人的感觉就是西方的天空在炼丹，而东方的天空则在炼金。在这嫣红和金黄之间，又有逐渐化开的蓝天，一块块地，散发着宝石色的光泽。风云变幻的天空，其壮丽之色，让我想起了艾伊瓦佐夫斯基的《九级浪》。都说天空如海，那多半是指它平静广阔的一面；而这场暴雨后的天空，让我明白天空之所以如海，是它也能卷起层层波浪！而且每一条波浪，都那么惊险，又那么绚丽！

农家小院的鸭和鹅，抖着翅膀出来了。它们看上去欢欣鼓舞的，大概知道彩虹出来后，河水就会暖了，它们离下河嬉戏的日子也就不远了。只是它们不知道，主人还有没有时间放牧它们。因为暴雨过后，它们透过木栅栏，看见小黑狗侧着身子蹭着果树玩耍，而白狗又引领着老迈的女主人，去小市场卖馒头去了。

2009 年

雪山的长夜

> 有雪山在，我的目光仍然有可注视的地方，我的灵魂也依然有可依托的地方。

午夜失眠，索性起床望窗外的风景。

以往赏夜景，都不是在冬季。春夜，我曾望过被月光朗照得莹光闪闪的春水；夏夜，我望过一叠又一叠的青山在暗夜中呈现的黝蓝的剪影；秋夜，曾见过河岸的柳树在月光中被风吹得狂舞的姿态。只有冬季，我记不起在夜晚看过风景。也难怪，春夏秋三季，窗户能够打开，所以春夜望春水时，能听见鸟的鸣叫；夏夜看青山的剪影时，能闻到堤坝下盛开的野花的芳香；秋夜看风中的柳树时，发丝能直接感受到月光的爱抚，那月光仿佛要做我的一绺头发，从我的头顶倾泻而下，柔顺光亮极了。而到了寒风刺骨的冬季，窗口就像哑巴一样暮气沉沉地紧闭着嘴，窗外除了低沉的云气和白茫茫的雪之外，似乎就再没什么可看的了。

然而在这个失眠的故乡的冬夜，我却于不经意间领略到了冬夜的那种孤寂之美。

　　站在窗前，最先让我吃惊的是那三座雪山。原以为不到月圆的日子，雪山会隐去真形，谁知它们在半残的月亮下，轮廓竟然如此分明，我甚至能看清山脊上那一道一道的雪痕！

　　那三座雪山，一座向东，另两座向南。在东向和南向的雪山之间，有一道很宽的缝隙，那就是呼玛河。我在春夜所观赏过的春水，就是它泛出的波光。冬夜里，河流被冰雪覆盖着，它看上去就像遗弃在山间的一条手杖。这巨大的手杖白亮而光滑，想必是天上的巨人所用之物。夜晚的雪山不像白日那么浑厚，它仿佛是瘦了一圈，清隽秀丽，因而显得高了许多。仿佛黑夜用一把无形的大剪刀，把雪山彻底修剪了一番，使它看上去神清气朗，英姿勃勃。

　　这三座曾十分熟悉的雪山，让我格外地惊诧。它们仿佛三只从天上走来的白象，安然凝望着北国的山林雪野和人间灯火。小城灯火阑珊，山脚下倒是有两簇灯火，一簇在南侧，一簇在东侧。这两簇灯火异常灿烂华美，让我觉得它们是这白象般的雪山脚下挂着的金色铃铛，只要雪山轻轻一动，它们就会发出清脆的响声。

　　我久久地望着那两簇灯火。每日午后，我都要在山下的小路上散步。小城人没有散步的习惯，所以路上通常是我一人。一个人走在雪路上，是多么渴望雪山能够张开它宽阔的胸怀，拥我入怀啊。有一日我曾在河滩碰到几个挖沙的人，想必东侧的灯火是挖沙人的居所。而南侧的雪山并没有房屋，那儿的灯火是谁的呢？也许是打渔人的？呼玛河中有味美的鲶鱼和花翅子，一些打渔人就在河面凿了一口口冰眼下网捕鱼。看着这一派寒冷和苍凉的景象，谁能想到坚冰之下，仍有美丽柔软的鱼在自由地畅游呢！当我一厢情愿地认定那簇灯火是打渔人的之后，我就幻想打渔人起网的情景。那一条条美丽的出水芙蓉般的鱼跃出水面，看到这个暗夜中的冰雪世界，是不是会伤心泪垂？

雪山东侧的那簇灯火先自消失了。是凌晨一时许了，想必挖沙人已停止了夜战，歇息去了。而南侧的那簇灯火仍如白莲一样盛开着。我盯着那灯火，就像注视着挚爱的人的眼睛一样。

以往归乡，我在小路上散步总是有爱人陪伴。夏季时，我走着走着就要停下脚步，不是发现野果子了，就是被姹紫嫣红的野花给吸引住了。我采了野果，会立刻丢进嘴里。爱人笑我是个"野丫头"。有时蚊子闹得凶狂，我就顺手在路边折一根柳枝，用它驱赶蚊子。而折柳枝时，手指会弥漫上柳枝碧绿而清香的汁液。那时我觉得所有的风景都是那么优美、恬静，给人一种甜蜜、温馨的感觉。可自从爱人因车祸而永久地离开了我，我再望风景时，那种温暖和诗意的感觉已荡然无存。当我孤独一人走在小路上时，我是多么想问一问故乡的路啊：你为什么不动声色地化成了一条绳索，在我毫无知觉的时候扼住了他的咽喉？你为什么在我感觉最幸福的时候化成了一支毒箭，射中了我爱的那颗年轻的心？青山不语，河水亦无言，大自然容颜依旧，只是我的心已苍凉如秋水。以往我是多么贪恋于窗外的好山好水，可我现在似乎连看风景的勇气都没有了。

我很庆幸在这个失眠的冬夜里，我又能坦然面对窗外的风景

了。凌晨两点多，南侧雪山的灯火也消失了。三座雪山没有因为灯火的离去而黯淡，相反，它们在星光下显得更加挺拔和光华。当你的眼睛适应了真正的黑暗后，你会发现黑暗本身也是一种明亮。仰望天上的星星，我觉得它们当中的哪一颗都可以做我身旁的一盏永久的神灯。而先前还如花一样盛开的人间灯火，它们就像我爱人的那双眼睛一样，会在我为之无限陶醉时，不说告别，就抽身离去。

雪山沐浴着灿烂的星光，焕发出一种孤寂之美。那隐隐发亮的一道道雪痕，就像它浅浅的笑影一样，温存可爱。凌晨四时许，星光稀疏了，而天却因为黎明将至呈现着一股深蓝的色调，雪山显得愈发的壮美了。我想我在望雪山的时候，它也在望我。我望雪山，能感受到它非凡的气势和独特的美，而它望我的房屋，是否只是一头牛的影子，而我只是落在这牛身上的一只飞蝇？

我还记得一九九八年河水暴涨之时，每至黄昏，河岸都有浓浓的晚雾生成。有一天我站在窗前，望见爱人从小路上归家。他的身后是起伏的白雾，而他就像雾中的一棵柳树。那一瞬间，我有一股莫名的恐慌感，觉得这幻影一样的雾似乎把爱人也虚幻化了，他在雾中仿佛已不存在。现在想来，死亡就像上帝撒向人间的迷雾，它说来就来，说去就去。它能劫走爱人的身影，但它奈何不了这巍峨的雪山。有雪山在，我的目光仍然有可注视的地方，我的灵魂也依然有可依托的地方。

我感谢这个失眠的长夜，它又给予了我看风景的勇气。凌晨的天空有如盛筵已散，星星悄然隐去了，天空只有一星一月遥遥相伴。

那月半残着，但它姿态袅娜，就像跃出水面的一条金鱼。而那颗明亮的启明星，是上帝摆在我们头顶的黑夜尽头的最后一盏灯。即使它最后熄灭了，也是熄灭在光明中。

2009 年

谁说春色不忧伤

> 我想一颗依然能感受春光的心，无论怎样悲伤，都不会使她的躯壳成为朽掉的木。

在我的故乡，十月便入冬了。雪花是冬季的徽标，它一旦镶嵌在大地上，便意味其强悍的统治开始了。虽说年分四季，但由于南北不同和季节差异，四季的长度是不相等的，有的春短，有的秋长。而我们那儿，最长的季节是冬天。它裹挟着寒风，一吹就是半年，把人吹得脸颊通红，口唇干裂，人们在呼号的风中得大声说话，不然对方听不清。东北人的大嗓门，就是寒风吹打的吧。你走在户外，男人的髭须和女人的刘海，都被它染白了，所以北国人在冬天，更接近童话世界的人，他们中谁没扮过白须神翁和白毛仙姑呢。

被寒流折磨久了、被炉火烤得力气弱了、被冬日单一蔬菜弄得食欲寡淡的人，谁不盼着春天呢？春天的到来是最铺张的，它的前奏和序幕拉得很长。三月中旬吧，就有它隐约的气息了。连续几个晴天后，正午时屋檐会传来滴答滴答的水声，那是春天的第一声呼吸，屋顶的积雪开始融化了。人们看见活生生的水滴，眼里泛着喜悦的光影。但别高兴得太早，春天伸了一下舌头，扮个鬼脸，就不见了。寒流的长鞭子又甩了出来，鞭打得人还不能脱下冬衣。人们眼巴巴地看着屋檐滴水时凝结的冰溜儿，就像望着脆弱的琴弦，不敢把动人的旋律弹奏。到了四月初，屋顶的积雪全然融化了，家家的白屋顶露出了本色，红瓦的现出热烈的红色，青瓦的现出深沉的钢青色，这时春天的脚步真的近了。雪花隐遁，天空由灰白变成淡蓝，太阳苍白的面庞有了暖色；河岸柳树泛红，林中向阳山坡的达子香花，羞答答地打骨朵了；人们饲养的家禽，开始在冬窝里频频伸展翅膀，想啄春天的第一口湿泥，做自己的口红。这时的春天怎么说呢，是到了婚日的盛装的新娘，呼之欲出了！

春天就是一个宝石库，那里绿翡翠最多。地上的草，林中的树，园田的菜圃，呈现着一派娇嫩的绿；山间原野的花儿，姹紫嫣红，争奇斗艳，蓝的如宝石，红的如玛瑙，白的如珍珠，金黄的如琥珀。这时窗缝的封条撕下来了，门上用于抵御寒风的棉毡也取下来了，人们换下棉衣棉裤，家禽们又可以寻觅园田肥美的虫子作为它们的小点心了！到了五月，春天波涛汹涌地来了，所有的生命都荡漾在它明媚的波涛里！

但这样的春色，也许过于寻常，并没有烙印在我心灵深处。我对最美春色的记忆，居然与伤痛联系在一起。也就是说，有两个年份的春光，分别因身体和心灵的伤痛，而化为了化石，嵌在我骨头缝里，无法忘怀。

也是冬天,也是春天

我在大兴安岭师专读二年级时,也就是三十四年前,春末时分,突患牙痛。先是一颗牙起义,疼了起来,跟着它周边的牙呼应它。半口牙痛起来的感觉,让你甚至想当自己的刽子手,砍下头颅。我还记得童年时一个杀猪的因为牙痛,要喝农药,他老婆喊邻人阻止丈夫愚蠢行为的情景。有过牙痛经历的人都知道,那种痛锥心刺骨,尤其是夜深它扰得你不能安眠时。记得我被牙痛连续折磨了两昼夜,一天凌晨,天还没亮,我实在忍耐不住,一个人悄悄穿衣起来,出了集体宿舍,走向校园西侧的原野。那天有雾,我张开嘴,希望雾气能像止痛散,发挥点作用。我步出宿舍区,接近原野的时候,发现了一团黑乎乎的东西。走近一看,是台用于耕地的拖拉机!我想起白天时,曾望见它在原野上工作。拖拉机驾驶舱的门,居然一拉就开了。我像发现了一个古堡,兴奋地跳上驾驶室。完全不懂驾驶技术的我,试图开动它。好像拖拉机的履带一转,我的病痛就会被碾碎似的。我不知哪里是油门刹车,双脚乱踏,手抚在方向盘上,振振有词地喊着前进前进,可拖拉机纹丝不动。但这丝毫没有减淡我的热情,我像对付一匹野马似的,执意要驯服它,一直和它战斗,直到雾气野鬼似的在日出中魂飞魄散,我才大汗淋漓地休战。太阳从背后升起来,照亮了我面前的原野。它的绿是那么鲜润,就像一块刚压好的豆腐,只不过这是块巨大的翡翠豆腐!这片触目惊心的绿震撼了我,我跳下拖拉机。牙痛就在我奔向原野的时刻,突然止息了。病牙撤兵,整个身心都获得了解放。我感恩地看着春天的原野,想着它蛰伏一冬,冲出牢笼后出落得如此动人,可我从未细心打量过它，辜负如此春色，实在不该。

另一片记忆中的至美春色，是与 2002 年联系在一起的。那年 5 月 3 日，爱人在归乡途中车祸罹难，我赶回故乡奔丧。料理完丧事，回到塔河，正是新绿满枝的时候。姐姐见我很少出门，有一天领着孩子，拉着我去堤坝走走。太阳已经很暖了，可走在土路上，我却觉得脊背发凉。堤坝是我和爱人常去的地方，我们曾在河边打水漂，采野花，看两岸的山影、庄稼和牛羊。我走下堤坝，看到几棵嫩绿的柳蒿芽，随手采了，那是我和爱人喜欢吃的野菜，把它用开水焯了，蘸酱吃鲜美无比。我采了柳蒿芽，又看见了野花，白的，粉红的，淡蓝的，星星似的眨眼。我没有采花，因为以往采回的野花，会放到床头桌上，照亮两个人的梦境。想着爱人与这样的春色永别了，想着再无人为我采撷这大好春色，伴我入梦，我忍不住落泪了。"万木皆春色，唯我枝头泪"，这是我为《白雪乌鸦》里丧夫的女主人公写的一句内心独白，它其实也是我的内心独白。那天我怕姐姐看见我的泪，便朝茂密的柳树丛走去。泪眼中的春色飞旋起来，像一朵一朵的云，在人间与天堂之间绽放，那么迷离，那么凄美！四野寂静，我听见了自己的心跳声。我想一颗依然能感受春光的心，无论怎样悲伤，都不会使她的躯壳成为朽掉的木。爱情的春光抽身离去，让我成为无人点燃的残烛，可生命的春光，依然闪烁！

我最爱的词人辛弃疾，曾写过"春风不染白髭须"的名句。是啊，春风染绿了山，染红了花，染蓝了天，染白了云，可它不能把我们的白须白发染黑，不能让岁月之河倒流。但春风能染红唇，能让它像一朵永不凋零的花，吐露心语，在夜深时隔着时空，轻唤你曾爱过的人，问一声：你还好吧？

2016 年

水银花开的夜晚

> 我发现了无数颗更加细小的水银珠粒，
> 在白桦木地板的表面和缝隙，花儿一样绽放着。

腊月到正月，在哈尔滨还是有花可看的，那是寒流之笔，描画在玻璃窗上的霜花。出了正月呢，即使飘雪的日子还有，但雪魂魄已失，落地即化，霜花也杳然无影了。你若想看花，只能去花店买南方运来的鲜花了。花儿是女儿身，经不起折腾，一路奔波令其花容失色，瓶中的"花娘娘"们，总有种"身在异乡为异客"的落寞感，没有本土应时而开的花儿那么气韵饱满。

猫冬让北方人筋骨疲弱，所以当积雪消融，埋藏在雪下的枯草出狱似的瑟瑟缩缩地出现在阳光下时，人们以为摸到春天的触角了，奔向户外的漫步者不在少数。寒风虽是强弩之末，但威力尚存，我不幸被击中，有一日傍晚从江畔回来，咳嗽流涕，身上阵阵发冷。

我便取放在玄关托盘上的体温计，想看看自己是否发烧。

我取体温计的时候，不慎将外壳的护帽朝下，这一竖不要紧，

由于对接处咬合不严,护帽叛徒似的落地而逃,将体温计彻底出卖了,它随之坠落,摔成两截。

它这一跌,我家的黑夜亮了。

从玻璃管内径流溢而出的水银,魔术般地分裂成大大小小的珍珠状颗粒,像一座雪山巍峨地屹立在我面前。我先是拿来一块抹布擦拭,以为它们会像水滴一样,迅速被吸附,岂料它们欢欣鼓舞地一分二、二分三、三分四地遍撒银珠,泻地水银非但未少,反而如满天繁星,在白桦木地板上朝我眨眼。它们近在咫尺,却仿佛远在天边,不可征服。

我少时数理化不灵光,对水银的了解,竟来自当时广为流传的一本小人书:《一块银元》,主要情节围绕一块银元展开,写了穷人的苦,地主的恶,其中最让人惊悚的情节,是一个地主婆死了,她的儿子竟让一对童男童女为他老娘殉葬。他们给童男童女灌注了水银。故事浓墨重彩的是那个身世凄惨的童女,在出殡的行列中,她端坐在莲花上,手持一盏纱灯,双目圆睁,虽死犹生。她的亲人在路旁声声唤她,可她无法应答了。那个画面给我幼小的心灵带来了强烈的阴影,恨地主,也恨水银。水银是毒蛇,它要了如花似玉的姑娘的命!

我们在日常生活中不能接触到水银制品,除非是在镇卫生所。那时日子穷,谁家会拥有温度计和体温计呢!如果感冒发烧了,卫生所的护士会神气地甩一下体温计,将它夹在患者腋下。童年时我曾盼着感冒(因为父母会给感冒的孩子买山楂罐头吃),却怕发烧,万一去卫生所测体温,体温计碎裂了,水银流入我体内,我成了僵死的人,那可怎么好?谁还能在爸爸喝醉时为他取一杯茶?谁还能在妈妈拆洗被褥时为她挑上满缸的水?谁还能在姐姐除夕夜不想吃饺子时,给她烙上两张糖饼?谁还能在弟弟闯祸挨打时,夺下爸爸手中的棍子,让他少受些皮肉之苦?除了亲人,还有那些可爱的动物让我难以割舍,谁能给吃饱了的猪用破木梳刷毛?谁能在黄昏时把游荡的鸡及时赶回鸡笼?谁能给看家狗偷些它惦记着的人吃的食物?还有夏天时满沟满谷的野花谁去采,冬天时满院子的白雪谁来扫?

我那时感冒了,发烧了,抗拒去卫生所,骨子里是恐惧水银体温计。总觉得我的腋窝藏着火苗,会将爆竹似的它引爆。它灿烂了,我就黑暗了。体温计是恶魔,这在看过《一块银元》小人书的同学心中,根深蒂固。以至于我们憎恨一位班主任老师时,私下议论要是小人书中被灌注了水银的是她,而不是那个女孩,该有多好。好像我们真的掌握了水银,都会沦为施恶的地主婆的儿子。

这位班主任是我们的语文老师,她中等个,微胖,圆脸上生满雀斑,厚眼皮,眼睛不大,但很犀利。她不是本地人,住在学校的板夹泥宿舍里。因为没有食堂,她得自己弄吃的,所以我常在清晨去生产队的豆腐房买豆腐时遇见她。因为怕她,又因为豆腐房总是白气缭绕,人在其中如在雾里,面目模糊,我假装没看见她,溜之乎也。

我们为什么怕这位老师呢?她严厉起来不可理喻。她有一杆长长的教鞭,别的老师的教鞭只在黑板上跳舞,她的教鞭常打在学生手上。期中期末考试总成绩不及格者,是她惯常教训的对象。她会让他们伸出手来,这时她的教鞭就是皮鞭了,抽向落后生。痛和屈辱,让被打的同学哇哇大哭。这种示众的效果,倒是让所有的学生不甘落后,刻苦学习了。但大家心底对她还是恨的,她头发浓密,梳着两条粗短的辫子,我们背地就说她带着两把锅刷;她脸上的雀斑,被我们说成耗子屎;她擦黑板上红红白白的字时,粉笔擦不慎碰着脸,成了大花脸,我们在底下偷着乐,没一个提示她的。

她管理班级严格到什么程度呢?要是教室的泥地清扫不净,值日生的苦役就来了,会被罚连续值日。最让我们难堪的是检查个人卫生,我们上课前她会手持碎砖头,高傲地站在门口,我们则像乞丐一样朝她伸出手去,如果我们的手皴了,或是指甲里藏污纳垢,她会扔给你一块碎砖头,让我们出去蹭掉手上的皴,抠出指甲里的泥,砖头在此时就成了肥皂了。如果春夏秋季,拿了砖头的学生会去溪边洗手(那时大兴安岭植被好,溪流遍布),冬天时只能用积雪清理了。我有一次也被检查出手上有皴,不允许我进教室,我一赌气,到了溪边,把她那堂课都消磨掉了。看山看水,看花看草,不亦乐乎。我面临的惩罚,可想而知了。

这位班主任老师看上去跋扈,但她业务好,很敬业,也有善心。有的同学家贫,她家访时会带上她买的作业本,她还帮助交不起学费的学生交费,并带我们进城,去照相馆拍合影。当然,她还常在我们下午该放学时,给我们加一小节课,讲那些经典的励志故事。

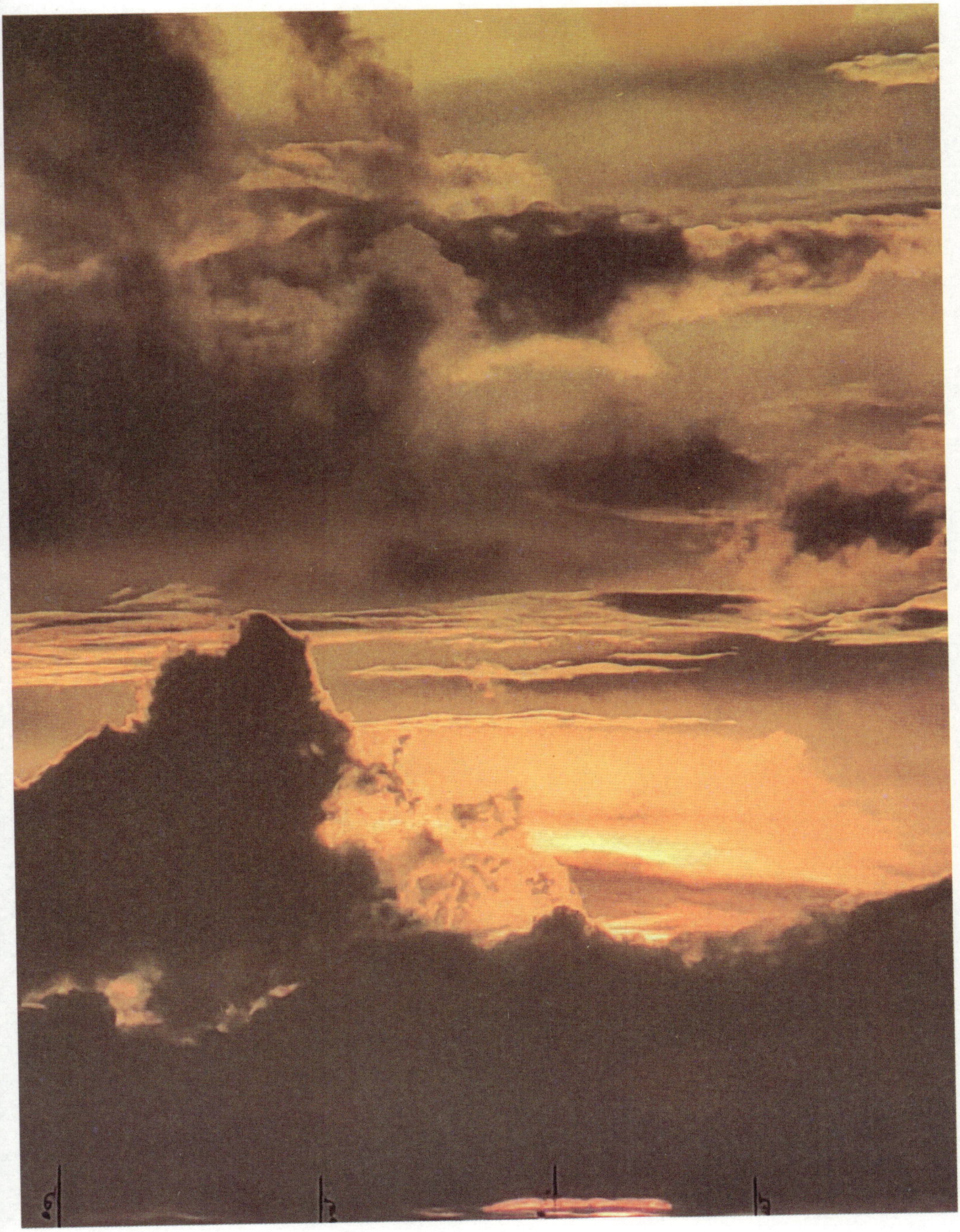

因为在黑夜面前,

所有的花朵都是无辜的。

如果是冬天，天黑得早，讲台就点起一根蜡烛。烛火跳跃着，忽明忽暗，她的脸也忽明忽暗，那也是她最美的时刻。她不用教鞭，脸上的雀斑看不见了，语气温柔，面目平和。

她离开我们小镇，似乎没有任何预兆。突然有一天，她要调到黑龙江东部的一个小城去，说是她恋人在那儿，是去结婚。这时我们才意识到她是一个女人，是个有人惦念的人。

她要离开了，按理说我们是奴隶得解放了，该同声庆祝的，可大家突然都很沮丧，因为她一点狠劲都没了。她带着偿还之意，将自己所用之物，分给常遭她鞭打的人，那多是家庭困难的同学，我听说的就有书本、衣物、脸盆。在她走前，有天我在小卖店碰见她，她还买了一双雨靴送我。从此之后，她离开后的风雨时刻，穿着雨靴走在泥水纵横的小路上，我总会想起她。而她带我们拍的合影，成了同学们最美的珍藏。我们不知她婚后过得怎样，她丈夫会像我们小镇的男人那样爱打老婆吗？她为师还喜欢手执长教鞭吗？当我们班级的卫生越来越差，同学们随地吐痰，随手丢废纸，教室再也不是窗明几净时，爱整洁的女孩子就想念她；而当那些学习成绩差的学生，将书本视为无用之物而放任自流时，学生的家长就慨叹，要是她在就好啦，孩子就有人管了！

四十多年了，我没有她的任何消息，也极少想起她来。但水银泻地的这个夜晚，也过了半百之岁的我，却很热切地思念起她来。不知她是否还在她当年嫁过去的小城。按她的年龄，应是儿孙满堂，颐养天年了。

我不知当年的这位班主任老师的长辈，是否有出自旧学堂的，她的一些教育方式，私塾痕迹明显，教育为主，体罚为辅，在今天可能会遭到众口一词的谴责。但试想在二十世纪七十年代一个荒僻的山镇，一个有抱负的教师，面对着一群天性顽劣的野孩子，她最直接有效的教书育人方式，也许就是恩威并施。她用教鞭打了那么多孩子，可没一个因之致残或受伤，可见她心里是有轻重和尺度的；当她把砖头抛向你，让你蹭掉手上的皴时，尽管你满心不快，但至少让你从此后注意个人卫生，时常用温水泡手，让它们散发出我们那个年龄的手本该有的鲜润光泽。

再回到体温计碎裂的那个夜晚吧。夜一点点地黑起来，我见抹布清理水银起到的反而是推波助澜的作用，赶紧上网查询对付它们的办法。水银有毒，我先是敞开窗子通风，然后用笤帚将它们轻轻扫到撮子里，放到一个新打开的垃圾袋中，之后用纸巾擦拭余下的细碎的水银珠。每片纸巾罩住一两颗，将它们轻轻拈起，包饺子似的封住口，丢进垃圾袋，再取一片纸巾奔向另一处。我就这样朝圣似的趴在地上捉水银珠，足足用了半盒纸巾，直到我认为已把它们消灭殆尽。

我关了厅里的灯，打算回卧室休息一下。借着卧室的微光，我突然发现刚清理过的地板上，仍有水银珠一闪一闪的。我不相信，取了手电筒照向那里。呵呀，这分明是一个微观花园么，我发现了无数颗更加细小的水银珠粒，在白桦木地板的表面和缝隙，花儿一样绽放着。

这不死的花朵，实难相送，那就索性不送，我不相信就凭它们会让我性命堪忧——将其当花来赏又如何！权当它们是蜡梅的心，是芍药的眼，是丁香的小袄，是莲花的罗裙！

　　因为在黑夜面前，所有的花朵都是无辜的。

2017 年

03

时间怎样地行走

泥泞

> 泥泞诞生了跋涉者,它给忍辱负重者以光明和力量,给苦难者以和平和勇气。

北方的初春是肮脏的,这肮脏当然缘自我们曾经热烈赞美过的纯洁无瑕的雪。在北方漫长的冬季里,寒冷催生了一场又一场的雪,它们自天庭伸开美丽的触角,纤柔地飘落到大地上,使整个北方沉沦于一个冰清玉洁的世界中。如果你在飞雪中行进在街头,看着枝条濡着雪绒的树,看着教堂屋顶的白雪,看着银色的无限延伸着的道路,你的内心便会洋溢着一股激情:为着那无与伦比的壮丽或者是苍凉。

然而春风来了。春风使积雪融化,它在消融的过程中容颜苍老、憔悴,仿佛一个即将撒手人寰的老妇人。雪在这时候将它的两重性毫无保留地暴露出来:它的美丽依附于寒冷,因而它是一种静止的美、脆弱的美;当寒冷已经成为西天的落霞,和风丽日映照它时,它的丑陋才无奈地呈现。

纯美至极的事物是没有的，因而我还是热爱雪。爱它的美丽、单纯，也爱它的脆弱和被迫的消失。当然，更热爱它消融时给这大地制造的空前的泥泞。

小巷里泥水遍布；排水沟因为融雪后污水的加入而增大流量，哗哗地响；燕子在潮湿的空气里衔着湿泥在檐下筑巢；鸡、鸭、鹅、狗将它们游荡小巷的爪印带回主人家的小院，使院子里印满无数爪形的泥印章，宛如月下松树庞大的投影；老人在走路时不小心失了手杖，那手杖被拾起时就成了泥手杖；孩子在小巷奔跑嬉闹时不慎将嘴里含着的糖掉到泥水中了，他便失神地望着那泥水呜呜地哭，而窥视到这一幕的孩子的母亲却快意地笑起来……

这是我童年时常常经历的情景，它的背景是北方的一个小山村，时间当然是泥泞不堪的早春时光了。

我热爱这种浑然天成的泥泞。

泥泞常常使我联想到俄罗斯这个伟大的民族，罗蒙诺索夫、柴可夫斯基、陀思妥耶夫斯基、托尔斯泰、蒲宁、普希金就是踏着泥泞一步步朝我们走来的。俄罗斯的艺术洋溢着一股高贵、博大、阴郁、不屈不挠的精神气息，不能不说与这种春日的泥泞有关。泥泞诞生了跋涉者，它给忍辱负重者以光明和力量，给苦难者以和平和勇气，一个伟大的民族需要泥泞的磨砺和锻炼，它会使人的脊梁永远不弯，使人在艰难的跋涉中懂得土地的可爱、博大和不可丧失，懂得祖国之于人的真正含义；当我们爱脚下的泥泞时，说明我们已经拥抱了一种精神。

如今在北方的城市所感受到的泥泞已经不像童年时那么深重了，但是在融雪的时节，我走在农贸市场的土路上，仍然能遭遇那种久违的泥泞。泥泞中的废纸、草屑、烂菜叶、鱼的内脏等杂物若隐若现着，一股腐烂的气味扑入鼻息。这感觉当然比不得在永远有绿地环绕的西子湖畔撑一把伞，在烟雨蒙蒙中耽于幻想来得惬意，但它仍然能使我陷入另一种怀想，想起木轮车沉重地碾过它时所溅起的泥珠，想起北方的人民跋涉其中的艰难的背影，想起我们曾有过的苦难和屈辱，我为双脚仍然能触碰到它而感到欣慰。

我们不会永远回头重温历史，我们也不会刻意制造一种泥泞让它出现在未来的道路上，但是，当我们在被细雨洗刷过的青石板路上走倦了，当我们面对着无边的落叶茫然不知所措时，当我们的笔面对白纸不再有激情而苍白无力时，我们是否渴望着在泥泞中跋涉一回呢？为此，我们真应该感谢雪，它诞生了寂静、单纯、一览无余的美，也诞生了肮脏、使人警醒给人力量的泥泞。因而它是举世无双的。

1995 年

必要的丧失

> 你在怀旧，就意味着你对往昔大部分生活的丧失。

一九九四年九月在云南的大理，有天傍晚我在散步时与一个精神失常者相遇。当时我正走在河岸上，空气很凉爽，明月下能见到苍山幽蓝的剪影。河岸上少见行人，月光使河水发出亮色。当我走上一座桥，在石桥的一端突然与一个人相遇。他衣着洁净，笑嘻嘻地望着桥下的流水，那样子仿佛水中有他的美如天仙的新娘。古朴的石桥、平静的河水、清朗的月光，这种充满古典情怀的场景使我对那男子产生了好奇，或者说他正在诱惑我。月色给他的脸涂上一层柔和的光彩，我见他相貌平平，入神地微笑着，一动不动地望着河水。如果不是他始终如一地笑着，毫无顾忌地笑着，我是想不到他是精神失常者的。当我意识到他的精神有问题时，他已侧转身朝我走来，我大胆地打了一声招呼："嗨，你好！"他并没有停住脚步，但他冲着我笑了，而且笑出了声。他与我擦身而过，他像大多数的精神失常者一样，走路很散漫，晃晃悠悠，有一种逍遥感。

我想象他为何而精神失常：爱情？金钱？权力？事业？这世俗生活中能制约、桎梏和诱惑人的种种事物我都想了一番，最后仍然是一团迷雾，得不到任何答案。但有一点是肯定的，他丧失了世俗人要为之奔波、劳碌、明争暗斗的职称、住房待遇、官职、金钱、荣誉等这一切为人所累的东西，那么他心中留下的那一点是什么？也许仅存爱情了。留下的必定是唯一的、单纯的、永恒的、执着的。这种东西带给了他安详、平和、宁静与超然，而到达这种境界却必须以丧失作为代价。

他对我的那一笑常常使我警觉，这使我想起了里尔克，他在自己的一生中努力追求一种孤独感，有时候朋友或亲人破坏了他这种孤独感，他就会离他们而去。这种孤独感是否是精神失常者心中仅存的一种古典诗意之美呢？距离产生了，客观、清醒和冷静的良好品质，必然在人的身上出现，而距离总是以丧失作为前提的。

必要的丧失是对想象力的一种促进和保护。许多秀山秀水、文化底蕴深厚的地方频频产生过大学问家，而很大气的艺术家却寥寥无几，我一直以为这样尽善尽美的环境没有给想象力以飞翔的动力，而荒凉、偏僻的不毛之地却给想象力提供了更广阔的空间。可惜这样的地方又缺乏足够的精神给养。没有了满足感、自适感，憧憬便在缺憾、失落、屈辱中脱颖而出，憧憬因而变得比现实本身更为光彩夺目。

怀旧是否也是一种丧失呢？我认为是。尽管怀旧的形式本身是拾取和藕断丝连，但就怀旧的事物本身而言，它却是对逝去所有事物的剔除和背叛，因为你不是怀恋已逝的所有事物，而是只对一件事物情有独钟，那么你在怀旧，就意味着你对往昔大部分生活的丧失，你用阅历和理性判断出了一种值得追忆的事物，这种东西对你而言是永恒的。几乎所有的作家都有怀旧情绪，这种拾取实在是一场轰轰烈烈的丧失，而这种丧失又是必不可少的。

那么憧憬呢？它也是一种丧失吗？我认为憧憬也是一种丧失。憧憬是想象力的飞翔，它是对现实的一种扬弃和挑战。现实太满或者太流于平庸了，憧憬便会扶摇而上，寻找它自己的阳光和雨露。憧憬脱离尘世，当然是对许多俗世生活的一种丧失。

怀旧和憧憬，这是文学家身上必不可少的两个良好素质，它们的产生都伴随着丧失。而任何人并不是每时每刻都能怀旧和憧憬的，它需要营养的补充，也就是需要培养人的一种孤独感，一种近于怪癖的艺术家的精神气质。一个八面玲珑、缺乏个性的人是永远不会成为艺术家的，因为他们拥抱一切，缺乏问询、怀疑、冷静和坦诚，因而也就产生不了距离和美。

我又想起了在大理石桥上遇见的那个人。以往我会像绝大多数人一样称他们为精神病患者，但我现在不那么以为了。首先我已经不敢肯定这是一种病，当然就不能说他是患者了。我们是用常人的眼光打量他们的，他们的失神和超常状态其实是引起了我们自身的恐慌，他们那不顾一切、彻头彻尾的丧失令我们疑惑不解，所以我们认定他们有病。有一个小常识很说明问题，几乎绝大多数病的症状都伴有抑郁、焦虑、暴躁、惊慌的表现,当你身上出现这种情绪时,你可能生病了。而精神失常者却表现出一种使人迷醉的冷静、平和及愉悦,这有他们脸上的笑容为证。他们战胜了抑郁、焦虑、暴躁和惊慌,他们的心中也许仅存一种纯粹的事物,他们在打量我们时,是否认为我们是有病的,而他们却是正常的?因为我们所说的正常是以大众的普通人的行为作为尺度的,所以我只能认为他们是精神失常者,或者说是精神漫游者。

要到达那种境界要丧失多少东西?我不敢设想。也许他们也怀想和憧憬,就像我们一样。

1995 年

晚风中眺望彼岸

> 如果我不能置身于鱼群飞舞、星汉灿烂的环境，就让我的心灵抵达那里。

一九九九年十二月三十一日的零时，我想同其他的时刻也不会有什么特别的区别。也许一个婴儿出生了，而另一个老人却死亡了。有的国家被白雪笼罩，而有的则被洪水围困。某一朵花静悄悄地开了，而某一棵树却在雷电声中訇然倒下。河流不会因为新世纪的到来而改变方向，它依然会在淤满泥沙的旧河床中无波地流动；房屋如果不受地震、火灾和龙卷风等的威胁，也依然会在这个一天中最黑暗的时刻负载着人类千奇百怪的梦境。新世纪在零点钟声清寂地落下后迎头而来，我想不会有人看见它头顶的曙光，因为那时对自然来讲是最沉重和黑暗的时刻。

时间绝对不会因为二十世纪的完结而脱胎换骨，它该如何循序渐进地走下去就如何走下去。我们一觉醒来，发现二十一世纪同昨日的二十世纪没有什么具体的区别，依然是陈旧的阳光照着古老的街道，卖早点的人也同以往一样眼角淤着眼屎呵欠连天地炸油条。菜摊儿前的妇女提着形形色色的菜篮子在为一家人的生计操心，而餐桌前的孩子则像雏燕一样等待家长把饭喂到他们口中。

二十一世纪就在一片庸碌声中平凡地开始了。你别指望在那个世纪之交会有数百条彩虹横空出世令你惊喜不已，也不必担心像某些预言家所讲的那样会面临灭顶之灾。地球和人类在我看来都是很皮实的东西，虽然有陨石雨、战争、饥荒、瘟疫等不间断地折磨他们，但他们总是能够找到战胜和消解它们的方式。他们自身有着强大的免疫力。这种巨大的存在是不可抗拒的。所以我从不担心二十一世纪会像出现了病毒的计算机中的资料一样消失得无影无踪，它肯定会如期来临。

像我这样出生于二十世纪六十年代的人，基本上是把半辈子扔给了二十世纪，而另外的半辈子则会在二十一世纪奔波。从我出生时起，世界就早已形成了。它轮廓分明，井然有序。人们生病了去医院，该上学了去学校，缺柴米油盐了去粮店，犯罪了去蹲监狱，看破红尘的人踏入寺庙，仿佛一切都已约定俗成。早已有人发明了汽车、飞机、电话等便捷的交通工具和通信工具，使我们的出行和联络变得极为方便。房屋有电的照耀，随之产生了电视、冰箱、洗衣机、组合音响、吸尘器等靠电为人类提供娱乐和舒适生活的工具。你几乎不用动什么脑筋，就可以安然地进入一种与世无争的生活状态。一切都是现成的，使你没有思考的余地和创造的空间。

我开始逐渐懂得国家有别，国与国之间以政治的名义又划分出了几个世界。至于国家内部的政治也是错综复杂的，所以战争既有世界大战也有国家内战。至于经济，它越来越成为人类生活最关注的话题，而直接带动经济腾飞的科学技术也备受重视。经济实力的强弱在很大程度上已经开始主宰人的精神生活，所以它不知不觉地已经渗透到政治、军事、上层建筑等诸多领域。而文化艺术发展到今天，仿佛最辉煌的时刻已经过去，无数的艺术大师像群星一样闪烁在茫茫夜空中，使我们只有顶礼膜拜的分。就我的狭窄视野和生存状况来看，建筑有了中世纪欧洲各国那些著名的大教堂就已经算是登峰造极了。而音乐有了巴赫、贝多芬、柴可夫斯基就够了。至于绘画，凡·高一个人就把激情的表达推到了顶点。而文学，东方有了川端康成、西方有了福克纳也足以使黯淡的天空为之一亮。

这个世界正在有条不紊地向前走着，以至于我常怀疑在它的深处埋藏着巨大的阴谋。我们的一切仿佛都已经被预定了，到处都是秩序和法则，你无法使自身真正摆脱羁绊而天马行空。所以在现实社会中，你若内心拥有自由的情感，无疑是把苦难之水倾在自己的头上。这世界需要的仿佛只是木偶，只有这样你才能毫不受伤害地平静走完一生。你若对这个世界问询多了，它便会给你致命的一击。尼采是问得太多了，所以他发疯了；凡·高也问多了，他亲手割下了自己的耳朵作为代价；贝多芬也问多了，所以最后让旋律诀别了他，使他失聪而坠入一个强大的寂静的空间。还有海明威、三岛由纪夫等，他们干脆把自己的命也问进去了。然而正是这些人，使我觉得这世界还能让人活下去。

文化艺术是靠想象力的支撑才得以发展的。想象诞生了数不清的神话和传说，使我们觉得在嘈杂的生存空间里有隐隐的光带在闪闪烁烁而令人倍觉温暖。然而现在，神话和传说却难以诞生了，那些自诩为神话的东西让人嗅到的却是一股浊重的膏药味。我怀疑人类的想象力正在逐渐萎缩。同一模式的房屋、冷漠的生存空间、机械单调的生活内容，大约都是使想象力蜕化的客观因素。房屋越建越稠密，青色的水泥马路在地球上像一群毒蛇一样四处游走，使许多林地的绿色永远窒息于它们身下。我们喝着经过漂白粉消毒的自来水，吃着经过化肥催化而长成的饱满却无味的稻米，出门乘坐喷出恶臭尾气的公共汽车。我们整天无精打采，茫然无从。这种时刻，想象力注定是杳如黄鹤，一去不回。高科技的发展在使生活中的一切都变得极为方便和舒适的同时，也在静悄悄地扼杀着人的激情。如果激情消逝了，人也就不会再有幻想和回忆，也许在新世纪的生活中，我们的周围会越来越缺乏尘土的气息，我们仿佛僵尸一样被泡在福尔马林中，再没有如烟往事可以拾取，那该多么可悲。

我对人类文明的发展进程总是心怀警惕。文明有时候是个隐形杀手。当我们结束了茹毛饮血的时代而战战兢兢地与文明接近时，人适应大自然的能力也在不同程度地下降。战争是和平的敌人，但谁能否认在战争的硝烟中诞生了无数动人的故事，而在和平生活中人们却麻木不仁？更可怕的还是道德。我们所接受的道德观基本是以伪君子的面目出现的，它无视人内心最为自由而人道的情感，而衣冠楚楚的人类却视其为美德。梁山伯与祝英台的爱情故事多么畸形，可它居然被演绎成爱情的典范。而最近轰动一时的《廊桥遗梦》，其实也无非是对传统道德观的一次最积极的维护。道德阻碍了情感的融合，人解决不了这个矛盾，于是就诗情画意地让他们死后的骨灰相会在清风荡漾的罗斯曼桥下，这是多么残酷。我们不应该为这个令人肝肠欲碎的爱情故事而流泪，而应该为人类情感所身处的尴尬处境痛哭。对人而言，以道德来压抑幸福和情感，这世界还有什么值得令人动情的事物而让人赖以生存呢？每当我想起这些，内心便有一种深深的恐惧和绝望之感。任何独辟蹊径的生活方式便也就屡屡遭到世人的责难和白眼，所以幸福的获得是辛酸的。我非常崇敬卓别林，因为他最为深刻地理解了幸福，那就是有代价的幸福。所以他的喜剧作品让人笑过之后充满凄楚，从某种意义上说，他的作品也就是悲剧作品。我记得他曾经复述过这样一个故事，一个侍者端着盘子笑吟吟地走进餐厅，突然一个香蕉皮让他滑倒了，于是他狼狈地倒在地上，众人见状便大笑起来。卓别林认为跌倒并不引人发笑，引人发笑的是一个人在瞬间由快乐而突然坠入了忧伤。他的这种理解使我觉得卓别林是一个参透了人世间酸甜苦辣的艺术大师。被辛酸浸淫着的幸福，一定像洒满晨露的蓓蕾一样让人心动。我不知道自己的一生能否获得这样的幸福，因为它到来的过程充满桎梏，实在像船行进在浅滩中一样艰难。

  我们站在动物园里看到被关在铁笼子中的老虎时总是充满同情，因为它威风扫地，懒洋洋如肥胖的家猫。可我们却并不知道，我们自身的处境同它一样，只不过我们的笼子是巨大而无形的。我们的激情也如同老虎的威风一样正成为昨夜长风。

二十一世纪能真正给予我们一些什么？更高更新的科学技术？如秋水一般波澜不兴的和平？只有教堂而没有监狱的空间？再没有了吸毒和卖淫的人，人人都成为了彬彬有礼、深有教养的文明人？倘若人类果真发展到这种境界，世界还称其为世界吗？我怀疑那时候人恐怕连自杀的勇气都丧失殆尽了。

我太喜欢有个性的生命了，因为他们周身散发着神性光辉。所以我对克隆羊的诞生深恶痛绝，因为它的出现是对共性生命的认同，却对个性生命充满了蔑视和讽刺。可以同一模式复制的生命在我看来就不是生命。生命是多元化的，所以他们的身上能产生绚烂多彩的幻想。人类生命之所以能得以顺利延续下来，也许并不仅仅在于生育（它充其量只是诞生人的一种方式和手段），而在于绵绵无尽的幻想。如果问我这世界有什么东西是不朽的，我会毫不犹豫地回答：是幻想。幻想使内心最深切的渴望与现实拉近了距离，它在某种程度上达到了沟通的目的；幻想使你最为看重的价值在瞬间得到了认同；幻想能够融化一座巍峨的冰山，能够使河流出现彩虹般的小舟。幻想在幸福与痛苦夹峙起来的深谷中像鱼一样坚韧地浮游，它在你的双足无法抵达的地方，却将你的心拴上浪漫的丝线牵扯到那里。所以幻想是人生存下去的最有力的支撑和动力。我想二十一世纪的人类只要还保有幻想，就仍然会充满无限的生机而使文化艺术的源流不致过早枯竭。

最初开始写作的时候，我的内心总有一种骚动不安的感觉，你每时每刻都处在激动之中，以为自己正在笔下创造出诗意的生活。那一时期最喜欢的作家便是屠格涅夫和川端康成，他们笔下的风景和人物很容易与我身处的极北环境达成和谐。那时总觉得与周围的人际关系有着巨大的隔膜，与世界格格不入。十几年过去，当我步入中年后，我才明白那其实是青春期的一种可爱的骚动，它带着许多自以为是的虚荣，而与朴素的艺术背道而驰。生活本身就是最好的老师，它会在不知不觉中把你引向真正的人生之旅。现在我不太喜欢屠格涅夫了，因为他笔下的悲剧人为的痕迹太浓，而且弥漫在作品表层的诗意氛围太明显。但我仍然欣赏川端康成，我认为只有他真正代表了东方精神。所以从某种意义上说，学贯中西的人只能成为大学问家，却很难成为大艺术家，因为艺术需要那些偏颇而又棱角分明的人的净化和完善。学问不需要极端，而艺术往往需要，也许这是我个人理解上的偏差。

文学在未来的世纪中还会不会有巨大的高峰出现？我看可能性不大。因为文学不像科学技术，未知的领域仍然很广阔，只要有了新发现就会轰动全球。文学是靠话语来维系和表现的，而话总有说尽的时候。但我仍然对它满含敬意和痴迷，因为它毕竟是使我能够平静跨入新世纪的一把雪亮的钥匙。它虽然如晚风一样令你难以看清，但毕竟你能感觉到它温柔的抚摸和沁人心脾的爽意。而其他的事物绝对没有给我如此经久不衰的激情。我在香火缭绕的寺庙中叩头祈祷的一瞬，内心里满是人间烟火的事情，脱离凡尘于我来讲似乎是不太可能的事情。也许正因如此，我极其恐惧未来世纪的人间尘土气息会在道德和文明的挤压下越来越淡薄，如一棵树经过持续不断的修剪后，规规矩矩地僵直地立着，再没有屈曲盘旋的虬枝能给人制造变幻的阴影和遐想，那么即使这树下仍有极小的一块阴凉，我们也不情愿靠在它的身下休息。虽然我明白幸福的获得是辛酸的，但我依然热切地渴望它，渴望它能像一场意外的雨一样淋湿我、滋润我，哪怕它姗姗来迟呢？我是不是过于贪婪了？

英国哲学家罗素认为，中华民族是全世界最富忍耐力的。他认为白种人都迷恋战争、掠夺和毁灭。此种观点在辜鸿铭的文章中也有体现。辜氏认为："在中国，战争是一种意外事故，可是在欧洲，战争则是一种必需。"他们几乎不约而同地认为是孔教赋予了中国人儒雅而安静的性格。而我却在想另外的问题，当我们避开战争的时候，我们在享受和创造出些什么？欧洲在流血，而我们却在吸食他们送上来的鸦片。这种忍耐力又有什么值得称颂的呢？我们是一个太容易在出生时就安排好归宿的民族，所以我们的自由精神和创造力总是显得那么贫弱。儒教的最大弊端在我看来就是扼杀人的激情。

二十一世纪即将来临了，伫立在本世纪的晚风中，我希望新世纪依然有我们这个世纪所喜欢和所憎恨的事物，它们仍能带给我们种种复杂的情感。如果我不能置身于鱼群飞舞、星汉灿烂的环境，就让我的心灵抵达那里。我将随着那些方方正正的优美的汉字一同继续新世纪的漫漫旅程。

1997 年

论谦卑

> 谦卑其实是一种经过掩饰后出现的品格。

读师专二年级时,一个秋高气爽的日子,有位男生突然发疯了。他手执一根铁条,先是把三楼走廊的玻璃砸得稀里哗啦,然后他又跳到二楼,依然噼啪噼啪地用铁条砸走廊的玻璃。同学们从教室如惊弓之鸟般望风而逃,他像孙悟空提着无往而不胜的棒子一样神气活现地在整座楼里痛快淋漓地造反,所向披靡。我们站在楼外面,听着惊心动魄的玻璃的破碎声,紧张地盯着教学楼的大门。一旦他出来,我们就准备狂奔撤退。既然他疯了,没准也会把我们的脸当作玻璃顺路砸下去。校领导、老师和保卫处的干事一筹莫展,因为他手中有根杀伤力极强的铁条,所以没人敢进楼去制止他。他也就一路凯歌高奏地把所有的玻璃砸了个片甲不留,然后十分亢奋,英雄气十足地走出教学楼。他一出来,便被隐藏在门口的保卫干事给奋力擒住了。

原来他是数学系的一名男生，模样斯文，平时从不大声说话，学习很用功，逢人便露出谦卑的笑容。虽然我与他从未说过话，但偶然与他相遇时，也领略过他点头之后的谦卑一笑。他的突然发疯在校园引起了轩然大波，有人说是因为爱情，有人说是因为功课的压力，还有人说是对社会的不满，总之莫衷一是。我觉得若是因为爱情发疯还让人同情，如果因为功课的压力则太荒唐可笑了。因为我们那所师专随便你怎么混都会安然毕业，何必自讨苦吃呢。至于对社会的不满，我不知道他受过怎样的挫折，在我看来全世界没有哪个地方是真正的天堂和净土，对社会的一些丑恶现象抱有不满是正常的，但如果正义到使自己发疯，是否真的就能说明你自己是一个彻头彻尾的真理捍卫者？在我看来真理捍卫者首先应该是坚强者。

那位同学被家长接走送入了疯人院。学校不得不运来一汽车玻璃，由玻璃匠把它们一一切割再安装上，足足镶了两天的时间。新玻璃给人一种水洗般的明亮感觉，走廊也为此豁然明朗了。我们在这走廊里说笑和眺望窗外的原野和小河，全然把这位发疯的同学给忘记了。只是到了快毕业的时候，突然又有人说起他，他不明真相的发疯又引起了大家的议论。人们都惋惜他，说他若是不发疯，也会像我们一样走上工作岗位了。凡是与他有过交往的同学都对他口碑极佳，认为他最大的优点便是谦卑，是个好人。他们共同强调"谦卑"的时候我的心头忽然一亮：没准是"谦卑"使他发疯的呢。试想想一个人整天都压抑着自己的好恶而在意别人的脸色，他的天性

和本能必然要受到重重阻挠,早晚有一天他会承受不了这些而发疯。

"谦卑"一词在《现代汉语词典》里是这样注解的:谦虚,不自高自大(多用于晚辈对长辈)。

我以为括号里的提示尤为重要。既然谦卑多用于晚辈对长辈,那么在同龄者的交往中表现"谦卑"是不是就不正常?谦卑过分让人感觉到夹着尾巴做人的低贱,同龄者之间更多的应该是坦诚相对地嬉笑怒骂。我想那男生发疯的最主要原因在于他把可怕的谦卑广泛展览给了同龄人,他就仿佛把自己吊在半空中一样上不去也下不来,处境尴尬,久而久之他就灵魂崩溃了,所以他最后才会对待玻璃毫不谦卑地奋勇砸下去。

谦卑其实是一种经过掩饰后出现的品格,它含有讨巧的意味,它是压制个性健康发展的隐形杀手。在现代生活中,由于错综复杂的人际交往和形形色色的利益之争,谦卑有时还成了保护自己的一种有效方式,那便是伪装谦卑、装孙子,从中获得好处。因为我们这个素有"礼仪之邦"之称的中华民族视谦卑为美德。看到一个人在你面前战战兢兢、低眉顺眼、小心翼翼、点头哈腰地与你交谈,总比看一个人居高临下、眉飞色舞、颐指气使甚至飞扬跋扈地与你交谈要舒服得多。所以假谦卑在社会上风头极健,大行其道,明知它是一种伪善,偏偏还是一唱百和。

真正的谦卑是伤害自己(如我那位发疯的同学),因而令人同情;而伪装的谦卑则会伤害别人,它想做的事就是逼你发疯。这是我最近才深深感悟到的。

不久前我到一处名声很大的旅游点参加某次会议。主办者在接待上确实周到热情，令人感动。无论是饮食还是住宿，都让人觉得很舒服。其中某位接待我们的人则更是满面谦卑，一会儿问住得好不好，一会儿又问吃得可不可口，这种无微不至的关心有时甚至让人有诚惶诚恐的感觉。这人与你讲任何话，都要先说一句"对不起"，那一瞬间你便会心慌意乱地以为自己做了什么错事，然而这人对你说的无非是明天几点起床吃早餐，午后去哪一处景点等诸如此类的话。这就不免令人怪讶，觉得这礼貌用语实在没有来由。我对毛笔字一向生怯，所以逢到签名时便忐忑不安，若是主人备有碳素软笔便可解除这份尴尬，偏偏有时只有毛笔横在砚台旁，看着文房四宝就像看到刑具一样使人顿生寒意，虚荣的我便常常提前离开热闹的签名场所，逃之夭夭，唯恐自己的字丢人现眼。有一天我便这样溜了，然而没想到总是满面谦卑的这人却找到我说，人家招待你们的人没什么恶意，只求你们这些名人签个字，是尊重你，怎么你却一脸的不屑一顾？我如临大敌地实情相告，然而无济于事。这人大概已经认定我是在耍"名人"的派头，真是冤枉！把我想成名人抬举了我不说，没有哪个赴会者会想着去得罪主人。于是我想，先前我所看到的谦卑只是杀气腾腾背后的一层假意温和，事实也证明了这一点。我后来在那个景点对某新闻单位的采访讲了几句真话，说这风景我并不陌生、不觉新奇之后，马上遭到了另外的谦卑者的攻击：口气真大呀，太自以为是了……

那么他们需要我说什么呢？我终于明白了，是要把我也塑造成一个如他们一样的谦卑者，微笑着对着陈旧的风景无心无肺地抒情，对每一个接待者（不管其气质你如何不喜欢）都低三下四地拱手相谢，大概只有这样，我才是他们所认为的完善的人吧？

可我不想成为那样的谦卑者，因为那种谦卑会令我发疯。我活得虽不灿烂，但很平实，既憧憬爱情又热爱文学，不想疯。而且，我相信一颗真正自由的灵魂会使我的激情和才情永不枯竭。只有这样，我才会对得起自己和上帝。

1998 年

睡眠与劳动

> 睡眠与劳动确实有着水乳交融的关系，那就是体力劳动可以助眠，而脑力劳动则造成失眠。

睡眠就是把一条奔腾喧嚣的河给拦腰截断，让它微波不兴地暂时进入平静状态。然而并不是所有的河流都安于这种命运的安排，它们有的就冲破阻拦，仍然一泻千里地向前奔流，不舍昼夜。这就产生了失眠者，医学上称这种病为"神经衰弱"。

神经衰弱说白了就是睡不好觉。有觉不睡，岂不是烧包？再说睡觉是件多自然、多令人幸福的事啊。然而事情没那么简单，有的人就是辗转反侧，彻夜难眠，同窗外的星星一样睁着眼睛度过长夜。夜晚对于失眠者来讲，不再是温柔的梦乡，而是荆棘遍布、青蛇游走、充满阴沟的地狱。

神经衰弱者以知识分子居众。很少听见哪个农民抱怨他睡不着觉，更没有天真烂漫的儿童说他苦于失眠。看来知识和阅历是失眠的两大症结。没有知识，就没有更深的追求和幻想，没有那种精神

激情驰骋后所造成的身心疲惫。没有阅历，也就少了那些断肠般的回忆和被惨痛现实撞得头破血流后的凄凉心境。失意、痛苦、徘徊、伤感、患得患失，这些都是造成失眠的主要因素。也许你会说，看破红尘，把一切置之度外不就安然了吗？然而我们就生活在滚滚红尘中，岂能获得真正意义上的超脱，就连弘一法师临终的手书遗言也是"悲欣交集"四个大字，那么大彻大悟的他仍然满含着人类共通的一种情怀，真让我们这些挣脱不了凡俗羁绊的人热泪盈眶。既然世界上清静的庙堂都可能只是形式上的东西，那么我们只能在自己的心中设置一座庙堂来供奉它。没有上天赐予的福音书能够拯救你所面临的困境，于是你就让思维飞速旋转，搞得自己精疲力竭，却仍然是百思不得其解。于是乎就把白日的苦恼延伸到夜晚，在黑暗中承受苦不堪言的失眠。

　　有关治疗失眠的方法简直太多了。我想哪位有心人若是乐于搜集整理，定能写出一本《失眠者百科丛书》。西医中有为人们广泛使用的"助眠灵"，中医有针灸、煎服汤药等疗法。最广泛的是流传于民间的一些说法，诸如查数、念佛经咒语、想象船在八级大风的海面上颠簸、想象绿意盈门的小院或者无边无际的沙漠……真是数不胜数。看来对精神疾病的治疗总是千奇百怪的。有些偏方对于一些患者确实有效，然而大多是水中明月、纸上谈兵，给人似是而非的感觉。

　　我在师专做教师时曾有过失眠经历，阶段性失眠。经常是夹着教案去讲台时呵欠连天，精神萎靡。人过三十岁之后，仿佛一双脚真正落到了大地上，幻想的东西少了，睡眠也变得踏实起来。然而也不是一沾枕头就能入眠，总要在床上辗转一番方能入睡。去年省作协分给我一套新居，因我家中的亲人远在大兴安岭，所以只能独自操持装修工作。尽管请了装修公司，不用我做具体的活儿，但是有些事儿还必得我去做。比如选择各种贴面材料的质地、颜色，比如选购卫生间的洁具。大到购买每个房间的吊灯，小到选购门把手和锁头，事必躬亲，我几乎把哈尔滨比较大的装饰材料市场都跑遍了。买到东西，往往是雇了三轮车拉回来，我坐在车尾，被骄阳曝晒得无精打采，就像个辛劳过度的农妇。所以那一段时间，我从新居工作完一天回到老房子，连爬楼的力气都没有了。吃过饭倒在床上立刻入睡，而且睡眠中多半没梦。整整一个月，因为过度的体力消耗，我尝到了睡眠的美好感觉。

前一段时间读到某位老作家谈当年被下放到农村的感觉，说他经过劳动后，奇怪的是多年睡不着觉的老毛病竟好了。我看后不禁哑然失笑。睡眠与劳动确实有着水乳交融的关系，那就是体力劳动可以助眠，而脑力劳动则造成失眠。能够把二者恰当地结合起来，才是解决失眠的真正途径。

川端康成和海明威的晚年都被失眠所困扰，是不是失眠把他们搞得心力交瘁，因而他们用自戕的办法来寻求解脱、击碎一切梦境？杜拉斯晚年也因失眠而酗酒。我想人确实是痛苦的，因为当晚年我们的思维仍然敏捷、充满激情的时候，我们却没有足够的体力用劳动换得宁静的睡眠。当我们的灵魂还如此鲜活的时候，躯壳却已残破不堪。即便如此，我想没有人会因此而放弃梦想。

1998 年

骂声中的浪漫

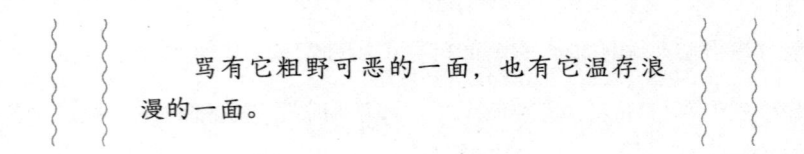

> 骂有它粗野可恶的一面，也有它温存浪漫的一面。

没有挨过骂的人和没有骂过人的人，大约是不存在的吧。

我不是伴着行云流水般的音乐声或者是和风细雨的呵护声长大的孩子。我们这些来自底层、来自乡村、来自原野山林的孩子，对骂声是不陌生的。骂声就像蘑菇一样，喜欢依附那些散发着湿漉漉的鲜活的生命气息的地方生成，譬如庸碌的街市、匍匐着蟑螂的土炕、蚊虫飞舞的庄稼地、苍莽无际的山林等。这骂声既有人与人之间的，也有人与动物植物之间的。在人与人之间的骂声里，最常见的是长辈骂晚辈和夫妻对骂。长辈骂晚辈，似乎总是天经地义的，所以长辈骂起来是那么干脆利落、理直气壮。夫妻对骂，由于是平辈之间的骂，所以哪一方占上风是不固定的。

骂声在我的记忆中像小老鼠一样可以四处流窜。有的时候你刚在家听到父母因为一些鸡毛蒜皮的琐事骂起来了，跟着，街巷中传来了更为迅猛和热烈的骂声——或许是两个男人因为醉了，酒后无德地像风中的柳树一样摇晃着漫骂起来；或许是两个女人因为争风吃醋而撕扯扭打到了一起。街巷中的骂声，是别人家的骂声，我们这些小孩子就像听见马戏团来了，飞快地跑出家门，瞧热闹去，因为家中父母的骂声我们已熟稔于心，是老腔调，提不起什么兴致，而外面的骂声往往由于有围观者的因素，那骂声就有几分展览色彩，充满了戏剧味。有的时候，听一通淋漓尽致、富有创造性的骂声，真的是快乐无比。我发现那些大字不识几个的人在骂人上非常的智慧，既阴损刻薄又活泼幽默，常听得我们捧腹大笑。骂声就像生命的一团活水，使他们的表情显得格外地生动。一个总是在沉思默想的人，容易给人一种迟钝、木讷的感觉，而一个有声有色骂人的人，看上去却充满了活力。骂声在某些时候就是吹向沉闷的小屋的清凉的晚风，分外宜人。所以我童年聆听的骂声是不乏烂漫之气的。

其实骂声并不总是愤怒的产物。相反，它与甜蜜、温暖、幸福、快乐是密不可分的。哪个男人没有体味过爱他的女人的娇嗔的骂？我童年所听过的骂声，这样的骂就占了很大比例。小夫妻常在院子里推推搡搡地温存地对骂着，那骂声软软的，柔柔的，跟丝绸一样。而农人们在田间开着男女之间的玩笑时，这种骂也时不时像水面的波纹一样绽开，引来阵阵笑声。骂声在此时很有点莺歌燕舞的意味，让人有如沐春光的感觉。

在浪漫的骂声中，人对动物的骂是不可忽视的。牛耕田时偷吃了青苗，马运货时步伐慢了，羊撞歪了栏杆，狗守夜时溜出了家门，猪不爱吃食了,鸡下蛋不勤了,猫碰翻了茶杯等事情,都是人们对动物开骂的缘由。动物不会还嘴,所以人骂动物格外地放纵,完全可以把对人的怨气转嫁到它们身上——指桑骂槐的。动物对人的骂自然领会不够,所以往往在挨了骂后,还对主人表现出种种的讨好和媚态,比如猫伸出舌头舔人的手心,狗叼回被风吹到院外的女主人晾晒的衣服。人一感动,对动物的骂就满怀着怜爱之情了,如同情人间的絮语,是那种甜蜜的、贴心贴肺的骂声,骂声的浪漫色彩就出来了。

　　我对生活情趣的理解,"骂"肯定是其中必不可少的一个因素。也许一些道貌岸然的正人君子对我的这种提法嗤之以鼻,他们的理由肯定就是"骂是不文明的行为"。我觉得文明有的时候像浸泡在福尔马林溶液中的一块肉,虽然它可以长时间不腐烂,但它的那种新鲜是暗淡和陈腐的。再换一个比喻说法,文明兴许就是被修剪得失去很多枝丫的树,它虽然看上去端庄,是因为没有了那些旁逸斜出的枝丫的点缀,而失却了妖娆的气息。骂声像飘来荡去的云,一旦它聚集在一起,势必要形成风雨,是阻挡不了的。你压抑它,它就有可能在你的身体上作祟,使你终日闷闷不乐。一旦它拥堵在一处,人就可能因积郁太重而精神失常。所以我们常见疯了的人会骂不绝声,让我觉得他们之所以"疯癫",就是为了释放骂声。

　　骂有它粗野可恶的一面,也有它温存浪漫的一面。我喜欢骂声中的那种浪漫,它们与我的文学世界息息相关。其实在《红楼梦》等古典小说名著中,我们都可以与洋溢着生活情趣的"小蹄子"之类的骂相逢。骂是一种心理活动的产物，人的心不可能总是风平浪静，当它起了波澜时，你得允许它释放，当然，我喜欢那种充满了艺术趣味的释放，喜欢那浪漫的骂声，时光裹挟在这种骂声中，显得格外五彩缤纷。

2003 年

时间怎样地行走

> 我们和时间是一对伴侣,相依相偎着,不朽的它会在我们不知不觉间,引领着我们一直走到地老天荒。

墙上的挂钟,曾是我童年最爱看的一道风景。我对它有一种说不出的崇拜,因为它掌管着时间,我们的作息似乎都受着它的支配。我觉得左右摇摆的钟摆就是一张可以对所有人发号施令的嘴,它说什么,我们就得乖乖地听。到了指定的时间,我们得起床上学,我们得做课间操,我们得被父母吆喝着去睡觉。虽然说有的时候我们还没睡够不想起床,我们在户外的月光下还没有戏耍够不想回屋睡觉,但都必须因为时间的关系而听从父母的吩咐。他们理直气壮呵斥我们的话与挂钟息息相关:"都几点了,还不起床!"要么就是"都几点了,还在外面疯玩,快睡觉去!"这时候,我觉得挂钟就是一个拿着烟袋锅磕着我们脑门的狠心的老头,又凶又倔,真想把它给掀翻在地,让它永远不能再行走。在我的想象中,它就是一个看不见形影的家长,严厉而又古板。但有时候它也是温情的,比如除夕夜里,它的每一声脚步都给我们带来快乐,我们可以放纵地提着灯笼在白雪地上玩个尽兴,可以在子时钟声敲响后得到梦寐以求的压岁钱,想着用这钱可以买糖果来甜甜自己的嘴,便真想在雪地上畅快地打几个滚。

我那时天真地以为时间是被一双神秘的大手给放在挂钟里的,从来不认为那是机械的产物。它每时每刻地行走着,走得不慌不忙,气定神凝。它不会因为贪恋窗外鸟语花香的美景而放慢脚步,也不会因为北风肆虐、大雪纷飞而加快脚步。它的脚,是世界上最能禁得起诱惑的脚,从来都是循着固定的轨迹行走。我喜欢听它前行的声音,总是一个节奏,好像一首温馨的摇篮曲。时间藏在挂钟里,与我们一同经历着风霜雨雪、潮涨潮落。

我上初中以后,手表就比较普及了。我看见时间躲在一个小小的圆盘里,在我们的手腕上跳舞。它跳得静悄悄的,不像墙上的挂钟,行进得那么清脆悦耳,"滴答——滴答——"的声音不绝于耳。所以,手表里的时间总给我一种鬼鬼祟祟的感觉,从这里走出来的时间因为没有声色而少了几分气势。这样的时间仿佛也没了威严,不值得尊重,所以明明到了上课时间,我还会磨蹭一两分钟再进教室,手表里的时间也就因此显得有些落寞。

后来,生活变得丰富多彩了,时间栖身的地方就多了。项链坠可以隐藏着时间,让时间和心脏一起跳动;台历上镶嵌着时间,时间和日子交相辉映;玩具里放置着时间,时间就有了几分游戏的成分;至于电脑和手提电话,只要我们一打开它们,率先映入眼帘的就有时间。时间如繁星一样到处闪烁着,它越来越多,也就越来越显得匆匆了。

十几年前的一天，我在北京第一次发现了时间的痕迹。我在梳头时发现了一根白发，它在清晨的曙光中像一道明丽的雪线一样刺痛了我的眼睛。我知道时间其实一直悄悄地躲在我的头发里行走，只不过它这一次露出了痕迹而已。我还看见，时间在母亲的口腔里行走，她的牙齿脱落得越来越多。我明白时间让花朵绽放的时候，也会让人的眼角绽放出花朵——鱼尾纹。时间让一棵青春的小树越来越枝繁叶茂，让车轮的辐条越来越沾染上锈迹，让一座老屋逐渐地驼了背。时间还会变戏法，它能让一个活生生的人瞬间消失在他们曾为之辛勤劳作着的土地上，我的祖父、外祖父和父亲，就让时间给无声地接走了，再也看不到他们的脚印，只能在清冷的梦中见到他们依稀的身影。他们不在了，可时间还在，它总是持之以恒、激情澎湃地行走着——在我们看不到的角落、在我们不经意走过的地方、在日月星辰中、在梦中。

我终于明白挂钟上的时间和手表里的时间只是时间的一个表象而已，它存在于更丰富的日常生活中——在涨了又枯的河流中，在小孩子戏耍的笑声中，在花开花落中，在候鸟的一次次迁徙中，在我们岁岁不同的脸庞中，在桌子椅子不断增添新的划痕的面容中，在一个人的声音由清脆而变得沙哑的过程中，在一场接着一场去了又来的寒冷和飞雪中。只要我们在行走，时间就会行走。我们和时间是一对伴侣，相依相偎着，不朽的它会在我们不知不觉间，引领着我们一直走到地老天荒。

2004 年

红绿灯下

> 我们要给自己多亮几盏红灯，让生命有所停顿，有所沉吟。

在城市，当你走到十字街头时，往往会与红绿灯相遇。

说来好笑，我最初来到城市时，最怕的就是过街。在西安和北京求学期间，只要是有天桥和地下通道，我绝不走十字街。我对红绿灯不信任，它们闪来闪去的，像是两只鬼眼，变幻太快，常常是绿灯一亮，我起步走，却遭逢侧向驶来的一串汽车，它们占据了半边路，阻断你。等它们过去后，你再前行，绿灯的心房就颤动了，红灯随之亮起，你被隔在马路中央，身前身后是川流不息的车辆，有被钢铁夹击的感觉。此时我总会联想起卓别林的《摩登时代》中，那个被卡在机器中的工人，觉得自己是工业化时代的一个可怜虫。

我喜欢回到故乡，其中的一个缘由是，在乡间路上，我不会为红绿灯左右。能够阻断我脚步的，有时是一群在黄昏中归家的羊，有时是几只正午时通过堤坝，要下河戏耍的鸭子。

据说在交通事故中，死于红绿灯下的行人占了很大比例。闯红灯，是肇事的元凶。有时是汽车闯红灯殃及行人，有时是行人闯红灯自蹈黄泉，这样的行人无疑就是举着阎王爷掷来的招魂牌在过街。不管责任在哪一方，倒霉的总归是人。所以家长送孩子上学的路上，在过十字街时，如临虎口，总要拉起孩子的手。在幼儿教育中，学会通过红绿灯下的街口，也成了必修课。走到红绿灯下，人的心就会紧张起来，你要眼观六路，耳听八方，稍有不慎，就会酿下惨祸。在我眼中，十字街就像匍匐在大地的十字架，它主宰着人的生死。行人到了它面前，只能心怀虔诚，脚踏实地慢行，才会安然无恙；反之，慌里慌张，视红灯于不顾，则会遭遇不幸。

我到哈尔滨生活以后，习惯了走红绿灯。前些年，每当过十字街时，看见绿灯闪烁了，我会一路飞奔，分秒必争，抢在红灯敲响警钟时到达街对面。由于年轻，体力充沛，我与绿灯的赛跑很少有输的时候。当街口的行人集体闯红灯时，我也尾随其后，大摇大摆地招摇过市。汽车像一支支飞来的箭，刷刷地在我们身旁呼啸而过，可是大家对它们毫无惧色，我也心底泰然。

二〇〇二年初春，爱人离开哈尔滨时，带我去花店买花。我们到了海城街的鲜花批发市场，我选了一束红色康乃馨，几枝玫瑰。当我把玫瑰拿在手中的时候，爱人说，别老买黄色的，换点鲜艳的颜色吧。于是，我挑了两枝娇艳的粉色玫瑰。他捧着康乃馨，我拿着玫瑰，散步回家。经由红军街桥下的十字路口时，恰好赶上绿灯眨眼了，我说等下一个绿灯再过吧。爱人说，你跟着我，能抢过去的！他个子高，步伐大，很快就跑到街对面了。我呢，一见红灯亮了，腿立刻就软了，向回撤。这样，我站在街这头，他站在对面，我们中间，是一台连着一台的疾驰的车辆。车辆就像汪洋大海，把我们分开了。三天后，爱人在回故乡的山间公路上出了车祸。故乡的路没有红绿灯，可是他为了早点回到工作的地方，急于赶路，还是出了事故。他的心中，看来一直亮着一盏颤动着的绿灯啊。他是一个疯狂的旅人，只知道一刻不停地向前赶，赶，赶。这种"赶"，这种热情的"奔命"，使我们一个在此岸，一个在彼岸，永隔着万水千山。他像流星，以为自己生命的光华还很漫长，却不知道当他飞速掠过天际的时候，迎接他的却是永恒的寂静。

爱人离去后，我身边没了陪伴的人，可是路还是要走下去的。我曾在十字街头为他焚烧纸钱，都说那是灵魂聚集的地方。再经过那样的路口时，我感觉有无数的灵魂在幽幽地歌唱。远远地看到绿灯要变幻了，我便会放慢脚步，在路边静心等待；人们蜂拥着闯红灯时，我也会原地不动，气定神凝地候着。红绿灯下那些步履匆匆、神色慌张的赶路人，在我眼里是那么可怜可笑。

我想，人生是可以慢半拍，再慢半拍的。生命的钟表，不能一味地往前拨，要习惯自己是生活的迟到者。人是弱的，累了，就要休息；高兴了，就要开怀大笑。郁闷的时候，何苦要掩饰自己，对着青山绿水呼喊吧。我们可以与友人畅饮，一醉方休；也可以对那些邪恶的人当面示以唾弃。我们可以在月夜下多几分缠绵，也可以在旅途中因着美好的风景而多几日的停留。随遇而安，随缘而行。

随风而舞,随雨而歌!

  是的,我们要给自己多亮几盏红灯,让生命有所停顿,有所沉吟。这样的红灯,就是我们生命中不息的火焰!只有这样,弱的生命才会变成强的生命,暗淡的生命才会变成有光华的生命!当生命的时针有张有弛、疾徐有致地行走的时候,我们的日子,才会随着日升月落,发出流水一样清脆的足音。

2007 年

长发的秘密

> 在我眼里，女作家就像月亮的妹妹。月亮在天上，月亮的妹妹在大地上。

2001年9月，中国社会科学院外国文学研究所在北京举办了首届中日女作家作品研讨会，那是我第一次参加以女作家名义召开的会议。当时我丈夫还健在，记得他还跟我开玩笑，"原来我老婆是一女作家呀。"我说："可不是，我也没想到自己是一女作家。"因为在写作上，我一直没有强烈的性别意识。近些年来，因为个人生活的变故，我不知不觉间写出了以女性视角为主的系列作品，《世界上所有的夜晚》《额尔古纳河右岸》《晚安玫瑰》等，所以时隔十二年后，金泰成先生邀请我来韩国参加亚洲、非洲和南美洲女作家论坛，我欣然应允。因为从这两个会议的时间跨度上，可以看出这些年来，女性作家身份的标签，其实一直隐秘地贴在我们身体的某个部位，如影随形，只不过我们没注意而已。那么关于女作家的写作，就有研讨的合理性和必要性了。

回望自己的阅读史，客观地说，我欣赏的作家，无论中外，还是男性居多。像英国的莎士比亚、毛姆和乔治·奥威尔，法国的维克多·雨果、巴尔扎克和福楼拜，俄国的列夫·托尔斯泰、陀思妥耶夫斯基和契诃夫，美国的马克·吐温、威廉·福克纳、欧内斯特·海明威和爱伦·坡，拉美的加西亚·马尔克斯和巴尔加斯·略萨，德国的海涅，澳大利亚的亨利·劳森，中国的汤显祖、蒲松龄、曹雪芹和鲁迅，日本的川端康成和三岛由纪夫，等等。如果再这样罗列下去，那将会是一个漫长的名单。

尽管如此，我喜欢的女作家，也是大有人在。如法国的乔治桑和尤瑟纳尔，英国的勃朗特三姐妹和侦探小说之王阿加莎·克里斯蒂（**这次与会的王安忆女士就很尊崇克里斯蒂**），德国的克里斯塔·沃尔夫，美国的斯托夫人、玛格丽特·米切尔、奥康纳、托尼·莫里森和安妮·普鲁，澳大利亚的考琳·麦卡洛，加拿大的阿特伍德，南非的纳丁·戈迪默，瑞典的儿童文学作家林格伦，以及中国宋代的词人李清照和日本平安时代的紫式部（**《源氏物语》的作者**）。她们来自不同的国度，生活在不同的时代，但她们的作品在世界文学艺术的天空，熠熠闪亮。

记得 2010 年在罗马举行的首届中国意大利文学论坛上，我曾做了一个"月亮的妹妹"的发言，谈的就是女性写作。在我眼里，女作家就像月亮的妹妹。月亮在天上，月亮的妹妹在大地上。月亮没有尘埃，但月亮的妹妹在尘世中，所以女作家的呐喊，皆有因蒙尘而生的忧伤。由于女性天性的慈悲，她们笔端流淌的文字，不管多么粗粝豪放，质地都如水一般柔软。她们的文学，也就更接近于天籁之音。比如投水而亡的英国女作家弗吉尼亚·伍尔夫，她在生命的最后时刻，拥抱的是河流，而河流是月亮在人间的摇篮；再比如法国的乔治·桑和波伏娃，不管她们是民主主义者还是存在主义者，不管她们在世人的心目中多么叛逆，多么犀利，多么落拓不羁，她们的文本，透视出的仍然是无边的水汽，惆怅忧伤，如梦似幻，湿漉漉，雾蒙蒙。英国的勃朗特姐妹，她们在文学史上，都留下了传世之作，夏洛蒂的《简·爱》，艾米莉的《呼啸山庄》，是文学史上的绚丽之笔。很奇怪，我喜欢的一些女作家，生命都像朝露一样短暂。夏洛蒂·勃朗特活了三十九岁，艾米莉·勃朗特不过三十岁，美国的奥康纳活了三十九岁，中国的萧红活了三十一岁，而风靡全球的美国《随风而逝》（中文翻译为《飘》）的作者玛格丽特·米歇尔，四十九岁死于车祸。她们更像是月亮的妹妹，将尘世的苦难与哀愁、欢欣与忧伤抒写到极致，就去拥抱月亮了。

　　女作家的写作，没有任何题材是她们不曾涉猎的；没有任何文体探索是她们不曾尝试的；没有任何枷锁，可以禁锢她们浪漫飞扬的文思。她们写战争历史，写家族往事，写政治风云，写时代变迁，别有洞天，并不逊色于男作家；而在处理家庭伦理、两性关系等一类题材时，更是驾轻就熟，成就斐然。女作家的作品，野心不大，格局却不小，她们不期望自己的光焰会照亮这世界每一个黑暗的角落，只要有一片阴影因她们的光芒而退却，她们便很知足了。

　　无论从中国还是世界来看，文学正被商业浪潮裹挟着，在弥漫全球的空虚中，陷入迷航。为了畅销，以抒写暴力、丑陋、变态的性为要素的作品，纷纷出笼。而这样的作品，极少有出自天性喜洁的女作家之手。女作家们还是有一颗金子般的心，独处一隅，守护着文学的尊严，让文学的审美，像清凉的钟声一样弥散。

还是回到这次论坛吧——跨越纷争走向和平——这是一个多么美好的主题！其实稍微回顾一下女性写作历史，一些女作家，早就用艺术实践拥抱了这个主题。像美国斯陀夫人的《黑奴吁天录》，德国的克里斯塔·沃尔夫的《分裂的天空》和《卡桑德拉》，南非作家纳丁·戈迪默的《我儿子的故事》，诺贝尔文学奖得主托尼·莫里森的《最蓝的眼睛》，中国萧红的《生死场》，印度年轻的阿兰达蒂·洛伊的《微物之神》，等等，从种族歧视、民族矛盾、战争等不同层面，阐释了自由、平等、民主对于构建人类美好生活家园的重要性。虽然我们进入了二十一世纪，可是在这个世界上，局部战争引起的硝烟、宗教的流血冲突，并没有止息。核战争的阴影笼罩着地球上的每一个人，我们不知道每天迎来的朝阳是不是人类最后的日出。

文学这时能做什么？女作家能做什么？我还记得2001年9月在北京参加中日女作家研讨会期间，美国遭受恐怖袭击，9·11事件让整个会议蒙上了一层阴影。我们在会上探讨的人性，人类的普世价值观等，在那一刻被无形地击碎了，心中有股说不出的痛楚！

文学不能拯救世界，但它能给人的心灵世界注入泉水，让人活得安宁。而安宁可以带来宗教般的情怀，让世上少些作孽的人。

2005年，我在创作长篇小说《额尔古纳河右岸》时，写到了一个鄂温克族女人在迷山时遭遇到黑熊,怕黑熊袭击,她脱掉上衣。因为在传说中,熊的前世是人,只因犯罪被上天贬成兽,而熊是不伤害在它面前露出乳房的女人的。在那一刻,熊不是野蛮的兽,而是满怀慈悲的山林教主,它最终放过了鄂温克女人。当然这是我在小说中的描写。而事实是,我在大兴安岭山林小镇生活时,尽管女人们也常进山,但那些被熊袭击的人,也的确都是男人。

而另一个不争的事实是,战争的发动者,政治阴谋的制造者,基本都是男人,可受难的往往是女人,是那些本该让我们满怀怜惜的平民百姓。当人性坠入深渊时,人类连野兽都不如了。女作家生性惧怕流血,惧怕撕心裂肺的生死离别,她们对和平有着更热切的渴望。

世界上除了一些少数民族的特殊风习,男人一般是不留长发的,而女人喜欢留长发。可是中国有句俗话,叫作"女人头发长见识短"。那么女人头发长,见识果然少吗?至少从我列举的女作家的文学实践来说,非也。而且,女性还成了这世界民间神话和传说的有力传播者。那些我们祖母辈儿的人,也许不识得几个字,可脑子里装满了故事。那故事中的人是星辰的化身,那故事中的动物能开口说话,那故事中的蘑菇变成了房屋,那故事中的石头居然流出眼泪,那故事中的枕头插上了翅膀,那故事中的葫芦里藏着金娃娃。我们童年的长夜,就是被这样的故事照亮的。

这些故事从哪里来?显然不是从书本中来,它们口耳相传不知多少世纪,如一条隐秘的岁月之河,悄悄流过我们心田,滋润和照耀着我们。这样的故事也不都是欢欣，它也有恐怖，有离愁，有悲苦，但因为讲故事的多为老年女性，她们在传承过程中，那历经沧桑的悲悯，满月似的慈祥，不知不觉与故事融合，让我们看到了光，看到了暴风雨后的彩虹。女作家的写作，同这些没有拿起笔来的民间神话传承人一样，柔情备至。

女性的这种美好情怀从哪里来？也许秘密就埋藏在她们的长发里。这难以割舍的长发，更多地接受了阳光和月光的照拂，更多地接受了清风和雨露的滋润，更多地接受了男人的爱抚，更多地接受了婴儿的抓挠，更多地感受了植物生长的气息，也更多地听到了大地深处的叹息，所以女作家进入写作时，这有着丰富感知的长发，不知不觉做了她们的笔。这笔游走在天上时是彩虹，游走在大地时是晨雾，游走在地下时是暗河！

女人的长发多么浪漫——虽说这长发有时也会束缚和限制了她们。

2013 年

04

美景，总在半梦半醒之间

是谁扼杀了哀愁

> 哀愁是花朵上的露珠,是撒在水上的一片湿润而灿烂的夕照,是情到深处的一声知足的叹息。

现代人一提"哀愁"二字,多带有鄙夷之色。好像物质文明高度发达了,"哀愁"就得像旧时代的长工一样,卷起铺盖走人。于是,我们看到的是张扬各种世俗欲望的生活图景,人们好像是卸下了禁锢自己千百年的镣铐,忘我地跳着、叫着,有如踏上了人性自由的乐土,显得是那么亢奋。

哀愁如潮水一样渐渐回落了。没了哀愁,人们连梦想也没有了。缺乏了梦想的夜晚是那么混沌,缺乏了梦想的黎明是那么苍白。

也许因为我特殊的生活经历吧,我是那么喜欢哀愁。我从来没有把哀愁看作颓废、腐朽的代名词。相反,真正的哀愁是一种悲天悯人的情怀,是可以让人生长智慧、增长力量的。

哀愁的生长是需要土壤的,而我的土壤就是那片苍茫的冻土。是那种人烟寂寥处的几缕鸡鸣,是映照在白雪地上的一束月光。哀愁在这样的环境中，悄然飘入我的心灵。

我熟悉的一个擅长讲鬼怪故事的老人在春光中说没就没了，可他抽过的烟锅还在，怎不使人哀愁；雷电和狂风摧折了一片像蜡烛一样明亮的白桦林，从此那里的野花开得就少了，怎不令人哀愁；我期盼了一夏天的园田中的瓜果，在它即将成熟的时候，却被早霜断送了生命，怎不让人哀愁；雪来了，江封了，船停航了，我要有多半年的时光看不到轮船驶入码头，怎不叫人哀愁！

我所耳闻目睹的民间传奇故事、苍凉世事以及风云变幻的大自然，它们就像三股弦。它们扭结在一起，奏出了"哀愁"的旋律。所以创作伊始，我的笔触就自然而然地伸向了这片哀愁的天空，我也格外欣赏那些散发着哀愁之气的作品。我发现哀愁特别喜欢在俄罗斯落脚，那里的森林和草原似乎散发着一股酵母的气息，能把庸碌的生活发酵了，呈现出动人的诗意光泽，从而洞穿人的心灵世界。他们的美术、音乐和文学，无不洋溢着哀愁之气。比如列宾的《伏尔加河上的纤夫》、柴可夫斯基的《悲怆交响曲》、艾特玛托夫（苏联作家）的《白轮船》、屠格涅夫的《白净草原》、阿斯塔菲耶夫的《鱼王》等，它们博大幽深、苍凉辽阔，如远古的牧歌，凛冽而温暖。所以当我听到苏联解体的消息，当全世界很多人为这个民族的前途而担忧的时候，我曾对人讲，俄罗斯是不死的，它会复苏的！理由就是：这是一个拥有了伟大哀愁的民族啊。

人的怜悯之心是裹挟在哀愁之中的，而缺乏了怜悯的艺术是不会有生命力的。哀愁是花朵上的露珠，是洒在水上的一片湿润而灿烂的夕照，是情到深处的一声知足的叹息。可是在这个时代，充斥在生活中的要么是欲望膨胀的嚎叫，要么是麻木不仁的冷漠。此时的哀愁就像丧家犬一样流落着。生活似乎在日新月异发生着变化，新信息纷至沓来，几达爆炸的程度，人们生怕被扣上落伍和守旧的帽子，疲于认知新事物，应付新潮流。于是，我们的脚步在不断拔起的摩天大楼的玻璃幕墙间变得机械和迟缓，我们的目光在形形色色的庆典的焰火中变得干涩和贫乏，我们的心灵在第一时间获知了发生在世界任何一个角落的新闻时却变得茫然和焦渴。

　　在这样的时代，我们似乎已经不会哀愁了。密集的生活挤压了我们的梦想，求新的狗把我们追得疲于奔逃。我们实现了物质的梦想，获得了令人眩晕的所谓精神享受，可我们的心却像一枚在秋风中飘荡的果子，渐渐失去了水分和甜香气，干涩了、萎缩了。我们因为盲从而陷入精神的困境，丧失了自我，把自己囚禁在牢笼中，捆绑在尸床上。那种散发着哀愁之气的艺术的生活已经别我们而去了。

　　是谁扼杀了哀愁呢？是那一声连着一声的市井的叫卖声呢，还是让星光暗淡的闪烁的霓虹灯？是越来越炫目的高科技产品所散发的迷幻之气呢，还是大自然蒙难后产生出的滚滚沙尘？

　　我们被阻隔在了青山绿水之外，不闻清风鸟语，不见明月彩云，哀愁的土壤就这样寸寸流失。我们所创造的那些被标榜为艺术的作品，要么言之无物、空洞乏味，要么迷离傥荡、装神弄鬼。那些自诩为切近底层生活的貌似饱满的东西，散发的却是一股雄赳赳的粗鄙之气。我们的心中不再有哀愁了，所以说尽管我们过得很热闹，但内心是空虚的；我们看似生活富足，可我们捧在手中的，不过是一只自慰的空碗罢了。

石头与流水的巴黎

> 只要石头和流水拥抱着巴黎,上帝就会永远把巴黎这幅人间名画悬挂在天庭下。

巴黎的教堂、宫殿、桥梁、博物馆、道路以及老城区的房屋,都是由石头铸就的。那石头于苍灰中隐藏着青白色,极似三月的塞纳河水,苍凉却不失温暖,凝重而又不失明媚。所以我对埃菲尔铁塔和卢浮宫前的金字塔都没有热爱之情,在我看来,铁塔像颗刺向巴黎的铁钉,而贝聿铭设计的玻璃金字塔无疑就是扎向卢浮宫心脏的一把尖刀。如果除掉这颗铁钉和那把尖刀,巴黎就是一幅极具质感的沧桑的油画,值得永久悬挂在天庭下。

巴黎众多的艺术馆,是我最向往的地方。我是由罗丹开始走入巴黎的艺术世界的。罗丹艺术馆,有一个很大的草木葱茏的庭院,他的代表作之一《地狱之门》就伫立在入口处,让人顿生肃穆之情。室内展厅有著名的《吻》《手》和《巴尔扎克》,也许是对它们的期望值太高了,我觉得它们有些微微的拘谨和庸常。我更喜欢的,是那些线条灵动、朴拙的小小的石头雕塑，那上面有懒洋洋的少女，有拥抱着的恋人，这样的作品看上去更天真和传情。雕塑其实是一种让坚硬变得柔软的艺术，所以我对那些能让我感受到柔软情怀的作品更情有独钟。

接下来我去的是位于玛莱区的毕加索美术馆。我以前对毕加索没有特别的喜好，觉得他在用色上跟莫奈一样花哨、招摇，而且认定他只是一个形式主义的画家，没有更深的精神内涵。可当我看到他的两百多幅层层叠叠地排布开来的画作，以及他的那些雕刻品、陶瓷器品之后，我震撼了：毕加索确实是个天才，是个天马行空的永远不可能被人替代和遗忘的画家。他的画作的色彩繁杂却不迷乱，他的灵魂似乎悄悄潜伏在画作的经纬线上，牢牢控制着那些看似凌乱斑驳的色彩，使它们具有那种优雅的妖娆气质。他似乎无所不能，一颗铁钉，一个旧自行车的车把，一个歪斜的陶器，都能让他改造成艺术品。那看似随心所欲的一件件作品，浸透着他绵绵的才华。所以，毕加索的作品可以用"辉煌"一词来形容。虽然对他仍然谈不上热爱，但我欣赏他，为他的才华而折服。

蓬皮杜文化中心的现代艺术也是我想看的。其实去之前我就做好了失望的准备。在那里，我们很容易看到前些年风靡中国美术界的"行为艺术"的源头。在这一类的艺术家中，我对杜尚还存有一分好奇和尊敬，可到了他的展厅一看，失望之情油然而生。这也许是我没有看到他的《下楼的裸女》那一系列我比较感兴趣的作品的缘故。但我们不能无视他的存在。在这个文化中心，还有马蒂斯、康定斯基、夏加尔的作品，他们的作品值得流连。

卢浮宫太著名了，尤其是那幅《蒙娜丽莎》，因它慕名而来的人太多了，使安置着这幅画的展厅更像一个庸碌的农贸市场的早市。相反，占据着近两个展厅的科罗的那些优秀的画作前却门庭冷落。卢浮宫没有一个很好的赏画的环境，去那的人好像"赶场"一样，多数行色匆匆，所以尽管那里有众多值得一看再看的画，我还是像呼吸到了不洁的空气一样觉得心中郁闷。蒙娜丽莎用她那若有若无的微笑，轻而易举地俘虏了世人"掠美"的普遍心态，她在永无止息的世俗目光的注视下成为"经典"。众生的眼睛啊，当他们睁着时，有多少又是盲人呢！

我爱奥塞。这个由旧火车站改造成的美术馆珍藏着许多我喜欢的画家的作品。在那里，我流连了一天。一进凡·高的展厅，我就觉得血流加快，他的画作的色彩和这色彩洋溢着的生命激情是那么令人着迷、疯狂，百看不厌。那些画虽然经历了漫长岁月的洗礼，但它们仍然活泼得似乎要滴下那一滴滴的浓绿和金黄的油彩，给爱着他画的人添加一缕生命的颜色。毕沙罗的《冬天印象》，德加的《苦艾酒》，也在奥塞中，它们也是我热爱的画作。

最让我难忘的是米勒。我太喜欢米勒了。看到他的《晚钟》《拾穗者》《牧羊女》《月光》，我想流泪。流泪并不是矫情，而是发自肺腑的热爱。写实的米勒是那么敢于运用陈旧的颜色，他烘托的凝重气氛总是带着股宗教意味，他笔下的底层人不管生活多么艰苦，看上去都是那么隐忍、安详，给人一种圣洁感。他的忧郁之气浑和地漫溢在画面中，就像黎明前的晨曦一样动人。只有大画家才敢于运用陈旧的色彩表达人类最平凡、最质朴、最温暖的情怀。如果把凡·高的画比喻为巴黎的蓝天和白云的话，米勒的画就是那条呈现着苍凉之色的塞纳河，它们相互照耀，同样伟大。

　　我愿意巴黎是一座石头城，人类在其上能继续做着艺术的雕塑；我愿意塞纳河永远环绕着巴黎，因为它的水能分离和变幻出无穷的色彩，滋养着一代又一代的画家。只要石头和流水拥抱着巴黎，上帝就会永远把巴黎这幅人间名画悬挂在天庭下。

2004 年

光明于低头的一瞬

> 光明的获得不是在仰望的时刻,而是于低头的一瞬!

俄罗斯的教堂,与街头随处可见的人物雕像一样多。雕像多是这个民族历史中各个阶层的伟大人物。大理石、青铜、石膏雕刻着的无一不是人物肉身的姿态,其音容笑貌,在各色材质中如花朵一样绽放。至于这躯壳里的灵魂去了哪里,只有上帝知道了。

莫斯科与圣彼得堡那几座著名的东正教堂,并没有给我留下太美好的印象,因为它们太富丽堂皇了。五彩壁龛中供奉的圣像无一不是镀金的,圣经故事的壁画绚丽得让人眼晕,支撑教堂的柱子也是描金勾银,充满奢华之气。宗教是朴素的,我总觉得教堂的氛围与宗教精神有点相悖。

即使这样,我还是在教堂中领略到了俗世中难以感受到的清凉与圣洁之气。比如安静地在圣洗盆前排着长队等待施洗的人,在布道台上神情凝重地清唱赞美诗的教士。但是这些感动与我在一座小教堂中遇见的扫烛油的老妇人相比，就微不足道了。

莫斯科的东南方向，有一座被森林和草原环绕的小城——弗拉基米尔，城边有一座教堂，里面有俄罗斯大画师安德烈·卢布廖夫的壁画作品。我看过关于这位画师的传记电影，所以相逢他的壁画，有一种惊喜的感觉。教堂里参观的人并不多，我仰着脖子，看安德烈·卢布廖夫留在拱顶的画作。同样是画基督，他的用色是单纯的，赭黄占据了大部分空间，仿佛又老又旧的夕照在弥漫。人物的形态如刀削般直立，其庄严感一览无余，是宗教类壁画中的翘楚。我在心底慨叹：毕竟是大画师啊，敢于用单一的色彩、简约的线条来描绘人物。

透过这些画作，我看到了安德烈·卢布廖夫故乡的泥土、树木、河流、风雨雷电和那一缕缕炊烟，没有它们的滋养，是不可能有这种深沉朴素的艺术的。

就在我收回目光，满怀感慨低下头来的一瞬，我被另一幅画面所打动了：有一位裹着头巾的老妇人，正在安静地打扫着凝结在祭坛下面的烛油！

她起码有六十岁了，她扫烛油时腰是佝偻的，直身的时候腰仍然是佝偻的，足见她承受了岁月的沧桑和重负。她身穿灰蓝色的长袍，戴着蓝色的暗花头巾，一手握着把小铁铲，一手提着笤帚，脚畔放着盛烛油的撮子，一丝不苟地打扫着烛油。她像是一个虔诚的教徒，面色白皙，眼窝深陷，脸颊有两道深深的半月形皱纹，微微抿着嘴，表情沉静。教堂里偶尔有游客经过，她绝不张望一眼，而是耐心细致地铲着烛油，待它们聚集到一定程度后，用笤帚扫到铁铲里，倒在撮子中。她做这活儿的时候是那么虔诚，手中的工具没有发出一声刺耳的响声，她大概是怕惊扰了上帝吧——虽然说几个世纪以来，上帝不断听到刀戈相击的声音，听到枪炮声中贫民的哀号。

我悄悄地站在老妇人的侧面，看着祭坛，看着祭坛下的她。以她的年龄，还在教堂里做着清扫的事务，其家境大约是贫寒的。上帝只有一个，朝拜者却有无数，所以祭坛上蜡炬无数。它们播撒光明的时候，也在流泪。从祭坛上蜂飞蝶舞般飞溅下来的烛泪，最终凝结在一起，汇成一片，牛乳般润泽，琥珀般透明，宛如天使折断了的翅膀。老妇人打扫着的，既是人类祈祷的心声，也是上帝安抚尘世中受苦人的甘露。

如果我是个画家就好了，我会以油画展现在教堂中看到的这一幕令人震撼的情景。画的上部是安德烈·卢布廖夫的壁画，中部是祭坛和蜡烛，下部就是这个扫烛油的老妇人。如果列宾在世就好了，这个善于描绘底层人苦难的伟大画家，会把这个主题表达得深沉博大，画面一定充满了辛酸而又喜悦的气氛。

这样一个扫烛油的老妇人，使弗拉基米尔之行变得有了意义。她的形象不被世人知晓，也永远不会像莫斯科街头伫立的那些名人雕像一样，被人纪念着，拜谒着。但她的形象却深深地镌刻在了我心中！镌刻在心中的雕像，该是不会轻易消失的吧？

我非常喜欢但丁在《神曲》的《天堂篇》中的几句诗，它们像

星星一样闪耀在结尾《最后的幻象》中:

  无比宽宏的天恩啊,由于你
  我才胆敢长久仰望那永恒的光明,
  直到我的眼力在那上面耗尽!

  那个扫烛油的老妇人,也许看到了这永恒的光明,所以她的劳作是安然的。而我从她身上,看到了另一种永恒的光明:
  光明的获得不是在仰望的时刻,而是于低头的一瞬!

2006 年

紫气中的烟火

> 我听见了雨滴从那皱纹重重的清宁宫的飞檐下滑落的声音,那么曼妙,带着股旧时代迷离的音色,仿佛在为已逝的烟火,声声唱着挽歌。

房子跟人一样,老了也会生皱纹。而历史往往就掩藏在那一幢幢老房子的褶皱里。

能够留存下来的老房子,大抵都是有着不凡身世的。要么是王公贵族、达官显要的宫殿和城堡,要么是富甲天下的阔商的豪宅大院,古今中外莫不如此。所以建筑史上的杰作,往往与权力和金钱是分不开的。宫殿上那些经过了千百年风雨、仍然无比灿烂的琉璃瓦,与被岁月风雨侵蚀后大批大批倒塌或歪斜了的民居,形成了鲜明的对照。民居虽然温暖、朴拙,但它身上泥土的成分太多,等于是肉做成的,摧折也快。而宫殿的一砖一瓦、一石一木,都是由工匠们精心烧制、打磨和挑选的,耐用性强,所以说宫殿是由骨头筑就的。

我不喜欢阳光,而喜欢雨。阳光是人的铺路石,而雨是人的绊脚石。雨一来，街市中的人气就寥落了。这时候最适宜到老房子游览。

我在一个微雨的夏日午后走进沈阳故宫。雨丝时有时无，太阳若隐若现着。被忽明忽暗的天色和薄雾笼罩着的故宫，有点海市蜃楼的意味。

游人果然因为雨丝的落脚，少而又少。一座远离了人语的宫殿，就是一本干干净净打开的大书，可以激发人凭吊的情怀。

沈阳故宫也被称作"盛京皇宫"，它是清太祖努尔哈赤在天命十年开始修建的宫殿，可惜他在定都沈阳后的第二年就晏驾归西了，留下的未完成的建筑，是由他的第八个儿子皇太极建造的。皇太极继承汗位后，于1636年在此登极称帝，改国名为"大清"，所以这里也可称是大清的奠基地。

我最先进入的是那些"偏殿"，它们大都是侍奉皇族的那些下人的居所。一座座灰色的小屋子看上去乌蒙蒙的，是那么清冷，让我仿佛听到了夜半时分寂寥的梆声。

大正殿是努尔哈赤时代建立的宫殿，远远望去，它很像公园里那些随处可见的八角亭。不过走到近前，当你的目光与南门两侧柱子上盘踞着的两条栩栩如生的金龙相遇时，还是明白它终归不是寻常百姓可以驻足的亭子，仍然带着股帝王君临天下的霸气。尤其是大正殿的古色斑斓的天花彩绘，那"万福万寿万禄万喜"的篆书汉文与含有吉祥意味的梵文以及龙凤图案交相辉映，让人顿时嗅到了两百五十多年前的宫内的繁华气息。大正殿是处理政务、颁布诏书、召见大臣之地，充满了政治色彩，这样的殿堂在我眼里缺乏人间烟火的气息，所以在它面前站站脚就走开了。

沈阳故宫中，最让我动心的就是后宫，它其实就是皇太极的家。沿着石级向上，穿过高高的凤凰楼的楼阁，迎面即见皇太极和皇后的居所——清宁宫。

清宁宫的两侧是六座配宫，其中有四座是皇妃的寝宫。东侧靠北的是关雎宫，靠南的为衍庆宫。西侧靠北的是麟趾宫，靠南的则是永福宫。这四座宫中的皇妃都来自蒙古部落，其中宸妃和庄妃两姐妹尤为著名。

在这些建筑中，除了殿顶的琉璃瓦和檐下的彩绘呈现出别样的绚丽，居所里面却是布局简单：粗粝的锅灶、宽大的万字炕、古朴的屏风，看上去庄重朴素，体现了满族人传统的生活习俗。如果说正中的清宁宫是一位敦厚的男人的健壮的身躯的话，那么左右对称的皇妃寝宫就是这个男人张开的宽厚的双臂。他揽入怀中的，正是与他的生命息息相关的女人。

历史上没有哪个皇帝能像清太宗皇太极那样，身上既有英雄的传奇，又有爱情的传奇。

宸妃和庄妃这对姐妹是皇后哲哲的亲侄女，她们先后成为皇太极的皇妃。在这些人中，最为皇太极宠幸的，是关雎宫的宸妃海兰珠。海兰珠入宫的时候，她的妹妹庄妃已经跟着皇太极近十年了。皇太极对海兰珠无比钟情，所以后人喜欢用"后来者居上"来评价海兰珠。当宸妃生下皇子后，皇太极喜不自禁，大赦天下。然而好景不长，皇子出生后没有几个月就夭折了。宸妃受到打击，三年后终于一病不起，撒手离去。皇太极抚尸恸哭宸妃的佳话，可谓广为流传。

除了宸妃和庄妃，衍庆宫和麟趾宫中的两位皇妃也值得一提，她们是蒙古察哈尔部首领林丹汗的妻子。林丹汗是成吉思汗的后裔，被皇太极打败，逃至青海，郁郁而终。林丹汗死后，可谓是众叛亲离，他的两个妻子先后归顺了皇太极，改嫁于他。这在当时来说都是"有辱门风"的事情，皇太极却默然接受了，这完全是出于社稷江山的考虑。看来即使是一个皇帝，他也不能完全爱自己之所爱。

爱妃海兰珠的离去，使皇太极忧思沉沉，一年多以后，他端坐在清宁宫里，猝然倒下。我想他最后所看到的情景，一定是关雎宫冷落的门庭。

皇太极走后，庄妃与皇太极所生的皇九子、六岁的福临即位，庄妃为了辅佐年幼的顺治皇帝可谓殚精竭虑。清入关以后，都城迁至北京。顺治帝二十四岁早逝，庄妃又开始辅佐她的孙儿玄烨，也就是日后开创了太平盛世的康熙大帝。所以庄妃的一生，跟皇太极一样，充满了传奇色彩。宸妃领受了皇太极最深厚的爱，但她像露水一样一闪即逝了。而被爱所冷落的庄妃，却在日后使两个皇帝成就了霸业。流连在永福宫里，我似乎能感受到年轻的庄妃的气息，她的气息是沉凝的，她的叹息也一定是浑厚的。

我在清宁宫的后面，看到了宫中保存下来的唯一的一座烟囱。它底阔顶尖，笔直向上。两百多年前，清宁宫中的烟火就是从这里袅袅漫出的。先前我曾在宫里见过乾隆御书的"紫气东来"匾，我想真正的紫气就是从这座烟囱中升起的烟火，它虽然消散了，但在它的周围，后世的人间烟火，却仍然丝丝缕缕、团团簇簇地升起来，生生不息！

我听见了雨滴从那皱纹重重的清宁宫的飞檐下滑落的声音，那么曼妙，带着股旧时代迷离的音色，仿佛在为已逝的烟火，声声唱着挽歌。

2006 年

今日水犹寒

> 只要我们还爱恋着山川河流，日月星辰，就可以与他的魂灵相逢。

江苏南通的狼山，被誉为中国佛教的"八小名山"之一。传说古时候，有一只成精的白狼盘踞山头，为害生灵。大圣菩萨来到此山，欲借白狼"一衲"之地修行，白狼慨然应允。大圣菩萨凭借法力，在祭袈裟时令祥云满天飞，山上金光闪烁，最终袈裟将整座山都罩住了。白狼大骇，自知领地将失，痛悔不已。它在远遁他乡前提出一个要求，欲在此山留个名儿。于是，大圣菩萨就将这处宝地封为"狼山"。大圣菩萨以一衲之地，得万树千花；而白狼丧一衲之地，失却的是沧海桑田啊。看来造化的深浅，决定着气象的大小啊。

狼山不高，但因为忘了换旅游鞋，我选择了乘缆车上山。缆车，其实就是"懒车"，它在给人带来便捷的同时，也把细致入微的风景掠去了。山上盛开的桃花和玉兰，在缆车下只是红红白白地一闪，就不见形影了，我那么轻易地就与它们灿烂的姿容和蓬勃的香气错过了。所以到山顶的寺庙拜过菩萨后,我想即使脚打了血泡,也要步行下山。

狼山脚下,是长江了。下山时,在每一处休憩处,都可以看见江水。大概由于这儿已是江之尾,海之头,所以江水既带着股入海的欣喜,又有即将脱离旧道的惆怅。它浩浩荡荡,苍苍茫茫。海纵然好,但过于广阔的它看不到江水流经之处常见的那种鸡犬相闻的人间景致,总让人觉得有些空寂和贫乏。看来大也有大的失落啊。

每走一程,我都要停下来,看看身后寺庙的飞檐,看看身前娇羞的桃花,看看身下的江水。与闹市毗邻的山,已没有清幽可言了。山路上随处可见茶肆和商铺,游人与商贩讨价还价的声音不绝于耳。不唯人声喧闹,香气也是喧闹的。香气中有香火的浓香,也有花儿的淡香,还有的呢,是往来的女人身上散发出的各色脂粉和香水的气味。这一波一波的香气朝你涌来,雅也罢,俗也罢,你都得嗅着啊。

就这么着走走停停,不觉已接近了山脚。看看时间尚早,我见旁边的一条小路上没有行人,就岔过去。然而刚踏上那条石板小路,就看见一块指示牌,上面写着"骆宾王墓",并有前行的箭头标记。

骆宾王,不就是那个七岁时作了"鹅、鹅、鹅,曲项向天歌,白毛浮绿水,红掌拨清波"的神童吗?他是著名的"初唐四杰"之一,其《在狱咏蝉》中的"无人信高洁,谁为表予心"我一直铭记在心。

骆宾王的墓地怎么会在狼山?带着疑问,我踏上那条小路。路旁的草丛中点缀着星星一般的金黄色的野花,我顺手折了一枝,打算献给骆宾王。

山顶的寺庙香火旺盛，人声鼎沸，而骆宾王的墓前却是冷冷清清，一个游人都没有。看来从古到今，文人都是热闹处的冷点。这墓不是一座，而是连在一起的三座墓，骆宾王的居中，右边的是宋金将军墓，左边的是刘南庐墓。我对另两座墓室的主人是陌生的，所以只对着骆宾王的墓深深一拜，并献上那枝花。我在抬头的一瞬，只觉眼前光影浮动，好像一千多年前的时光幽幽回来了。

回到酒店，我翻阅关于狼山的资料，才对骆宾王墓有了大致了解。武则天专权时，徐敬业在扬州起兵，讨伐武则天，骆宾王代徐敬业拟写了檄文，其中的"一抔之土未干，六尺之孤何托"和"请看今日域中，竟是谁家之天下！"令武则天都为之动容，她慨叹："宰相安得失此人！"为骆宾王的才华折服和惋惜。徐敬业兵败之后，骆宾王下落不明。《资治通鉴》说他与徐敬业同时被杀，《新唐书》说他"亡命不知所之"，民间还流传着他投江自尽和遁入空门等说法。

南通的骆宾王墓，发现于明朝。说是南通郊区一个姓曹的农民在城北黄泥口开荒掘地，发现一座墓，墓碑上写着"唐骆宾王之墓"，他打开墓一看，见一人"衣冠如新，少顷即灭"，农民吓坏了，他怕被人告发他盗墓，就把墓碑打碎，扔回原处。两百多年后，军山有个处士叫刘名芳，字南庐，他听说这件事后，专程去黄泥口寻觅，发现骆宾王墓一半浸在水中。他掘得一块断碑，上面有"唐骆"二字，刘名芳便向通州知州建议，将骆宾王的墓迁至狼山。如果这一切是真实的话，那么兵败之后，骆宾王隐姓埋名活了下来，最后他死于南通。而与骆宾王为邻的金应将军，是文天祥最忠实的部下，他是在旅途中，客死南通的。

这三位墓主，一个生于唐朝，一个生于宋朝，还有一个是清朝。他们一个是一代诗杰，一个是将军，一个是布衣。他们生不同时，死却同处。看来人可以有千万种的来处，归途却只有一个。他们在狼山赏佛乐，听涛声，生前的荣辱悲欢，想必早已化为清风了。

其实我拜谒的墓下，所埋之骨是不是骆宾王的，已经不重要了。在我想来，骆宾王的魂灵是诗，而诗魂是可以葬在云中，葬在波涛中，葬在月光中，葬在落花声里的。只要我们还爱恋着山川河流，日月星辰，就可以与他的魂灵相逢。我很喜欢骆宾王《于易水送人》中的两句诗："昔时人已没，今日水犹寒。"能够在这么精短的句子中，把人生的冷暖写到极致，古往今来，又有几人呢？

2007 年

鲁镇的黑夜与白天

> 它的白天和黑夜仿佛是没有界限的，白昼有暗夜的气象，而黑夜又有白昼隐约的影子。

名人的故居，最辛劳的要数门槛了。它要承载参观者或轻或重的脚印，这脚印当然比不得落叶抚过来得温存，更比不得风儿漫过来得清爽。更何况，这老门槛迎来的并不是它旧日的主人，它听到的大抵是游人的感慨声和照相机的快门跳动的"咔嚓"声。稍好一些的，也无非是怀着凭吊情怀的人发出的几声叹息。我想这门槛在寂静的深夜，也许会为自己身上无端地沾染了陌生人脚上的尘土而感到难过，它也许会捂着被践踏得伤痕累累的脸，对着屋顶的残瓦或者天井中的老树而哭泣。

我是迈过鲁迅故居的门槛的，我不敢踩它，怕那像历史卷轴一样的门槛会被踏碎了。天色本来就阴沉，再加上人多嘈杂，我已消去了对这老屋的兴趣。只记得它很大，门是一重接着一重的，所有的房间都陈设着古旧的家具和器皿，它们就像老人们历经沧桑的眼睛一样，沉静而又略嫌冷淡地望着我们。我注意到，屋子没有大窗口，那栗色的窗子又一律是木格的。木格很细碎，它们就仿佛是横在窗上的一把把剪刀一样，把进屋的阳光给凭空剪得零落而黯淡，所以几乎很难看到一间阳光充足的屋子。我想当年的"迅哥"流连在这样的深宅大院里，住在永远暮气沉沉的房子里，他对外部世界的关注就会更为迫切。而由这寂静和昏暗生发出的幻想，也会像河里游荡的小鱼一样活跃。

这是绍兴，而绍兴在我的心目中就是鲁镇。在听过了一场让人失望的"社戏"后，我与几位朋友寻到了一处大排档，那已是子夜时分了。没有星星，亦没有月亮，大排档正在高潮上。那排档是南北向的一条长巷，有些歪斜，而正是这歪斜，使它显出了随意、世俗和浪漫的气息。巷子里湿漉漉的，这当然不是雨的滋润，而是每个摊主洗菜时泼出的水。摊位一座连着一座，它们是清一色的塑料棚顶，每个棚子大约放四五张圆桌，每张桌都能容七八个人。摊前的煤火通红通红的，炒菜的声音和着摊主招徕客人的声音，让人觉得亲切和温暖。我们要了炸臭豆腐干、咸蛋黄炒番瓜丝、爆炒黄泥螺、辣椒鳝丝、盐水煮茴香豆等菜，叫了一壶酒。酒不用说了，一定就是孔乙己和阿Q都喝过的黄酒。这酒被温过，未放城市里时尚喝法中所加的话梅、姜丝、冰糖等调味品，因而纯正敦厚。我们先前还比较文雅地吃酒谈天，后来酒喝得人情绪飞扬，几个人就行"棒虎鸡虫"的酒令玩，输家罚酒，往往是男人一说"鸡"就赢，而女人一说"虫"则输，大家又笑又叫着，好不快活。

也是冬天，也是春天

　　这种时刻，我心中鲁镇的影子一闪一闪地呈现了，我嗅到了一股古中国生活的气息。我仿佛看到了孔乙己穿着长衫站着喝酒的情形，他用尖细的手指在柜台上排出一文一文的铜钱；我还看到了在酒楼上的吕纬甫讲述两朵剪绒花故事时怅惘的神情。我甚至想，如果不远处的护城河下停泊着一条船，我们登得船上，在夜色中划桨而行，一定能够看到真正的社戏，能喝到戏台下卖的豆浆，当然，如果碰到一个老旦坐在椅子上咿咿呀呀地唱个不休，我也一样会烦得撑船就走。如果偷不成别人家的豆子在船上煮着吃，就偷一缕月光来当发带，让它束着我随风飘扬的长发。

　　夜越来越深了，是凌晨两点的时分了，我们却毫无睡意，这时忽然来了一个瘦弱的孩子，他胸前斜挎的吉他比他还要高。他手里拿着一个用小学生的练习本写就的歌本，很老练地请求我们点歌。他眼睛很大，却没有少年的那种天真之气。我问他几岁了，他说六岁。又问他点一支歌多少钱，他用生意人惯用的口气告诉我，点一支四元，但如果点三支的话，只收十元钱。我不假思索地说，那就点三支。他唱的第一首歌是《三个老婆》，歌词写得庸俗不堪，什么"三个老婆不嫌多""老婆多了有人疼"等等，歌词里甚至形象地给三个老婆所司其职做了分工，什么做饭的、捏脚的、陪睡觉的，等等。他这一唱，大家的心一下子沉下来了。在他身上，我看不到少年闰土身上的天真、朝气和童趣，反而感觉相遇的是成年的闰土，那个被沉重生活压迫得几近麻木的闰土。我们没等他唱另外两支歌，就付了他十元钱，打发他走了。他挎着吉他离去的背影有些摇晃，感觉那吉他是一头蛮力十足的怪兽，死死地拖着他走，我真怕它在这黑夜里把这卖唱的少年给拖得支离破碎了。自此，大家再无兴致逗留，仿佛是刚参加完一个好友的葬礼似的，郁郁走掉。

次日我起得很迟，把早饭和午饭放在一块吃了。天色仍然寡白寡白的，两三朋友聚集在一起，都说不想到安排好的景点去参观，我说那不如到绍兴的老街走一走。以我的经验，看一卷历史书，不如在一个有历史感的老街上走上一程更能领会历史的含义。因为老建筑会透出一股清秋般的苍凉之气，你能在其上看到岁月抚过的痕迹，触摸到历史心音的脉搏。

沿着绍兴广场的护城河向北走，没有多远，老街就呈现了。见到它我的眼睛蓦然一亮，感觉它仿佛扭着身子活跃地动了几下。在被高楼簇拥着的宽敞的柏油马路上行走，我常常觉得自己走在一具巨大的僵尸上，紧张、空虚、不知所措。而在狭窄的老街上闲走，我会无限地放松和陶醉。这种时刻，你觉得那街分明像河流一样，它潺潺地流动着，等着你的脚踏出阵阵水花。这街只有两米左右的宽度，它的两侧是层层叠叠的老房子。房前的门楼各具特色，有的高而窄，有的矮而阔。房子多数是两层的小楼，但也有三层的，极少。它们的色彩以栗色和苍灰为基调，屋顶的瓦却基本是深灰的，灰色年头久了，就泛黑了。不过它们与天色是极为协调的，仿佛它们就是天的底座。你不要小觑了这老街，看着它不长，走起来就长了，长得仿佛没有尽头。而且它也不是笔直的，略略地弯着，它这种弯不是老人的那种透出暮气的驼背，而是一个少女笑得不能自持时妖娆的弯腰,风情万种。街上很少有行人,石板路上干干净净的,给人以明净、妥帖之感。我们推开了几户门楼,进得院子,想更直接地接近老房子。真正的老屋比比皆是,它们保持房屋原来的状态,格局是老格局,窗户也是老窗户。到这样的屋子走一下,你会嗅到一股散发着隐隐腥气的潮味,仿佛这房子是放置已久的鱼,它因离河太久而伤感得落泪,那气息或许就是它的眼泪。如果不是有现代的人闪现在房子里,我会误以为回到了一百年前的鲁镇,听见了单四嫂子在空虚寂静的夜晚呼唤宝儿的哭声,嗅到了华老栓买来的人血馒头被火焰舔舐过后所发出的奇怪的香味,看到了在祝福声中被主人呵斥后凄凉地放下烛台的眼神呆滞的祥林嫂。这是鲁镇,是鲁迅笔下那个永远也不会消失的鲁镇。那屋檐上的荒草,那窗棂上所弥漫的蒙昧天光,那院子中的桂花树,那天井中放置的杂物,似乎都透着旧时代的气息,它让人有某种伤感和惆怅,又让人有某种辛酸后的喜悦。

在那条老街里,留给我印象最深的是一个着白衣的盲人。他用一根细而长的竹竿探着走路,走得不急不躁,有板有眼。看来他对这老街熟稔至极,老街也许是他的眼睛仅能看到的一道光。当我们走完老街在一家茶楼坐下时,透过拉起的窗户,我能望见护城河上的拱形石桥,那桥是灰色的,上面匍匐着一些绿色藤萝,有棵高高的柳树越过石桥,它就仿佛是一个淘气的少年,赤脚站在水里,笑嘻嘻地看着流水。把目光放得远一些,再远一些,便可望见老街上的房屋,看见灰瓦和飞檐,它们就像飘浮在鲁镇上空的凝重的浮云,让我陷于回忆和思索之中。

我总想鲁迅在骨子里其实是一个浪漫主义者。只不过我们把他定位在"民族魂"这个高度后,更多地注意了他作品的现实和批判的精神,而忽略了任何一个伟大的作家内心深处都具有的浪漫主义情怀。从他的故居直至老街,我感受到的是栩栩如生的鲁镇,它闲适、恬静、慵懒、舒缓,这种环境是能让人的想象力急遽飞翔的地方。孔乙己是现实的,但也是浪漫的,只不过那是被苦难压榨出的辛酸的浪漫,他赊账喝酒,他偷了书被人打断了腿时为自己的辩解,都体现了鲁迅在其身上倾注的浪漫主义的热情。还有那个让人过目不忘的阿Q,我觉得阿Q就是一个浪漫主义者,他对革命的无知的游戏态度,他由调戏小尼姑而生发出的对爱情的向往,他自甘其辱后的精神上的自我安慰,直至他为自己生命的终结而努力画上一个圆圈时,阿Q的形象都是神秘的、可爱的、让人憎恨而又同情的。而在《故事新编》中,鲁迅的浪漫主义情怀可以说体现得淋漓尽致,挥洒自如。《奔月》里吃腻了乌鸦炸酱面的嫦娥,《出关》里骑着青牛的老子,还有《铸剑》里在滚烫的大金鼎里那颗如泣如诉的报仇的人头,不都在向我们昭示着:这是些有光彩、有魅力、经得起时间检验的浪漫主义人物吗?

绍兴似乎总是阴气沉沉的,我心目中的鲁镇因了这特定的天色而一直伫立在眼前。它的白天和黑夜仿佛是没有界限的,白昼有暗夜的气象,而黑夜又有白昼隐约的影子,一如鲁迅作品带给我的气息。我喝了一杯碧绿的茶,再望护城河的时候,望见了一条乌篷船正从远处荡来。那船黑黑的,就像越出水面的一条青鱼。到得近处,我见那桨搅起一阵一阵的乌黑的淤泥上来,它使绿水有了一道道黑色的印痕,就像人的伤疤一样。待我把目光再转到石桥上时,竟然看见了先前在老街里遇见的那个盲人,他怀抱着竹竿,坐在石桥上。但他不是沉静地坐着,他不时地转身,用竹竿去抚弄柳树,于是就有一些微黄的柳叶天女散花般地被打落,它们落在水里,向下游荡来,渐渐地接近我们所坐的茶楼。我多想在它们经过的一瞬泼一杯清茶于它们身上,可我怕同行者笑我痴狂,而且我也不敢肯定,它们确乎能够领受茶的芬芳之气,于是就只是静静地看着它们一摇一摆地走远。

2007 年

西栅的梆声

> 那些相识的和不相识的人,包括我自己,不过是这世界的过客而已。

乌镇是一枝莲,东栅、西栅、南栅、北栅是它张开的花瓣。东栅因为天光和烟火气盛,这片花瓣在我眼里是银粉色的。西栅呢,它被不绝的流水环绕着,那层层叠叠的楼台水阁,迷宫似的灰街长巷,也就有了舟楫的气象,似乎你轻轻一推,它们就会起航。这片轻灵的花瓣,在我眼里就是烛白色的了。烛白色不像银白那么耀眼奢华,也不像乳白那么温柔平淡。烛白色,它高贵朴素,充满激情而又深沉内敛。因为烛白色里,掺杂着天堂的色彩。

来乌镇的,不仅仅是人,还有白鹭、云朵、晨雾。与它们比起来,依赖车船出行的人,是多么被动啊。白鹭来,乘着清风,扇动着丝绸一样的翅膀,倏忽间就翩然而至了;云朵呢,如果它们思念身下这片枕河入梦的人家了,从天宇的某个角落出发,且歌且舞,飘飘洒洒,也是说到就到了。比起白鹭和云朵,晨雾不是远客,它们就栖息在乌镇纵横交织的水泽深处。只要它起了顽皮,就一哄而起,缚住太阳,把人间幻化为海市蜃楼,霸气十足地做这世界早晨的皇帝。

我在乌镇,住在西栅。西栅由十二座小岛组成,所以进出西栅,须乘坐渡船。到乌镇时已是晚上九点,江南的雨淅淅沥沥下着,好像乌镇这个素服女子忙活了一天,正在做安寝前的沐浴。从西栅的码头登船,去通安客栈,大约一刻钟。西栅的渡船是我喜欢的那种,带篷的木船,梭形,人工摇橹,至多坐六人,既不像大船那样笨拙少情调,又不像只能容一两个人坐的小舟,在水波上活跃得像条鱼一样,让人心生不安。不大不小的渡船,如同恰到好处的鞋子,最适合游人的脚。船家是个女子,乌镇人对她们有个亲切的称谓:船娘。而我觉得,女子的性情,最适合在西栅摆渡。因为这儿不是荒凉的海域,需要顶天立地的男人披荆斩棘,西栅是一个宁静的港湾,是个听桨声的地方,由性情多温婉的女子做"掌门人",再妥帖不过了。

船娘戴着斗笠,不紧不慢地摇着橹。虽然落着雨,但岸上投下的灯影,依然盛开在河面上,看来电的筋骨,实在强啊。没有月亮的夜晚,那一团团湿漉漉的橘黄的灯影,看上去像是月亮生出的金发婴孩,是那么鲜润明媚。带着一身的水汽,船停靠在客栈的码头上了。简单吃了点东西,洗漱后躺下,已是深夜了。旅途的劳顿,并没有使我立刻入睡。不过在西栅失眠是幸福的,因为你在静得出奇的夜里,能听见淙淙的流水声。

来乌镇的次日，是茅盾文学奖颁奖的日子。我醒来的时候，西栅还没醒，因为它被浓雾包裹着，所以到了天亮的时辰，它却亮不起来。早饭后，我出了客栈散步。上了一座灰白的石拱桥，站在桥上，只见河两岸的房屋，好像晾晒着一匹匹白色的丝绸，被雾气紧紧缠绕。你想看远一点的河道，看不清楚；想看近处房屋的飞檐，也是看不清楚的。雾中的西栅，也就有了如梦似幻的感觉。上午十点多，雾小了，雨又来了，所以那个白天的太阳，和那个夜晚的月亮，是逃跑的新娘，芳踪难觅。如果说乌镇是一朵静静的莲的话，那么茅盾文学奖的颁奖典礼在我眼里就是昙花。那个夜晚的颁奖盛典结束后，第二天，与会人员纷纷离去了。客栈的小码头忙碌起来，船娘忙碌起来，被桨搅起的水波，也忙碌起来了。

我也乘渡船出去，但奔赴的不是飞机场，而是东栅。太阳终于露出了芳容，天地间变得亮堂起来了。东栅游人如织，每一座石桥，每一条小巷，每一座古老的楼牌下，都有驻足观望和拍照的人。导游带着我们，先是参观了一个专门展览雕花木床的博物馆，然后去了乌镇名酒——从清朝就开张了的三白酒的酿造地。在乌镇这样的水乡，如果没有酒，老百姓的日子，无疑是少了魂儿。出了酒坊，近午的时候，在去餐馆的途中，我在一条巷子里，遇见一个白发苍苍的老婆婆。她将自家炉灶支在屋外，微微弓着背，神色怡然地当街翻炒着一锅羊肉。羊肉显然被酱汁浸透了，油红色，扑鼻的香气。很多游人停下脚步，眼馋着那锅肉。而我眼馋的，是老婆婆手中的那把锅铲。如果我到了她这般年华，能像她一样自如地使着锅铲，为自己烹调下酒的小菜，那就是此生最大的福气了。

从东栅回来，小憩片刻，导游又带着我们游西栅。看了白莲塔、通济桥和仁济桥所形成的著名的"桥里桥"景观、蚕丝厂以及酱坊。西栅最有趣的景观，是三寸金莲馆。那里展览的，是历朝历代形形色色的小鞋。有研究者说缠足始于隋唐，也有人说由五代兴起。清入主中原后，反对汉族人缠足，尤其是康熙大帝。从这点看，康熙就是一个充满人性的皇帝。康有为在自己的老家广东南海，还曾联合当地乡绅和开明人士，创立过不缠足会。而缠足这种病态的审美和风习，在中国流传了近千年，却是一个不争的事实。那些小巧玲珑的鞋子，多有斑斓刺绣，花色妖娆，可我却看不出丝毫的美来，因为它们是女人的脚镣啊。

游过西栅，天色已昏。我们就近在一处临河的餐馆吃晚饭。饭后，回到客栈，清理完旅行箱，想想明天就要离开西栅了，心中似乎还有什么割舍不下的。九点一刻，我独自出了门，看夜下的西栅。

石板路上，几乎看不见行人了。西栅静起来，而另一种光明，却升起来。点缀着夜晚的灯光，以乳黄为主，但也有幽蓝的光带，裹着石桥，使桥有了闪电的气象。那一盏盏古朴的风灯，在苍灰的屋檐下，随着晚风轻轻摇荡，像恋人温柔的眼。我走进一条深巷，周围竟一个人都不见，那一座座阒然无声的深宅大院，使我怀疑里面居住的不是人，而是神灵。我有些害怕，连忙回到离出发点不远的放生桥那儿，桥下有一个小酒吧，还有零星的顾客。刚停下脚步，就见柳树丛中闪出一只猫来，雪白雪白的，它好像赶赴什么约会，飞也似的越过石桥，去另一岸了。猫离去了，一个清扫员出现了。她一手拎着撮子，一手提着扫帚，打扫石巷。我看了看撮子，里面较少有废纸和食品包装袋之类的垃圾，更多的是落叶。乌镇再怎么江南，也是秋意阑珊了。我跨上桥，刚好看见有一只载客的船从远处荡来。我听见客人在问："岸上是什么树呀？"船娘答："香樟树。"之后再无人语，有的只是水声。我看着这只船渐渐接近石桥，然后鱼似的从桥下跃过，不见了踪影。正当我要走下石桥的时候，一阵梆声石破天惊地响起，这是打更的人在报时了。打更的人穿行在哪一条巷子，我并不知晓。但这寂寥而空灵的梆声，与教堂的钟声一样，让我身心顿时为之一爽。是啊，这禅意深厚的梆声让我明白，所有的盛典和荣耀，不过是一季的盛花，会转瞬间化为流水。那些相识的和不相识的人，包括我自己，不过是这世界的过客而已。明白了这个道理，你就不会在脱离了灯火璀璨、人语喧嚣的环境后，惧怕一个人走夜路。这复古的梆声，让西栅的夜，白了。

2008 年

最是沧桑起风情

> 他滑过的舞步宛如一个个绽放的花瓣，舒展，飘洒。当这些花瓣剥落后，我们在花蒂，看到了他的优雅和柔情。

大约三百年前吧，葡萄牙殖民者从非洲大批地往巴西贩卖黑奴。由于路途遥远，黑奴在海上漂泊过久，上岸时往往手足僵硬，不能行走，恍若残疾。贩奴者为了让手中的"货"鲜活出手，勒令黑奴在狭小拥挤的船舱中跳舞，活动筋骨。黑奴们便敲打着酒桶和铁锅，跳起了流行于非洲的"森巴"舞。

森巴舞来到美洲后，很快吸纳了欧洲白人带来的波尔卡舞，以及当地印第安人的舞蹈，演变为风靡巴西的"桑巴"。看来艺术的融合，是不分种族和阶层的。艺术的天然性，总是使它比政治要先一步到达"和平"。

对于一个观光客来说，里约热内卢的夜晚，是不能不看桑巴的。

我们走进剧院时，桑巴舞的表演已经开始了。流光溢彩的舞台上，几个男演员穿着金色长袍，戴着插有五彩翎毛的高筒帽子，正随着激昂的乐曲,且歌且舞着。他们满怀朝气和力量,无论左右移动还是旋转,双足如同跃动的鼓槌,轻灵激越。接下来上场的,是几个花枝招展的少女。她们穿着红黄蓝绿等色彩艳丽的服饰,袒胸露臂,像一群花蝴蝶,满场飞舞。她们修长的腿,宛如魔术棒,令人眼花缭乱。开始的半小时,我们看得饶有兴味,可是随着节目的深入,在锣鼓和钹一个节奏的敲击声中,我们渐渐有些审美疲劳了,不管舞台上的人怎样变换造型,一行人还是无精打采地垂下头。桑巴其实就是一场狂欢,而狂欢是会把人噎住的。

有了巴西看桑巴的经历,到了阿根廷,我对闻名遐迩的探戈并没有抱很大的期待。一天晚上,大使馆宴请我们,在一家饭店吃烤肉喝红酒,观赏探戈。那个舞台布景简单,上半部是悬空的乐池,下半部是舞池。几杯红酒落肚,我有微醺的感觉。当抑扬顿挫的舞曲响起来的时候,我却昏昏欲睡。舞池中的演员都很年轻,男士个个西装革履,英气逼人,而女士则是清一色的开衩长裙,亭亭玉立。应该说,探戈比桑巴要适宜观赏,因为管弦乐不像打击乐那样压迫人,它给人舒缓的感觉。虽然如此,连看了三曲后,表情过于庄严的演员还是让我疲乏了。据说,探戈这种双人舞,表现的是身佩短剑的男士与情人的幽会,因而表演者的举手投足间,都透露着警觉。有一点警觉当然好,可是满场都是警觉了,就让人觉得晃动在眼前的,是一群木偶了。就在我要耷拉下脑袋的时候,舞台忽然为之一亮,一个风度翩翩的老人携着舞伴上场了!

他看上去有七十岁了,中等个,四方脸,微微发福,满头银发,

也是冬天,也是春天

穿一套深灰色西装。他的舞伴,虽然年轻,却不是那种身形高挑的,她丰胸阔臀,看上去很丰满。他们在一起,相得益彰。音乐起来,他们翩翩起舞了。我坐在离舞台最近的地方,能清楚地看到老人的脸。他目光温和,似笑非笑,意味深长。他脸上的重重皱纹,像是鱼儿跃出水面后溅起的波痕,给人柔和、喜悦的感觉。他旋转起来轻灵如燕,气定神凝,完全不像一个老人。他揽着舞伴,时松时紧,舞伴在他怀中,无疑就是一只放飞着的风筝,收放自如。他滑过的舞步宛如一个个绽放的花瓣,舒展,飘洒。当这些花瓣剥落后,我们在花蒂看到了他的优雅和柔情。这实在是太迷人了!一曲终了,掌声、喝彩声连成一片。坐在我身旁的电影演员潘虹女士,也格外喜欢这个老者,我们俩起劲地拍着巴掌,不停地叫着:"老头太棒了,太棒了!"老者下场后,占据舞台的,又是一对对年轻的舞伴了。他们依然是表情庄严,一丝不苟地跳着,让我觉得好像在看一场拉丁舞大赛,兴致顿减,呵欠连连。潘虹说:"你睡吧,老头出来了我就喊你。"我很没出息地打起了盹。也不知过了多久,潘虹在我肩膀上抓了一把,说:"醒醒,老头出来了!"果然,又是那个须发斑白的老者,携着他那丰腴的舞伴出场了!他的举手投足间,有一股说不出的韵味。他舞出的,分明是一条清水,给人带来爽意,而他自己,就是掠过水面的清风。别人是被探戈操纵着而表演,只有他,驾驭着探戈,使这种舞蹈大放异彩!

演出结束,大使馆的文化参赞向我们介绍说,这个老者,是阿根廷著名的"探戈先生",他是阿根廷十位杰出的艺术家之一。他的舞伴，是他的孙女。他年轻时，就是赫赫有名的探戈舞者，他跳了大半辈子了。难怪，在满场的俊男靓女中，他还是那么的夺目。

　　我们的最后一站是墨西哥城。观看墨西哥民族风情歌舞表演，是在一家有着四百年历史的大剧院。圣诞将至，剧院装饰得很漂亮。这台歌舞像是桑巴的翻版，也是节奏热烈奔放的音乐，以及不断变换的绚丽服饰。演出只到半场，我们访问团的人就大都打起了瞌睡。那一刻我想，为什么风情的表演会使人疲倦呢？也许因为风情没有情节性，不吸引人？也许因为风情不触及人的心灵，没有震撼力？难道风情只能成为轻轻一瞥的招贴画，或是可有可无的旅游纪念章？我想起了那位"探戈先生"，为什么他的表演就能让人身心激荡呢？思来想去，是阅历让他能出神入化地演绎风情啊。风情在他身上，是骨子里生就的，舞步不过是外化形式而已。而没有阅历的风情，如同没有发酵好的酒，会让人觉得寡淡无味的。看来，最是沧桑起风情啊。

2008 年

飞向泥土的箭

> 我多么希望，我射出的那支飞向泥土的箭，会在秋日的寒露中，与万物同枯，与血腥永别。

我虽然第一次到新疆，但对它没有陌生感。它的太阳，与我故乡大兴安岭夏至前后的太阳太像了，对人间千般的不舍，迟迟不落。我曾在晚上八点钟和几位朋友在伊犁河畔的一座八角亭里，看一对对盛装的新人，沐浴着阳光，在音乐和清风中翩翩起舞。看过了婚礼的热闹，九点钟吧，我又独自溜到果园摘杏子吃。而这个时刻的太阳，还明晃晃的如一面铜锣呢，惹得我直想往它身上投几个杏子，砸出点回音来。

除了这仿佛被施了魔法的太阳，其满面的青春气让我熟悉，还有一块土地在我的意念中也是熟悉了的，那就是伊犁河南岸的察布查尔。

察布查尔，是锡伯语"粮仓"之意。而生活在这儿的锡伯人，是两百多年前从东北迁徙而来的。

锡伯人最初游猎于大兴安岭东麓，它的始祖是鲜卑人。两千年前，鲜卑人走出大兴安岭森林，挺进中原，中国历史上第一个由少数民族建立的北魏王朝登上了历史舞台，历时148年。在大兴安岭阿里河密林深处，有一个嘎仙洞，1980年在石室内发现了石刻祝文，是北魏太武帝拓跋焘于公元443年派遣中书侍郎李敞祭祖时所刻的。这个神奇的洞窟，无疑是他们的"祖庙"。我曾在1986年探访过嘎仙洞，洞口呈三角形，洞内宽大幽深得如精心开凿的军备库，能容几辆卡车并行。我还记得抚摩了一下镌刻着祝文的石碑，其彻骨的阴凉至今难忘。那个年代，从中原到大兴安岭，快马也要走上十天半月的。拓跋焘得天下后不忘宗祖，让我对他油然而生敬佩之情。据史书记载，拓跋焘是一个骁勇善战的将军，他崇尚节俭，厌恶奢华，率军时赏罚分明，曾有"法者，朕与天下共之，何敢轻也"的至理名言。可惜这样的英雄，最终为手下的宦官所杀。看来自身的光芒过于耀眼了，刀剑的寒光逼近时，会难以辨析。而这混迹其中的不祥之光，往往跟毒蛇一样，看准时机，就会突然下口，熄灭一种大光明。于是，历史上也就有了一幕又一幕的黑暗时刻。

鲜卑后人的锡伯人，走出大兴安岭后，主要生活在松嫩平原和呼伦贝尔大草原上。他们骑马善射，英勇无畏。所以，当清朝的西部边疆频频受到外敌侵扰时，乾隆皇帝想到了他们，发动了伟大的"长征"，抽调了锡伯族官兵一千多人，连同他们的家眷，共计三千两百多人。1764年的农历四月十八日，他让集结在盛京（今沈阳）的他们，开始了西迁戍边。从沈阳到伊犁，如果在地图中画一条直

线的话，都是从东到西的一条漫长的线。两百多年前，依赖马车牛车前行的他们，要穿越这样的一条线，其艰辛可想而知。他们一路风餐露宿，农历八月经由蒙古高原时，正遇上暴风雪，牲畜大批死亡，人员多有冻伤，军队不得不停下来休整，度过严冬。次年草返青后，他们从蒙古部落借了战马和骆驼，继续西行，谁知到达科布多时，恰逢阿尔泰山积雪融化，洪水阻隔，他们被迫停滞了两个月。由于粮草不足，不得不挖野菜充饥。即便这样，他们最终还是到达了伊犁。乾隆皇帝给他们西迁的期限是三年，而锡伯人用了不到一半时间。如果刨除被风雪和洪水围困的日子，这支队伍走完全程，仅仅用了半年多的时间，堪称奇迹！最让人震撼的是，队伍到达目的地时，人员不但没有减少，反而增加了，这其中就有在旅途中出生的三百多个婴孩！可以想见，在漆黑如墨的暴风雪的夜晚，在洪水泛滥的血色黎明，锡伯人身上涌动的那股原始的生命之泉，是多么强旺。这样的民族，无疑是人间的牧歌天堂！

　　我们来到察布查尔的时候，是晚上七时许。参观锡伯族西迁纪念馆时，刚看完第一个展馆的西迁沙盘图，接待方就唤我们回返，说是当地的领导已经前往餐厅迎候，我们必须赶回去吃饭。我便与他们商量，能否容我们快速看完？只需一刻钟就行，谁知被斩钉截铁告知不可。回到旅行车上，我再次央求，仍未果，于是倔脾气上来了，抬腿下车，不管不顾地，奔回纪念馆。令我感动的是，旅美学者查建英女士也随之下了车。我们走马观花地浏览了两个馆，看到的是一些兵器和生活用具，然后来到院子里。那里有一个小型射箭场，两面靶子竖在草地上。查建英拉弓射箭，箭中靶上，欢呼雀跃；而我不得要领，几次拉弓，箭在弦上，始终不发。馆长便手把手教我，终于射出一箭，不过它没有飞向靶子，而是一头栽在泥土中，壁立于青草之间，仿佛它就是青草中的一员。

　　离开察布查尔后，我们去了喀什。从南疆返回乌鲁木齐时，恰好是七月五日的黄昏。我们入住宾馆不久，有关城区的事件的消息传来。在那个不眠之夜，我几次走到宾馆的院子，在高大的树丛中游魂似的飘来荡去。那个夜晚的声音和气味，把我的心撕裂了。我的心在滴血的时候，眼前不时闪现出那支飞向泥土的箭。我多么希望这世界上所有的刀，只在欢歌时屠宰牲畜才亮出锋刃；所有的石头，只为女人在河畔哼着歌谣捶打衣服而生；而所有的棍棒，不过是为了打落果园中高挂枝头的桃李。我多么希望，我射出的那支飞向泥土的箭，会在秋日的寒露中，与万物同枯，与血腥永别，在转年的春天，安然复苏为一棵清香四溢的草，做露珠的巢。

2009 年

美景，总在半梦半醒之间

> 那些还未发芽的树，原本一派萧瑟之气，可是拢在林间的月亮，把它们映照得流光溢彩，好像树木一夜之间回春了。

太阳是不大懂得养生的，只要它出来，永远圆圆着脸，没心没肺地笑。它笑得适度时，花儿开得繁盛，庄稼长势喜人，人们是不厌弃它的；而有的时候它热情过分了，弄得天下大旱，农人们就会嫌它不体恤人，加它身上几声骂。看来过于光明了，也是不好。月亮呢，它修行有道，该圆满时圆满着，该亏的时候则亏。它的圆满，总是由大亏小亏换来的。所以亏并不一定是坏事，它往往是为着灿烂时刻而养精蓄锐。

在故乡的夜晚，一本书，一杯自制的五味子果汁，就会给我带来踏实的睡眠。可是到了月圆的日子，情况就大不一样。穿窗而过的月光，会拿出主子的做派，进了屋后，招呼也不打，赤条条地，仰面躺在我身旁空下来的那个位置。它躺得并不安分，跳动着，闪烁着，一会儿伸出手抚抚我的睫毛，将几缕月光送入我的眼底；一会儿又揉揉我的鼻子,将月华的芳菲再送进来。被月光这样撩拨着,我只能睡睡醒醒了。

月光和月光是不一样的。春天的月光,似乎也带着股绿意,有一种说不出的嫩;夏日的月光呢,饱满,丰腴,好像你抓上一把,它就能在指尖凝结成膏脂;秋天的月光,一派洗尽铅华的气质,安详恬淡,如古琴的琴音,悠远,清寂;冬天的月光虽然薄而白,但它落到雪地后,情形就不一样了,雪地上的月光新鲜明媚得像刚印刷出来的年画。所以冬日赏月,要立在窗前。看着月光停泊在雪地后焕发出的奇异光芒,你会想,原来雪和月光,是这世上最好的神仙眷侣啊。相比较,冬春之交的月光,就没什么特别动人之处了。雪将化未化,草将出未出,此时的月光,也给人犹疑之感,瑟瑟缩缩的。

今年四月十号,是满月的日子,又是周末,故乡的亲人们聚在一起,做了几道风味独特的菜,大家快活地喝酒聊天。晚饭后,我回到自己的住处时,月亮已经升起来了。微醺的缘故,未及望月,我就熄灯睡了。大约凌晨三点来钟的样子吧,我被渴醒了。床畔的小书桌上,通常放着一杯白开水。室内似明非明,我起身取水杯的时候,发现杯壁上晃动着迎春枝条般的鹅黄光影。心想月光大约太喜欢玻璃杯了,在它身上作起了画。喝过那杯被月光点化过的水,无比畅快。回床的一瞬,我有意无意地望了一下窗外,立时被眼前的情景震住了:天哪,月亮怎么掉到树丛中了?我见过的明月,不是东升时蓬勃跳跃在山顶上的,就是夜半时高高吊在中天的,我还从没见过栖息在林中的月亮。那团月亮也许因为走了一夜，被磨蚀得不那么明亮了，看上去毛茸茸的，更像一盏挂在树梢的灯。那些还未发芽的树，原本一派萧瑟之气，可是掖在林间的月亮，把它们映照得流光溢彩，好像树木一夜之间回春了。

看过了这样的月亮，我再回到床上时，又怎能不被美给惊着呢！虽然我接着睡了，可是往往眯上二三十分钟的样子，又惦记着什么似的，醒来了。只要睁开眼，蒙眬中会望一眼窗外——啊，月亮还在林间，只不过更低了些。再睡，再醒来，再望，也不知循环往复了多少次，月亮终于沉在林地上，由灯的形态，变幻成篝火了。这是那一夜的月亮，留给我的最后印象。

第二天彻底醒过来时，天已大亮。窗外的山，哪还有满月时的盛景。消尽了白雪而又没有返青的树，看上去是那么单调。虽然寻不见月亮的踪迹，但我知道它因为昨夜那一场热烈的燃烧，留下了缺口，不知去哪儿疗伤去了。因为它燃烧得太忘我了，动了元气，所以不管怎么调理，此后的半个月，它将一点点地亏下去。待它枯槁成弯弯的月牙儿，才会真正复苏，把亏的地方，再一点点地盈满。它圆满后，不会因为一次次地亏过就不燃烧了。因为月亮懂得，没有燃烧，就不会有灰烬；而灰烬，是生命必不可少的养料。

我怎么能想到，在印象中最不好的赏月时节，却看见了上天把月亮抛在凡尘的情景呢。在那个时刻，那团月亮无疑成了千家万户共同拥有的一盏灯。假使我彻头彻尾醒着，这样的风景即使入了眼，也不会摄人心魄。正因为我所看到的一切在黎明与黑夜之间，在半梦半醒之间，那团月亮，才美得夺目。

2009 年

一个作家应该谢谢什么

> 酸甜苦辣，是人生和写作的春夏秋冬，缺一不可。

对于我这样一个出生在中国最北端的写作者来说，首先要谢谢脚下的冻土地，它在五十四年前元宵节的黄昏，让我落脚，尽管我像其他婴儿一样，带给它的第一声是哭声。但大地就是大地，它从不会因哭声而不向我们敞开怀抱。其次我要谢谢正月的飞雪，它使我睁开眼睛，就看见它们精灵的舞蹈，尽管它们脱胎于天，但也选择大地作为飞翔的终点——它是为大地的复苏，做着滋润的储备吧。当然，还要谢谢长夜火炉里燃烧的劈柴，以及户外寒风中飘拂的灯笼，它给予一个婴儿的身体和眼睛，以最初的暖和光明。

我渐渐长大了，大自然让我知道春花不会永远开，冬天的寒风也不会没有闭嘴的时刻。我要谢谢姥姥给我讲的神话故事，让我知道生命以外还有星空；我要谢谢姥爷给我讲的采金故事，让我知道闪光而珍贵的东西，常埋于深处，要去挖掘。我要谢谢妈妈，她在我六岁时带着我们姐弟回乡,由于长途客车中途抛锚,我们赶到三合站的码头时,每周一趟的大轮船,已经起航了。我在妈妈近乎绝望的哭声中,看着那艘渐行渐远的轮船,明白自己虽然爱做会飞的梦,却是没有翅膀的家伙!我要谢谢会拉琴的爸爸,他让琴声在一座山村小镇的泥屋萦绕,他让我懂得,能从屋顶袅袅升起的,不只炊烟,还有音乐。

我要谢谢夏日的激流,那些诱人的野果常生长在镇子对岸,我想采得,必须学会渡过激流;我要谢谢暴风雪,当我在户外迎击它时,不仅要穿得暖,还要学会奔跑,让血液快速流动,点燃自己。我要谢谢那些长着如水眼睛的小动物,猫儿是粮仓的守护神,而看家狗就是门上的锁头。当然,我也要谢谢山中那一座座曾给我带来恐惧的坟墓,它们是森林一年四季都会生长出来的"蘑菇",让我知道生命是有句号的,句号前的每一个逗号都是呼吸。

我要谢谢端午采到的带着露水的艾蒿,赏过的中秋圆月和除夕焰火,园田和地窖的蔬菜,豆腐坊的豆腐,以及家乡河流的鱼。它们给予我精神和身体双重的营养。谢谢帮我们犁地的牛,给我们下蛋的鸡,来我们窗前歌唱的燕子,当然还要感谢马车——它曾载着童年的我进城买年画,也载着成人的我去山外求学,最后它还载着红棺材,把爷爷和爸爸送到松林安息处。

我还要谢谢在异域相遇的莫斯科郊外教堂打扫祭坛烛油的老妇人,让我懂得光明的获得不在仰头时刻,而在低头一瞬;谢谢在悉尼火车站遭遇的精神颓废的土著,他突然发出的悲凉无奈的哭声,让我反思现代文明丛林里游荡着多少无可皈依的灵魂；谢谢在都柏林海滩相遇的迎风而立的盲人老妪，让我懂得听海的心比看海更重要；谢谢在卑尔根格里格故居赏乐时，那扇不推自开的门，让我幻想是格里格回来了；谢谢能够在香港维多利亚海滩上空看见飞翔的鹰，让我从同样盘旋着私人飞机的那片视域中，辨出这世上真正的繁华是什么；谢谢阿根廷大冰川以悲壮的一次次解体，为我们敲示的警钟；谢谢巴黎奥赛博物馆里米勒的油画，让我知道经典的魅力；谢谢在美国爱荷华国际写作坊时，与聂华苓老师把酒言谈的每个时刻，山坡一闪一闪的野鹿，让我们把目光转向窗外的精灵。

  我要谢谢乡亲，三十二年前我父亲去世后，我去井台挑水，所有的人自动闪开，无声地让给一个刚失去父亲的人一条优先打水的雪路；谢谢已经离世十六年的爱人，他带走了爱，却留给了我故乡依然明亮的窗，让我看到天上人间，咫尺之遥。爱人的永诀给予我痛，但透过个人的痛，我看到了众生之痛。我要谢谢我年过半百孤独地行走在故乡的雪野时，在我头顶呀呀飞过的乌鸦，它们以骑士的姿态，身披黑氅，接替爱人，护卫着我。我要谢谢磨难，谢谢我生命中从未断过的寒流，它们的吹打，使我筋骨更加强健，能够紧握不离不弃的笔，发现和书写着这大地之泥泞、之壮美、之创痛、之深沉，成为一个不会倒在命运隘口的人。我要谢谢我笔下因之诞生的人物，让我在一个虚构的世界中，与高贵的灵魂对话，也识得魑魅魍魉。

  当然，在我们的生活中，还有很多无处答谢的谢谢，那是我作

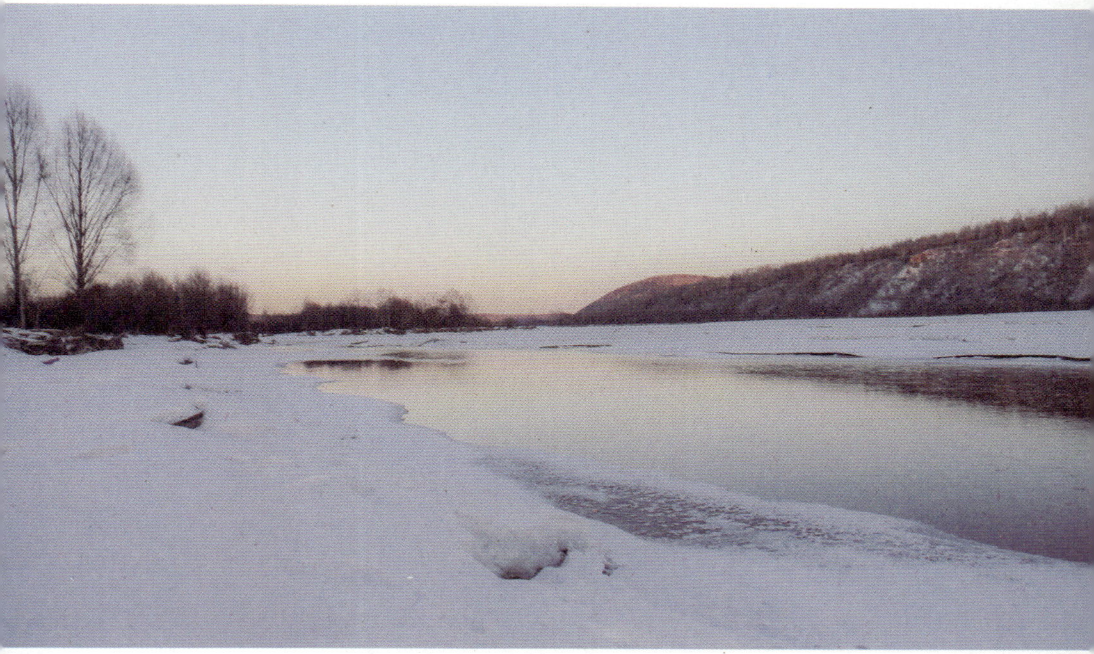

不管是看得见的,

还是看不见的镣铐,

都无法桎梏他们,

因为他们的心没有牢狱,

海天一般广阔,

长风一样自由!

品闪烁的人性之光的来源吧，比如我爱人去世的那年春天，正是婆婆丁生长的时节，我妈妈好几次清晨打开家门，发现院门外放着谁采来悄悄送给我们的婆婆丁，妈妈说这一定是大家知道她失去了女婿，一家人沉浸在悲伤中，特意采来可以败火的婆婆丁给我们。这种馈赠，怎能忘怀！

一个作家写了三十多年，在持续攀登的时候，也会遭遇写作的艰难时刻。我要谢谢这样的时刻，它让我知道有所停顿，懂得自省，在伟大的书籍和丰富复杂的生活中汲取营养。只有储备更足，脚踏实地，艺术的翅膀才会刚健，才有可能实现真正的飞跃。

当一个作家能够对万事万物学会感恩，你会发现除了风雨后的彩虹和拥着一轮明月入睡的河流，那在垃圾堆旁傲然绽放的花朵和在瓦砾中顽强生长的碧草，也是美的。酸甜苦辣，是人生和写作的春夏秋冬，缺一不可。而从我们降生到大地的那一刻，当我们与母体相连的那条脐带被"咔嚓——"剪断时，我们生命的脐带，就与脚下的大地终生相连了。这条看不见的脐带，流淌着民族之血、命运之血，无论你身处何方，无论它是清澈还是浑浊，无论冷热，也无论浓淡，它注定是我们的命根子，是我们的心脏得以勃勃跳动的情感溪流，是我们的笔得以飞升的动力之源。谢谢这条脐带吧。

2018 年

阿尔卡拉的王冠

> 《堂吉诃德》是杆蜡烛,每个人身处的黑暗和对黑暗的承受力不同,所以领受它的光明也就强弱有别。

在塞万提斯没有出生时,阿尔卡拉就是阿尔卡拉,这里有学校、教堂、修道院、商铺食肆、花店邮局、斗牛场以及监牢等。小镇的石子路上,有载着阔人的马车昂首经过,也有弓着背的乞讨者盯着石子路的缝隙,期盼着发现谁遗落的一枚闪光的钱币。教堂的诵经声、面包房飘出的香气,与城外的流水和夏日迟迟不落的太阳,交相辉映,向我们展现出一幅中世纪的生活图景。

塞万提斯出生后,阿尔卡拉这座西班牙的小镇,就成了一个伟大作家的艺术摇篮。它也有意无意地,开始为塞万提斯筹谋他的文学之旅。出身平民之家的塞万提斯,贫穷始终像阴云一样笼罩着他,他做过军需官、税吏等,洞见这社会种种的不公。他也经历了战争并在海战中负伤,而且戏剧性地被土耳其海盗劫持到阿尔及利亚,被囚禁五年。

当然，阿尔卡拉也给予塞万提斯人世间那些该有的美好事物，那是无论穷人还是富人都共享的阳光、清风、明月和溪谷。是小镇淳朴的民风和安恬的生活气氛，没有它们，就不会有日后塞万提斯笔下的人物的游历和冒险。

塞万提斯是从阿尔卡拉出发的，所以当他日后用如椽巨笔，为整个西班牙带来荣耀时，四百多年后的阿尔卡拉，成为塞万提斯的阿尔卡拉。当然，也可以说是堂吉诃德的阿尔卡拉。

阳光照耀的广场是塞万提斯广场，街巷的商铺中，随处可见塞万提斯和他笔下人物的不同材质的雕像。沿着小镇的石子路去塞万提斯故居博物馆的路上，最常见的是两种风景，一种是伫立在街道两侧的古老石柱，它们面貌苍苍，纹理模糊，像从中世纪走来的一队老兵，望着阿尔卡拉南来北往的人；还有一种石柱似的风景，不过它们不是伫立在大地上，而是屋顶上，那就是白鹳。

带我们游览阿尔卡拉的华人历史老师，指着一些建筑物顶端的硕大鸟巢说，那是白鹳做的窝。白鹳是迁徙的鸟类，身形巨大，细脚伶仃，喜食鱼虾。这正是它们夏日北归的繁殖期，鸟巢旁的白鹳，远远望去雕塑似的，凝然不动。白鹳通常是一夫一妻制，所以巢边沐浴着阳光的通常是一对。据说政府对这些白鹳也很头疼，因为它们的巢由泥草筑就，厚实沉重，对那些古建筑构成了威胁。而它们很喜欢选择在修道院的烟囱旁，在大学的天顶上，在教堂的穹顶上筑巢，好像它们知道，读书人和信奉上帝的人，不会加害于它们，它们可获得蓝天下永久的生活港湾。政府为了保护古建筑，也为了保护那些白鹳,不得不对它们的栖息之地进行修葺和加固。就在我不断仰望它们的时候,一只白鹳大概要出去觅食,离开它守卫的家园,凌空而起,越过小镇。那白身黑翅,使它看上去像传播福音书的神父。

终于到了塞万提斯故居纪念馆前,可是很不巧,它已闭门。据说它有时上午开,有时下午,时间不定,很有点像塞万提斯笔下人物的游侠风格。

在纪念馆前的青石板路上,有一条与众不同的长椅,长椅的一头是堂吉诃德的铜像,另一头则是桑丘的。很多游人坐在铜像之间,与这两位文学史上的伟大人物合影。很奇怪的是,当我坐在长椅靠向桑丘时,背后走过表情复杂的成年人,而当我切近手执长矛的堂吉诃德时,一位童话般的西班牙小公主经过了,这恰似两人精神世界的写照。他们在塞万提斯纪念馆前,栉风沐雨,不是因为铜雕而不朽,而是因为塞万提斯不朽的笔,他为自己的出生地创造了永久的守护神。

《堂吉诃德》出版之初,按照当时西班牙的风俗,出版书籍要献给某个权贵之人,以求庇护。塞万提斯未能免俗,将此书献给一位叫贝哈尔的公爵。当然,公爵对献词置若罔闻,塞万提斯并未因他而改善境况,直到终了。其实塞万提斯一直在自己的星座上,但真正地熠熠闪光,是身后之事。世界上许多大文豪,都给予《堂吉诃德》高度评价,如雨果、歌德、拜伦、海涅、屠格涅夫,等等。像中国的《红楼梦》衍生出"红学"一样,对于《堂吉诃德》的解读,即便是这些彪炳史册的大家,也是各有解读,心得不同。《堂吉诃德》是杆蜡烛,每个人身处的黑暗和对黑暗的承受力不同,所以领受它的光明也就强弱有别,但这也是《堂吉诃德》丰富性的一个映照吧。

行走在阿尔卡拉,我始终觉得这城市上空,有一顶看不见的王冠。王冠的底座就是教堂的尖顶,是老旧的烟囱,是白鹳的巢穴,而王冠的顶端,是流浪的白云。在白云深处,塞万提斯穿越时空,成为这顶王冠最璀璨的宝石。这样的王冠无须加冕,它就属于阿尔卡拉,属于塞万提斯,当然也属于4月23日——塞万提斯和莎士比亚共同的辞世日,如今是尽人皆知的世界读书日。

堂吉诃德从未被打败过,就像谁都不能战胜时间一样。

2017年

05

也是冬天，也是春天

午夜的费穆与伯格曼

> 他们孤独地在深夜中诉说他们的痛苦,犹如一个真理者携带着火种,却看不到可以被点燃的柴薪一样。

中央电视台的电影频道开辟了一个"探索影厅",每至午夜,一些不被受众看好的却有独特艺术价值的影片在一片鼾声中寂然登场了。我在这里欣赏过费穆的《小城之春》,看过瑞典电影大师英格玛·伯格曼的《呼喊与细语》《野草莓》《夏夜的微笑》等片子。

费穆的《小城之春》可以说是一部诗人电影,它讲述了一个女人与两个男人的故事。它的画面看起来是单调苍凉的,破败的城墙,铅灰的浮云,在废墟上缓缓行走着的女人,庭院中分住在两处的两个男人。费穆写了人内心情感的纠葛和痛苦,但他用的是"抑"的笔调,含蓄、轻灵、矜持,所以即使能感觉到主人公的内心世界是万丈波澜,呈现在他们面部的却是一种无奈的平静。我很奇怪的就是这样一部像舞台布景一样画面较少变化的影片,却有着极强的艺术感染力。除了演员表演的功力为影片增色之外,我想是这种不惊不诧的讲故事的方式吸引了我们,因为它更逼近人内心真实的情感。影片中没有硝烟,没有通常的三角恋爱故事的那种争风吃醋,它呈现的是一种哀悼的气息,因而意味深长。《小城之春》出现时,正赶上全国解放前夕,那时正有《一江春水向东流》《八千里路云和月》《乌鸦与麻雀》等抗战影片热映,《小城之春》就显得落落寡欢、不合时宜。费穆一生拍了二十多部片子,一半已遗失。据说他拍摄的《孔夫子》的拷贝几年前在香港被发现,但已发霉。以费穆的气质,以《小城之春》所呈现出的他卓越的导演才华,我坚信《孔夫子》一定是部不可多得的佳作,可惜它"未生先死"。

"探索影厅"中常出场的伯格曼,也是我格外喜欢的。最爱的是那部《呼喊与细语》,片中三姐妹的情感生活经历被伯格曼展现得那么淋漓尽致,甚至残酷。但那是生活的真相。衬托着这故事的是黑色的床,猩红的地毯和屏风,白色的服饰和幔帐。我们的生活,似乎都逃脱不了黑、白、红三色的笼罩。伯格曼善于挖掘人内心复杂的情感,勇于表现沉重的主题,比如死亡。他的《野草莓》,通过梦境的揭示,表达了人对死亡的那种深重的恐惧,对已逝青春的那种追忆和伤怀,十分感人。

费穆和伯格曼,都是忠实于自己的内心,忠实于艺术的优秀电影导演。他们的影片,无论是在他们生前还是死后,都不具有票房价值。他们静悄悄地在午夜出场,那么寂寞,远离了黄金时段那些观者甚众的武打戏和好莱坞炮制的一个模式的滥觞的情感戏,他们孤独地在深夜中诉说他们的痛苦，犹如一个真理者携带着火种，却看不到可以被点燃的柴薪一样。

2003 年

看见的和看不见的镣铐

> 他们的心没有牢狱,海天一般广阔,长风一样自由。

普希金和陀思妥耶夫斯基的呼吸,都是在圣彼得堡止息的。在清幽的莫伊卡河畔,有一栋三层的老房子,它就是普希金最后的居所。在书房的写字台上,陈列着一支羽毛笔,据说普希金写作时,喜欢啃笔管,因而这笔没有羽毛,光秃秃的。看来,普希金是个激情荡漾的人,哪怕他进入想象的世界,也是不安分的。普希金的诗,影响了一代又一代的人,他被认为是俄罗斯文学之父。他短暂的一生,曲折而壮丽。他反对农奴制,反对沙皇,支持十二月党人的起义,曾经被幽禁。一八三七年,他为了捍卫家族和妻子的名誉,与法国人丹特士决斗,饮弹身亡。在他的故居的一个小盒子中,陈列着普希金的一缕头发,它软软的,绒绒的,色如成熟的玉米璎珞,状如春光中飞扬的柳絮。普希金活了三十八岁,这样的一生,也就是春天的一生,明媚、灿烂。我们游涅瓦河的时候,船上的导游指着岸上的一座老房子说，当年普希金在决斗的路上，曾在这里歇脚，喝过咖啡。我想如果换作别人，那杯温热的咖啡，可能会绊住他的脚，但普希金没有，他走出咖啡馆，毅然去了决斗场。毫无疑问，他是个勇士。他倒下了，他的诗歌却像俄罗斯白桦林上空的云雀一样，动人地歌唱着。

陀思妥耶夫斯基的一生，是与疾病、贫穷和苦难抗争的一生。他活了六十岁。他人生的天空，乌云笼罩，可他将那支苍凉的笔，化作闪电，为我们呈现了一个风云激荡的世界——《白痴》《被污辱与被损害的》《罪与罚》，哪一部不是灿烂的呢！由于负债累累，陀思妥耶夫斯基在圣彼得堡居无定所，搬迁频繁。他最后的故居，离一个菜市场很近。在他故居的门口，我遇见了三个卖浆果的老年妇女，她们穿着长裙，包着头巾，袖着手站着，很像陀思妥耶夫斯基笔下那些为着生计而奔忙的小人物。讲解员说，陀思妥耶夫斯基的《卡拉玛佐夫兄弟》，就是在这里写就的。在陈列室，我看到了一副锈迹斑斑的脚镣，它是陀思妥耶夫斯基四年苦役生活的见证。他戴着它，写就了《死屋手记》。任何描写苦难的文字，在这副脚镣面前，都会黯然失色。这副脚镣，如岁月的风铃，带给人无限的伤感。脚镣囚禁了他的脚，却没有缚住那颗自由的心。陀思妥耶夫斯基直到去世前，才偿还完所有的债务，而他为人类留下的，却是无价的、不朽的艺术。他因为死亡，终止了搬迁；也因为死亡，这最后的居所，为他所拥有了。陀思妥耶夫斯基所生活的时代，圣彼得堡只有八十万人口，而为他送葬的，足足有八万人！他了解底层人民的疾苦，用作品控诉社会的不平，人民才如此地爱戴他。

去年在俄罗斯，我最大的遗憾，就是没能去成托尔斯泰的庄园，在我心目中，那是文学的圣地。今年参加中俄文化年的活动，有机会到雅斯纳亚·波良纳庄园，对我来说，是此行最美好的事情。

托尔斯泰不像陀思妥耶夫斯基，他无论是生前还是死后，都享有至高的荣誉。他出身贵族，不过他为着这个出身而羞愧，他曾在日记中写道："一想到自己的生活是由他人侍候时，就感到卑污，感到难过。那些人为着使自己和家人免于冻死、饿死而在卖命。"他最终离开莫斯科，来到乡村，与他想过自食其力的生活不无关系。去庄园前，我们参观了俄罗斯社会科学院的艺术博物馆，在那里，我看见了托尔斯泰自制的一双靴子。那双靴子式样简单，实用，不过，它们不是一般大小，可见托尔斯泰做靴子，并不如拿笔那么自如。这双靴子，踏过多少朝露和霜雪？

从莫斯科到托尔斯泰的庄园，大约四个小时的车程。沿途是广袤的俄罗斯原野，这条路，是托尔斯泰的叛逆之路，回归之路。一入庄园，便看见一个池塘，清风从水面掠过，带给人爽意。池塘边有两只迎风展翅的公鸡，羽色斑斓。沿着林荫小路向上走，可看见庄稼地和花房，再向上，就是托翁的故居了。那是一座白色的小楼，托尔斯泰在这里，接待过屠格涅夫、高尔基、契诃夫等作家，《战争与和平》和《复活》，也诞生在这里。也许是户外葱郁的森林烘托，这故居无比温暖，无比安详，毫无阴郁气，给人以亲切感。我真想坐在一把硬木椅子上，握着一杯茶，听听风声。故居中陈列着托尔斯泰穿过的道袍似的粗布衣服。看过列宾那幅《托尔斯泰在写作中》

的画的人都知道，他习惯在拱顶室写作。那里原来是个仓库，托尔斯泰看上了它的安静。拱顶室就像一个历经沧桑的老人，微微驼着背，带着谦和的笑容，迎接着参观者。列宾画中描绘的墙壁上挂着的农具，已不见了，不知那农具去了哪里？

出了故居，我们拜谒托尔斯泰的墓地。他的墓离他生前的居所并不远。那座墓没有墓碑，周围是高大的冷杉，墓地旁边有一条浅浅的沟谷，好像沉陷在大地的一支笔。托尔斯泰躺在那里，看着他耕过的农田，看着他骑马经过的树林，也看着后世的风雨。我想，在万物生长的声音中，他的灵魂，在另一个世界，也会生长吧。

有些镣铐，可以看见，如陀思妥耶夫斯基的。而有些镣铐，是看不见的。托尔斯泰的一生，都在试图挣脱一副无形的镣铐的束缚，那就是他一出生就加在身上的贵族的镣铐。他在不断地谴责自己的过程中，使作品走向了博大辉煌！普希金呢，他挣脱的是生命的镣铐，当名誉和尊严受到损害时，他宁可用鲜血，祭洒他的青春，这怎不叫人为他生命的纯洁和豪情而赞叹呢！

这些伟大的作家，因为有了温暖的、济世的心，有了高贵的、不屈的灵魂，不管是看得见的，还是看不见的镣铐，都无法桎梏他们，因为他们的心没有牢狱，海天一般广阔，长风一样自由！镣铐在他们眼里，不过是发生了日食和月食的日月，尽管表面阴影重重，但其内里，却是通体的光明和芬芳。

2007 年

一个人和三个时代

> 我在爱荷华看到的聂华苓先生的"枝叶",是经霜后粲然的红叶,沐浴着安详的阳光,风采灼灼。

"我是一棵树,根在大陆,干在台湾,枝叶在爱荷华。"这是聂华苓先生为她的自传体新书《三生影像》撰写的序言。如果说二十世纪是一座已无人入住的老屋的话,那么这十九个字,就是一阵清凉的雨滴,滑过衰草戚戚的屋檐,引我们回到老屋前,再听一听上个世纪的风雨,再看一看那些久违了的脸庞。

我认识聂华苓先生的时候,她已经八十岁了。也就是说,我是先逢着她的枝叶,再追寻她的根的。2005年,国际写作计划邀请刘恒和我去美国,进行为期三个月的交流和访问。8月下旬,我们从北京飞抵芝加哥,从芝加哥转机到西德拉皮兹时,已是晚上十点了。从机场到爱荷华,还有一小时左右的车程。接我们的亚太研究中心的刘东望说,聂华苓老师嘱咐他,不管多晚,到了爱荷华后,一定带我们先到她家,去吃点东西。我和刘恒说,太晚了,就不去打扰了,改日再去拜访吧。刘东望说:"她准备了,要你们一定去,别推辞了。"十一时许,汽车驶入爱荷华。聂华苓就住在进出城公路山坡的一座红楼里,所以几乎是一进城,就到了她家。车子停在安寓(安寓,取自聂华苓先生的丈夫安格尔先生的名字)前,下车后,我嗅到了大森林特有的气息,弥漫着植物清香,又夹杂着湿润夜露,是那么清新宜人。

门开后,聂华苓先生迎上来,她轻盈秀丽,有一双顾盼生辉的眼睛,全不像八十岁的人了,她见了我们热情地拥抱,叫着:"你们能平安到,太好了!"她爽朗的性格,一下子拉近了我们之间的距离。红楼的一层是聂华苓先生的书房和客房,会客室、卧房和餐厅则在二楼。一上楼,我就闻到了浓浓的香味,她说煲了鸡汤,要为我们下接风面。她在厨房忙碌的时候,我站在对面看着,她忽然抬起头来,望了我一眼,笑着说:"你跟我想象的一模一样!"我笑了。其实,她跟我想象的也一模一样!有一种丽人,在经过岁月的沧桑洗礼和美好爱情的滋润后,会呈现出一种从容淡定而又熠熠生辉的气质,她正是啊。应该说,我在爱荷华看到的聂华苓先生的"枝叶",是经霜后粲然的红叶,沐浴着安详的阳光,风采灼灼。

安寓的饭桌,长条形的,紫檀色,宽大,能同时容纳十几人就餐。我和刘恒常常在黄昏时,沿着爱荷华河,步行到那里吃饭。这个时刻喜欢来安寓的,还有野鹿。坐在桌前,可见窗外的鹿一闪一闪地从丛林走出,出现在山坡的橡树下,来吃撒给它们的玉米。鹿一来,通常是两三只。有时候是一只母鹿带着两只怯生生的小鹿,有时候则是竖着闪电形状犄角的漂亮公鹿,偕着几只母鹿。这处红楼寓所又称为"鹿苑",真是恰如其分。鹿精灵似的出现,又精灵似的离去了。华苓老师在苍茫暮色中,向我们讲述她经历过的那些不平凡的往事。夜色总是伴着这些给我们带来阵阵涛声的故事,一波一波深起来的。如今这些故事,连同两百八十多幅珍贵的图片,完整地呈现在《三生影像》中,让我们循着聂华苓先生的生命轨迹,看到了一个为了艺术为了爱的女人曲折而绚丽的一生。

《三生影像》分为三个部分:《故园》《绿岛小夜曲》和《红楼情事》。《故园》写的是她的"根"——大陆;《绿岛小夜曲》描绘的是她的"干"——台湾;而《红楼情事》,闪烁着的则是她婆娑的枝叶——爱荷华,这也是她生命和事业最华彩的乐章。

聂华苓出生于1925年的汉口,母亲是个"半开放的女性",气质典雅,知书达理。她母亲嫁到聂家后,直到生下三个孩子,才发现丈夫已有妻儿。英国哲学家罗素在他关于中国问题的专著中,曾有这样的论断:"中国人的性格中,最让欧洲人惊讶的,莫过于他们的忍耐了。"我以为,"忍耐"的天性,在旧时代妇女身上体现得尤为明显。聂华苓的母亲虽说是羞愤难当,闹了一阵子,但最终她还是听天由命,留在了聂家。聂华苓的父亲聂怒夫,在吴佩孚控制武汉的时候,是湖北第一师的参谋长,在军中担任要职。桂系失势之后,聂家人躲避到了汉口的日本租界。旧中国军阀混战的情形,聂华苓的母亲描述得惟妙惟肖:"当时有直系、皖系、奉系,还有很多系。你打来,我打去。和和打打,一笔乱账,算也算不清。"

聂华苓的童年，就是在租界中度过的。英租界红头洋人的滑稽，德租界买办的傲慢，以及日本巡捕的凶恶，小华苓都看在眼里。有的时候，她会溜进门房，看听差们热热闹闹地玩牌九、掷骰子，听他们讲她听不懂的孙传芳、张作霖、曹锟、段祺瑞，也听他们讲她感兴趣的民间神话故事：八仙过海、牛郎织女、嫦娥奔月。聂华苓的爷爷是个可爱的老头，性情中人，他高兴了大笑，不高兴就大骂。他教孙女写字，背诵唐诗。有的时候，他还会邀上三两好友，谈诗，烧鸦片烟。小华苓常常躲在门外，偷听他们吟诗。"什么诗？我不懂，但我喜欢听，他们唱得有腔有调。原来书上的字还可以变成歌唱，你爱怎么唱，就怎么唱，好听就行了。他们不就是各唱各的调调儿吗？"这段充满童趣的回忆，天然地道出了诗文的本质。从聂华苓先生对故园的描述中，我们可以看到她是如何捉弄爷爷的使唤丫头真君的，看到她因为得不到一把俄国小洋伞而哭得天昏地暗的，看到她如何养蚕，用抽出的蚕丝做扣花、发簪和书签。虽然是在租界中，她的童年生活仍然不乏快乐。然而，聂华苓十一岁的时候，她的父亲，在贵州平越任专员兼保安司令的聂怒夫殉难，聂家从此失去了顶梁柱，少了往日的欢声笑语。对于父亲的死，聂华苓在书中是这样记叙的："那是1936年，农历正月初三。长征的红军已在1935年10月抵达陕北。另一股红军还在贵州，经过平越。"

父亲去世了，母亲艰难地撑起这个家。这个大度而不屈的女性，无疑对聂华苓的性格成因，有着深刻的影响。1937年，抗日战争全面爆发，在湖北省立一中读书的聂华苓，跟同学们一道，慰问从

抗日前线归来的伤兵,给他们唱歌,代写家书,表演街头剧《放下你的鞭子》。上海、南京相继沦陷后,日机日夜轰炸武汉,每当空袭来临时,母亲就要把几个孩子护在身下,反复念诵《般若波罗蜜多心经》。为了躲避战火,1938年,聂华苓的母亲带着孩子,在长江上乘船闯过鬼门关,逃难到了老家三斗坪。在那里,他们一家,度过了一段平和恬静的日子。由于三斗坪没有学上,指望着儿女们为她扬眉吐气的母亲,不管女儿多么贪恋那儿的山水,还是毅然决然把她送到了恩施湖北省立女子中学读书。离开亲人的华苓,从此就开始了漂泊生活。伴着飘忽的桐油灯,一群读书的女孩子,苦中作乐。食物匮乏,她们可以从狗嘴下抢下一块腌猪肝,来到农家,将它爆炒,痛快地吃一顿。她们还偷厨房的米饭和猪油解馋。她们三三两两地,在河畔嬉戏。然而,就在那里,也有看不见的斗争。比如生有水红嘴唇的音乐老师,是共产党,她有一天突然失踪了,据说是被国民党捕去了;而有着一双美丽大眼睛的同学闻立武,参与了学生运动,也是地下党。聂华苓从来都不是一个对政治敏感的人,这样的事,都是半个世纪之后,她才知晓的。

1940年,聂华苓初中毕业后,与两位女生,搭上一辆木炭车,踏上了去重庆的旅途。由于盘缠不足,加之战乱旅途受阻,每天只能吃两个被她们称为"炸弹"的硬馒头。即便这样,女孩子爱美的天性,还是使她们从嘴下节省出一点钱,各买了一块花布,自己动手,缝制了一件直筒形的花袍子。辗转到了重庆后,聂华苓通过考试,在国立中央大学外文系读书。楼光来、柳无忌、俞大絪,都是外文系的名教。聂华苓坚实的外语基础，就是在那里打下的。在那里，她与六个性情相投的女孩子结为"竹林七贤"，她们在苦读的时候，也不忘了到野外玩耍，"去橘林偷橘子，吃了还兜着走，再摘一朵野花插在头上"。《三生影像》第一部分的插图，我最喜欢的，就是一群女学生站在稻田中的照片。每个人的头上都插着一朵花，烂漫地笑着。她们的花样年华既有着淑女气和书卷气，又透着股豪气和野气，真是迷人。在重庆，聂华苓与同学王正路谈起了恋爱，虽然三十年后，他们最终还是分手了，但他留给了聂华苓一双可爱的女儿：薇薇和蓝蓝。

抗战胜利后，中央大学在1946年从重庆迁回到了南京，聂华苓在南京又读了两年，终于毕业了。1948年底，她和王正路一起到了北平，结为夫妻。那时人民解放军已经占领机场，北平围城开始了。他们的蜜月，是在枪炮声中度过的。北平解放了，聂华苓和王正路离开故土，飞往台湾。

聂华苓出生在大陆，她离开时，已经二十四岁了。她最早的文学熏陶、所受的教育以及世界观和艺术观的形成，与这片土地休戚相关。她用二十四年光阴扎下的这个根，牢牢的，深深的，这是天力都不能撼动的。没有它，就不会有日后挺拔的躯干和繁茂的枝叶。

读《三生影像》的第二部时，我的心是压抑的。那座宝岛，带给我们的，不是风和日丽的人文景象，而是阴云笼罩的肃杀之气。出现在那里的人，雷震、殷海光等，一个个雕塑似的，巍然屹立。他们不是泥塑的，也不是石膏镌刻的，他们都是青铜质地的，刚毅、

孤傲，散发着凛凛的金属光泽。

聂华苓到台湾后，赶上《自由中国》创刊，杂志社正缺一位负责文稿的编辑，爱好写作的她就应聘去了那里，赚钱贴补家用。《自由中国》是由雷震先生主持的，他1917年就加入了国民党，曾担任过国民党政府的许多要职，1949年到台湾后，被蒋介石聘为政策顾问。而《自由中国》的发行人，是当时身在美国的胡适先生。对于这个刊物，聂华苓是这样说的："是介乎国民党的开明人士和自由主义知识分子之间的一个刊物。这样一个组合所代表的意义，就是支持并督促国民党政府走向进步，逐步改革，建立自由民主的社会。"显然，这是一份政治色彩浓厚的刊物。对政治并不感兴趣的聂华苓，像这个阵地墙角一朵烂漫的小花，安静地释放着自己的光芒。经她之手，林海音的《城南旧事》，梁实秋的《雅舍小品》，以及柏杨的小说和余光中的诗，这些已成经典的作品，一篇篇地登场了。如果说《自由中国》是一匹藏青色的布的话，这些作品，无疑就是镶嵌在布边的流苏，使它多了份飘逸和俏丽。然而，政治的台风，很快席卷了《自由中国》，因为夏道平执写的《政府不可诱民入罪》，《自由中国》和台湾统治者发生了最初的冲突，胡适在此时发表声明，辞去了发行人的角色。其后，又因为一篇《抢救教育危机》，雷震被开除了国民党党籍。1955年，国民党发动"党员自清运动"，《自由中国》又发出了批评的声音。到了蒋介石七十大寿，《自由中国》在祝寿专号中批评违宪的国防组织和特务机构时，这本刊物可以说是已成为风中之烛。《自由中国》除了发表针砭时弊的社论,也登载反映老百姓民生疾苦的短评,雷震成了台湾岛的"雷青天"。胡适回到台湾后,1958年就任"中央研究院"院长。这期间,雷震与志同道合的朋友一起,雄心勃勃地筹组新党。雷震邀请胡适做新党领袖,胡适没有答应。但胡适是支持雷震的,说是他可做党员,待新党成立大会召开时,他也会去捧场。我以为,以胡适的政治眼光和看待历史的深度,他是看到了雷震的未来的——不可逃避的铁窗生涯。他没有阻止,反而推波助澜,我想他绝对没有加害雷震的恶意,在他生命深处,真正渴望的,还是做一个自由而有良知的知识分子。徐复观有一篇回忆胡适的文章,他这样写道:"我深切了解在真正的自由民主未实现以前,所有的书生,都是悲剧的命运,除非一个人良心丧尽,把悲剧当喜剧来演奏。"这话可谓一语中的。雷震其实就是一面树立在胡适心牢中的正义和博爱的旗帜,有他,他会受到默默激励;而当他倒伏时,尽管胡适也是痛楚的,但因为这面旗帜倒在了心中,他便想悄悄把它掩埋了。胡适自称是个怀疑论者,徐訏在比较新文学运动的领袖胡适和陈独秀时,有过这样精辟的论述:"胡适之性格冲和、宽大、平正,陈独秀性格凌厉、独断与偏激。"他指出胡适的性格中有"矛盾性与妥协性"。所以当1960年9月雷震等人以"涉嫌叛乱"的罪名被捕入狱,殷海光等人挺身而出,为雷震喊冤时,胡适隐于幕后,只以"光荣的下场"这句"漂亮话",打发了世人期盼的眼神。胡适以为他可以苟活,但是他错了。雷震入狱仅仅一年半以后,他在一个酒会致辞时,猝然倒地,带着解不脱的苦闷,去了那个也许是"万籁俱寂",也许仍然是"众声喧哗"的世界。那一刻，他才真的自由了。

我喜欢《自由中国》的殷海光，这个毕业于西南联大的金岳霖先生的弟子，正气、勇敢、浪漫，充满诗情。受雷震案的牵涉，他虽未入狱，但一直受到特务的监视和骚扰。这个声称"书和花，应该是作为一个人应该有的起码享受"的知识分子，最初是反对传统的，主张中国未来的道路是全盘西化；可当他苍凉离世前，他顿悟："中国文化不是进化而是演化，是在患难中的积累，积累得异样深厚。我现在才发现，我对中国文化的热爱。"

铁骨铮铮的雷震和傲然不屈的殷海光，最终长眠在"自由墓园"中。以他们的人格光辉，是担得起"自由"这个词的。

我想，聂华苓身上的正直和无私，她男人般的侠肝义胆、古道热肠，无疑受了雷震和殷海光的深刻影响。也就是说，她的躯干，之所以没有在非常岁月中，被狂风暴雨摧折，与他们有形无形的扶助，是分不开的。

1951年，聂华苓的弟弟汉仲在空军的一次例行飞行中失事身亡，她所供职的《自由中国》蒙难，家门外一直有特务徘徊，接着是母亲去世，而她和王正路的婚姻也陷入"无救"状态。此时的聂华苓，可以说是陷入了生命的低谷。但是命运仿佛格外眷顾这位聪明伶俐的女子，就在这个阴气沉沉的时刻，她生命的曙光出现了。这道光，照亮了她的后半生。

如果说《三生影像》是一首交响曲的话，那么它的前两个乐章，在行云流水中，有着挥之不去的惆怅；可是到了最后的乐章，它却是明快的、热烈的、奔放的。有谁不爱读第三部《红楼情事》呢!

保罗·安格尔先生,在美国是一位与惠特曼齐名的著名诗人,曾被约翰逊总统聘任为美国第一届国家文学艺术委员会委员,并任华盛顿肯尼迪中心顾问。这个马夫的儿子,出身贫寒,热爱艺术,中学时就发表了诗作。大学毕业后,他来到爱荷华大学,以一本《旧土》诗集,成为美国有史以来第一个用文学作品获得硕士学位的人。安格尔经历非凡,当他还在牛津大学读书时,便游历欧洲,结识了很多声名卓著的作家。1934年,安格尔创办"爱荷华作家工作坊",一步步地把它发展为美国文学的重镇。他曾开玩笑地说过:"猎狗闻得出肉骨头,我闻得出才华。"他"闻"出的最出色的才华,就包括美国著名女作家奥康纳。这个修女打扮的怯生生的女孩子,写出的小说诡异神秘,如梦似幻,已成经典。二战时临时搭建的简易的营房,就是作家们的教室。安格尔给学生上课时,有的学生带着狗来,还有的甚至用布袋提着一条咝咝叫的蛇来。为了作家工作坊,安格尔先生的足迹遍及世界,寻觅着好作家和好作品。他怎么也不会想到,1963年的台湾之行,会给他带来永生永世相守的人。我们从安格尔的照片中,可以领略到他迷人的风采。聂华苓是这样描述他的:"第一次看到他,就喜欢他的眼睛。不停地变幻:温暖,深情,幽默,犀利,渴望,讽刺,调皮,咄咄逼人。非常好看的灰蓝眼睛。他的侧影也好看,线条分明,细致而生动。"而安格尔在晚年的回忆录中,写到他初遇聂华苓时的感受,有这样的句子:"台北并不是个美丽的城市,没有什么可看的。但是因为身边有华苓,散发着奇妙的魅力和狡黠的幽默，看她就够了。从那一刻起，每一天，华苓就在我心中，或是在我面前。"他们一见钟情。在此之前，他们是一幅被撕裂了的山水画，各持半卷，虽然也风光旖旎，却没有气韵。直到他们连接在一起，这幅画才活了，变得生动。

他们结婚后在半山坡上筑起爱巢——红楼，他们一起划船，一起喂鹿，一起谈诗，一起举杯，看日落月升。他们在一起，永远有谈不完的话题。

爱荷华这地方，地处美国中西部，人口不多，安详宁静，仿佛世外桃源。按照南非女作家海德的说法，"鸡粪那一类田上的事，可能是报纸的头条新闻"，非常适宜写作。1967年的一天，划船的时候，聂华苓望着波光粼粼的爱荷华河，忽发奇想，为何不在爱荷华大学原有的写作工作坊之外，再创办一个国际写作计划呢？一个为世界文学的交流和发展，做出过不可磨灭的贡献的计划，就这样诞生了。地球上不同肤色、不同种族、不同语言、不同文化背景、不同政治遭遇和生活际遇的作家，在其后的四十年间，以同一个目的，在爱荷华相遇了。我觉得从某种意义来说，这个写作计划，就是文学的"奥林匹克"。这个以文会友的盛会，为消除种族之间的敌视，消除不同社会制度下的人的隔阂，起了积极的作用。难怪1976年，安格尔和聂华苓因为这个写作计划，而被提名为诺贝尔和平奖的候选人。

在爱荷华这个文学大家庭里，我们看到了丁玲紧握苏珊·桑塔格的手；看到了以色列作家从最初坚决不肯与德国作家交往，到临别时主动与他们推心置腹地交谈；看到了伊朗女诗人台海瑞与罗马尼亚小说家易法素克在临别之际爆发的深沉的爱恋。曾获得过诺贝尔文学奖的波兰诗人米沃什、爱尔兰诗人希尼，都曾是这里的座上宾。而诺奖最新得主、土耳其的帕慕克，也是国际写作计划邀请过的作家。

但作为中国人的聂华苓，对于身居海外仍然坚持用母语写作的她来说，那些用汉语写作的作家，才是她魂牵梦萦的。国际写作计划在四十年间，共邀请世界各地作家一千两百多位，其中用汉语写作的作家，就占了一百多位。1979 年中美建交后，萧乾成为第一位被邀请到爱荷华的中国作家。从他开始，中国作家的身影就不断地出现在那里。我们常常听聂华苓满怀深情地讲起到过这里的华文作家的一些逸事。那座红楼，留下过这样一些杰出作家的足迹：丁玲、王蒙、汪曾祺、艾青、萧乾、吴祖光、茹志鹃、陈白尘、徐迟、冯骥才、张贤亮、邵燕祥、白先勇、郑愁予、余光中、杨逵、痖弦、谌容、王安忆、陈映真、阿城等。是她，最早为新时期中国文学中最为活跃的作家，打开了看世界的窗口。

聂华苓和安格尔于 1987 年退休，但聂华苓的目光，始终没有脱离她的"根"和"干"，她仍然积极地向国际写作计划推荐华文作家。1991 年 3 月，聂华苓和安格尔先生离开爱荷华的家，满怀喜悦地去欧洲，准备领取波兰政府授予的国际文化贡献奖。他们在芝加哥机场转机的时候，安格尔先生猝然倒地，离开了他最不忍诀别的人。他在最后时刻，还是倒在了自己的祖国，倒在了他深爱的人的身边，倒在了他不倦的旅途中，他无疑是幸福的。

安格尔的离去，让聂华苓觉得"天翻地覆"，她也倒下了。但这个豁达开朗的红楼女主人，最终还是依赖着安格尔对她刻骨铭心的爱，慢慢站了起来。看来一个在情感上富足的女人，是不会倒在任何命运的关隘的。2001年，一度与中国中断了的国际写作计划，在聂华苓的努力下，又恢复了。聂华苓对我说，相隔多年，她想一定要请一位在国际国内都有影响的，将来能立得住的青年作家来爱荷华，她选择了苏童。时隔几年，她骄傲地对我说："我没有选错！"苏童之后，又先后有李锐、西川、孟京辉、余华、莫言、刘恒、毕飞宇等中国作家来到爱荷华。也许有人不会知道，中国作家去爱荷华的费用，有很大一部分，是由民间募集而来的。当地一些热爱文学的华人，包括聂华苓自己，为了让国际写作计划中能有中国作家参与，每年都要捐款。而现在，由于经费不足，对中国作家的邀请，又陷入困境之中，这也让她感到深深的无奈。

聂华苓说："我这辈子恍如三生三世——大陆、台湾、爱荷华。"这"三生"，其实也是她经历的三个不同时代。她在大陆度过了战乱中的童年和青年，在台湾经历了国民党的白色恐怖时代。在国际写作计划如火如荼之时，美国也正陷入越战的泥沼，国内的反战浪潮一浪高过一浪。虽然说与安格尔结合后，她过上了平静无忧的生活，但是对"根"和"干"的眷恋，对母语的不舍，还是使她这个定居美国的"外国人"，有着难言之痛。这种内心的矛盾，使她才情爆发，酣畅淋漓地写出了获得美国书卷奖的长篇小说《桑青与桃红》。

像聂华苓这样经历过三个时代风雨洗礼，依然能够笑声朗朗的作家，实在不多见。2006年，我在香港遇见台湾著名诗人郑愁予先生，与他在兰桂坊饮酒谈天说起聂华苓时，他用了四个字来评价她——"风华绝代"。聂华苓自称是一个有着小布尔乔亚情调的人，她爱憎分明，爱会爱得热烈而纯真，恨也恨得鲜明而彻底。她是一个艺术至上的人，这也就不难理解为什么她父亲死于红军枪下，而她却仍然能够与安格尔合译毛泽东的诗词。台湾因为她这个举动，骂她"亲匪"，不忠不孝，背叛父亲的亡灵，以致一度不允许她入境。聂华苓在接受记者采访时说："我最不关心政治，但政治似乎一直在缠我。"这句委屈话，听起来别样苍凉。

国际写作计划的前两个半月以各种话题讨论、文学交流、参观及写作为主，后半个月则是旅行，每个作家都可以按个人兴趣自行设计旅程。2005年11月，刘恒去了纽约，我去了芝加哥，归国前，我们又回到爱荷华。冬天来了，虽说还没下雪，但天儿已冷了。归国的前一天，我们来到安寓，在山林中拾捡烧柴，抱到红楼的壁炉旁，以备华苓老师生壁炉用。天渐渐黑了，我们生起火，围炉喝酒谈天。谈着谈着，她忽然放下酒杯，引我们来到卧室。她拉开衣橱，取出一套做工考究的中式缎子衣服，斜襟，带扣袢的，银粉色，质地极佳。她举着披挂在衣架上的那身衣服，笑盈盈地说："我已经嘱咐两个女儿了，我走的那天，就穿这套衣服！怎么样？"那套衣服出水芙蓉般鲜润明媚，我说："穿上后像个新娘！"她大笑着，我也笑着，但我的眼睛湿了。没有哪个女人，会像她一样，活得这么无畏、透明和光华！

安格尔先生安葬在爱荷华的一座清幽的墓园里，离红楼并不遥远。我记得10月12日安格尔生日的那天，华苓老师驾车，我们带着他生前喜爱的鲜花和威士忌，一同去看望他。清洗完墓碑，华苓老师将酒洒在墓前，向安格尔介绍着刘恒和我的情况。介绍完，她莞尔一笑，轻抚着墓碑，无限感慨地对我说："你看，这里很好，很宽，将来把我再放进去就是了。"聂华苓已经把自己的名字，提前刻在了碑上。我多么希望上帝紧紧捏住她的那个日子，永不撒手，虽然我知道对于任何人来说，那一天总会来临的。那座墓碑是黑色大理石的，圆形。不过它不是彻头彻尾的圆，而是大半个圆，看上去就像一轮西沉的太阳，在温柔的暮色中，闪闪发光。

2008 年

落红萧萧为哪般

> 我不知道，它为何而落。可是又何必探究一朵花垂落的缘由呢！

萧红出生时，呼兰河水是清的。月亮喜欢把垂下的长发，轻轻浸在河里，洗濯它一路走来惹上的尘埃。于是我们在萧红的作品中，看到了呼兰河上摇曳的月光。那样的月光即使沉重，也带着股芬芳之气。萧红在香港辞世时，呼兰河水仍是清的。由于被日军占领，香港市面上骨灰盒紧缺，端木蕻良不得不去一家古玩店，买了一对素雅的花瓶，替代骨灰盒。这个无奈之举，在我看来，是冥冥之中萧红的暗中诉求。因为萧红是一朵盛开了半世的玫瑰，她的灵骨是花泥，回归花瓶，适得其所。

香港沦陷，为安全计，端木蕻良将萧红的骨灰分装在两只花瓶中，一只埋在浅水湾，如戴望舒所言，卧听着"海涛闲话"；另一只埋在战时临时医院，也就是如今的圣士提反女子中学的一棵树下，仰看着花开花落。

我三月来到香港大学做驻校作家时，北国还是一片苍茫。看惯了白雪，陡然间满目绿色，还有点不适应。我用晚饭后漫长的散步，来融入异乡的春天。

从我暂住的寓所，向南行五六分钟吧，可看到一个小山坡。来港后的次日黄昏，我无意中散步到此，见到围栏上悬挂的金字匾额是"圣士提反女子中学"时，心下一惊，难道这就是萧红另一半骨灰的埋葬地？难道不期然间，我已与她相逢？

我没有猜错，萧红就在那里。

萧红 1911 年出生在呼兰河畔，旧中国的苦难和她个人情感生活的波折，让她饱尝艰辛，一生颠沛流离，可她的笔却始终饱蘸深情，气贯长虹。萧红留下了两部传世之作《生死场》和《呼兰河传》，前者由鲁迅先生作序，后者则是茅盾先生作序。而《生死场》的原名叫《麦场》，标题亦是胡风先生为其改的。可以说，萧红踏上文坛，与这些泰斗级人物的提携和激赏是分不开的。不过，萧红本来就是一片广袤而葳蕤的原野，只需那么一点点光，一点点清风，就可以把她照亮，就可以把她满腹的清香吹拂出来。

萧红在情感生活上既幸运又不幸。幸运的是爱慕她的人很多，她也曾有过欢欣和愉悦；不幸的是真正疼她的人很少。她两度生产，第一个因无力奉养，生下后就送了人；而在武汉生下第二个孩子时，萧红身边，却没有相伴的爱人，孩子出生不久便夭折。婚姻和生育，于别人是甜蜜和幸福，可对萧红来说，却总是痛苦和悲凉！难怪她的作品，总有一缕摆不脱的忧伤。

萧红与萧军在东北相恋，在西安分手。他们的分手，使萧红心灰意冷，她东渡日本。那期间，她的作品并不多，有影响的，应该是短篇小说《牛车上》。赴日期间，鲁迅先生病逝，这使内心灰暗的她，更失却了一份光明。萧红才情的爆发，恰恰是她在香港的时候，那也是她生命中的最后岁月。《呼兰河传》无疑是萧红的绝唱，茅盾先生称它为"一幅多彩的风景画，一串凄婉的歌谣"，可谓一语中的。她用这部小说，把故园中春时的花朵和蝴蝶，夏时的火烧云和虫鸣，秋天的月光和寒霜，冬天的飞雪和麻雀，连同那些苦难辛酸而又不乏优美清丽的人间故事，用一根精巧的绣花针，疏朗有致地绣在一起，为中国现代文学打造了一个独一无二的"后花园"，生机盎然，经久不衰。

萧军、端木蕻良和骆宾基，这几个与萧红的情感生活紧密相连的男人，在萧红故去后，彼此责备。萧红身处绝境，一盏灯即将耗掉灯油之际，竟天真地幻想着尚武的萧军，能够如天外来客一样飞到香港，让她脱离苦海。萧红临终前写下的"半生尽遭白眼冷遇……身先死，不甘，不甘！"可以说是她对自己凄凉遭遇的血泪控诉！事实是，萧红去了，但她的作品留下来了，她用作品获得了永恒的青春！

我想起了多年以前，追逐着萧红足迹的美国著名汉学家葛浩文先生，对我讲起他当面指责端木蕻良辜负了萧红时，端木突然痛哭失声。我想无论是葛浩文还是我们这些萧红的读者，听到这样的哭声，都会报之以同情和理解。毕竟，那一代人的情感纠葛，爱与痛，欢欣与悲苦，只有他们自己最清楚。端木蕻良能够在风烛残年写作《曹雪芹》，也许与萧红的那句遗言不无关系："我将与蓝天碧水永处，留下那半部《红楼》，给别人写了。"而且，按照端木蕻良的遗嘱，他的另一半骨灰，由夫人钟耀群带到了香港，埋葬在圣士提反女子中学的树丛中，默默地陪伴着萧红。只是岁月沧桑，萧红那一抔灵骨的确切埋葬地，没人说得清了。只知道她还在那个园子里，在花间树下，在落潮声里。

萧红在浅水湾的墓，已经迁移到广州银河公墓，而她在呼兰河畔的墓，埋的不过是端木蕻良珍存下来的她的一缕青丝而已。一个人的青丝，若附着在人体之上，岁月的霜雪和枯竭的心血，会将它逐渐染白；而脱离了人体的青丝，不管经历怎样的凄风苦雨，依然会像婴孩的眼睛一样，乌黑闪亮。

圣士提反女子中学规模不大，但历史悠久，据说范徐丽泰和吴君如就毕业自这里。它管理极严，平素总是大门紧锁。有一天放学时分，趁学生们出来的一瞬，我混进门里。然而一进去，就被眼尖的门房发现，将我拦住。我向她申明来意，她和善地告诉我，萧红的灵骨确实在园内，只是具体方位他们也不知道。如果我想进园凭吊，需要与校方沟通。她取来一张便条，把联系人的电话给了我。我怅惘地出园的一瞬，忽闻一阵琴声。循声而望，那座古朴的米黄色小楼的二层，正有一位梳短发的女孩，倾着身子，动情地拉着小提琴。窗里的琴声和窗外的鸟鸣呼应着，让我分不清鸟鸣是因琴声而起呢，还是琴声因鸟鸣才如泣如诉。

我没有拨那个电话。在我想来，既然萧红就在园内，我可以在与她一栏之隔的城西公园与她默然相望。圣士提反，是首位为基督教殉难的教徒，他是被异教徒用石块砸死的。以他的名字命名的女校，有一股说不出的悲壮，更有一股说不出的圣洁。其实萧红也是一个虔诚的教徒，只不过她信奉的教是文学，并且也是为它而殉难。她在文学史上的光华，与圣士提反在基督教历史上的光华一样，永远不会泯灭。

清明节的那天，香港烟雨蒙蒙。黄昏时分，我起开一瓶红酒，提着它去圣士提反女子中学，祭奠萧红。我本想带一束鲜花的，可萧红在园内四季有鲜花可赏，那红的扶桑和石榴，紫色的三角梅和白色的百合，都在如火如荼地盛开着。萧红是黑龙江人，那里的严寒和长夜，使她跟当地人一样，喜欢饮酒吸烟。我多想洒一瓶呼兰河畔生产的白酒给她呀，可是遍寻附近的超市，没有买到故乡的酒。我只能以我偏爱的红酒来代替了。

复活节连着清明，香港的市民都在休长假，圣士提反女子中学静悄悄的。我在列堤顿道，隔着栏杆，搜寻园内可以洒酒的树。校园里的矮株植物，有叶片黄绿相间的蒲葵，有油绿的鱼尾葵，还有刚打了骨朵的米子兰。我把它们轻轻掠过，因为它们显然年轻，而萧红已经去世六十八年了。最终，我选择了两棵大树，它们看上去年过百岁，而且与栏杆相距半米，适合我洒酒。一株是高大的石榴树，一棵则是冠盖入云、枝干遒劲的榕树。铁栏杆的缝隙，刚好容我伸进手臂。我举着红酒，慢慢将它送进去，默念着萧红的名字，一半洒在石榴树下,另一半洒在树身如水泥浇筑的大榕树下。红酒渐渐流向树根,渗透到泥土之中。它留下的妖娆的暗红的湿痕,仿佛月亮中桂树的影子,隐隐约约,迷迷离离。

洒完红酒,我来到圣士提反女子中学旁的城西公园。一双黑色的有金黄斑点的蝴蝶,在棕榈树间相互追逐,它们看上去是那么快乐;而六角亭下的石凳上,坐着一个肤色黝黑的女孩,她举着小镜子,静静地涂着口红。也许,她正要赶赴一场重要的约会。如今的香港,再不像萧红所在之时那般碧海蓝天了,从我居所望见的维多利亚港和它背后的远山,十有七八是被浓重的烟霭笼罩着。大海这只明净的眼,仿佛患上了白内障。而圣士提反女子中学周围,亦被幢幢高楼挤压着。萧红安息之处,也就成了繁华喧闹都市中深藏的一块碧玉。不过,这里还是有她喜欢的蝴蝶,有花朵,有不知名的鸟儿来夜夜歌唱。作为黑龙江人,我们一直热切盼望着能把萧红在广州的墓,迁回故乡,可是如今的呼兰河几近干涸,再无清澈可言,你看不到水面的好月光,更看不到放河灯的情景了。我想萧红一生历经风寒,她的灵骨能留在温暖之地,落地生根,于花城看花,在香港与拉琴的女生和涂红唇的少女为邻,也是幸事。更何况,萧红临终有言,她最想埋葬在鲁迅先生的身旁。

走出城西公园,我踏上了圣士提反女子中学外的另一条路——柏道。暮色渐深,清明离我们也就越来越远了。走着走着,我忽然感觉头顶被什么轻抚了一下,跟着,一样东西飘落在地。原来从女校花园栏杆顶端自由伸出的扶桑枝条,送下来一朵扶桑花。没有风,也没有鸟的蹬踏,但看那朵艳红的扶桑,正在盛时,没有理由凋零。我不知道,它为何而落。可是又何必探究一朵花垂落的缘由呢!我拾起那朵柔软而浓艳的扶桑,带回寓所,放在枕畔,和它一起做星星梦。

2010 年

从富春江到硕莪馆

> 他更多的小说,则是在人性幽暗的隧道穿行——病痛与爱恋,百转千回地交集;生命的欢歌,总在死神的阴影中低回。

2018年5月,我到新加坡参加《联合早报》文学节,身为记者和作家的张曦娜女士前来接机。在去酒店的路上,她热心地问我,首度来此,想看什么景观,她来安排。我说最想寻访郁达夫当年在新加坡的寓所,张曦娜说恐怕你会失望,郁达夫在新加坡的住处未被保护起来,一处她去过,是一家商铺了;另一处稍微偏远,她也没去过。我说不管怎样,我都想看看。

我入住的富丽敦酒店位于城中心的金融商圈,毗邻新加坡河,离克拉码头很近。这座建筑像个古堡,近百年历史了,据说是英殖民地时期的邮局。这里曾有多少公函和家信辗转?有多少喜报和噩耗自此飞向不同的窗口?住在这里,有被装入大信封的感觉。

新加坡的日出很晚,次日七点醒来拉开窗帘,天还暗着。从窗口可望见右前方的金沙酒店,想来日出前的梦最美吧,那三幢平行的高楼的窗口大多黑着，只有顶层串联起这三幢楼的一叶扁舟似的空中花园，熠熠闪光，据说那儿有个著名的泳池。不知在那么高的地方游泳，是否会游到云里去？向左望去，可见榴莲壳造型的歌剧院的底部漫溢着乳黄的光影，仿佛流着蜜汁。而最夺目的，莫过于码头中的摩天轮，它装饰着彩灯，苍穹之下，远远望去，像一只镶嵌了七彩宝石的手镯，要献给谁的模样。想来月亮女神对人造的璀璨不感兴趣，一夜将去，未曾戴它一下，它也只好空举着。我洗漱完毕，烧壶开水，喝了杯热茶，回床上翻了一会书，再到窗前时，曙光初露，一片青蓝色的流云，腾起于晨曦之上，有头有尾的模样，像极了一头狮子，想到新加坡狮城的传说，我赶紧取了相机，将这惊人的一幕拉入镜头。

  陪同我寻访郁达夫故居的是南洋理工大学的文科生伊婷。她先带我去牛车水——新加坡的唐人街，说是初来的游客没有不去那儿的，还有就是我想看的郁达夫最初的落脚点，就在牛车水附近。关于牛车水名字的来由，一说当年新加坡没有自来水时，原住民的饮水每日是由牛车载来供给的；一说当年清扫街市，是由拉水的牛车来完成的，无论哪种说法，水与牛车，都是核心元素，而我喜欢这个烟火气十足的名字。牛车水的店铺挤挤挨挨的，街巷上空点缀着呈之字形的红灯笼，宛如跃动的赤龙。我们先拜谒了两座庙——印度庙和佛牙寺，又逛了几家小店，然后穿过一个过街长廊，就看到一座五六层高的乳黄色建筑。它设计简洁，有着狭长密集的高窗，那些窗侧面望去，就像钢琴键盘凸起的黑键，这是郁达夫抵达新加坡的首站，旧时称南天旅店，如今是一家名为裕华国货的商场。推门而入，看到的是货架上各色的保健食品，其中不乏中药材，商场里弥漫着一股中药味，这倒有点像郁达夫笔下人物所涉足的场所气息——他写了那么多的病人。资料介绍说郁达夫住在八号房，可现在这里是一个仓库似的卖场，哪还寻得着八号？客房之间的间壁早已荡然无存，那种空虚的宽敞让人倍感苍凉。商场的生意比较冷清，店员过来打招呼，热情向我介绍货品，如果我告诉她我是为寻八十年前一个文人的足迹而来，她会不会递我一碗醒魂汤？

出了裕华国货，去一家新加坡久负盛名的肉骨茶餐厅吃过午饭，伊婷叫了计程车，我们奔向郁达夫的第二处住所，也是他住得较久的地方。我以为车程会在半小时以上，谁料一刻钟便到了。我很吃惊，问伊婷不会来错地方了吧，她笑着说新加坡本不大，言下之意，他们概念中的偏僻，实不遥远。

那片街区行人极少，有一处建筑正在维修，披挂着防护网，所以通向郁达夫寓所的路，一侧成了施工区域。据说这一带是旧时的墓园，新加坡寸土寸金，所以殖民当局开辟此地做公共住宅，有点类似中国的经济适用房。郁达夫受《星洲日报》社长胡昌耀邀请，携家眷来办《星洲日报》副刊，就居于此。位于中巴鲁路的郁达夫寓所，是幢低矮的灰白小楼，像一艘停泊在港口的白轮船。地处热带的缘故吧，二层阳台与房屋等长，跨度大，探出墙壁立面很多，想来那是人们喝茶纳凉的好去处。这里的窗户和我先前在裕华国贸看过的相似，比较密集，或许居于赤道的人们热爱阳光，所以窗口花朵似的满墙开放；又或者这里曾是墓园，阴气重，所以开更多的窗口，让阳气升腾。

那幢小楼似乎还有住户，一楼的窗子披挂着白色护栏，这防盗的盾牌，倒很中国风。步入门洞，最触目惊心的是那清灰的水泥楼梯，逼仄，狭长，陡峻，从一层到二层有二十多级，而我熟悉的楼梯，通常十七八级。这样的楼梯，仿佛只为盛年之人而设置。而对于善饮的郁达夫来说，酒后归家，这楼梯间可曾是他借醉瞬时起舞、释放郁闷的隐秘所在？如果这里有老树，当记得郁达夫曾携王映霞和儿子郁飞，进出于此，记得这里的欢笑和眼泪。那对被誉为富川江上的神仙眷侣，在来新加坡前感情已出现裂痕，他们在此离婚，各奔西东。旧人离去，新人又至，虽说郁达夫对王映霞难以忘怀，但他情感的海洋一直电闪雷鸣，波涛滚滚，从未止息。面对着这座不闻人语的楼，想着它是郁达夫人生接近终点的驿站，我再打量它时，感觉这是一座灰白的纪念碑，而那险峻的台阶，像风暴中心层层涌动的海浪，将那凄风苦雨的岁月定格在这里。

郁达夫在新加坡期间，并未有震撼力的作品出现，他这时期是一个以笔为枪的战士，所写多为政论文章，一些随感和旧诗。除却主观因素，个人情感受挫，不得不承认，环境的变化和时局的动荡，这惨烈的现实刺痛着他，也使他没有更大的精力和更从容的心境，进入缪斯世界。

我第一次读郁达夫的小说，是三十多年前在大兴安岭师范学校求学时。不到二十岁的我，读惯了现代文学史教材中那些凛凛正气

的幽愤之作，听多了呐喊和疾呼，读到《沉沦》，有点怦怦心跳，好像在一片血光飞溅的战场上，发现了一枝独自芬芳的野菊，美得凄迷，它怎么可以宣泄青春期的我们都会有的坏情绪？那种唯美的堕落，伤感的消沉，立刻俘虏了我。记得教材参考读物中，还附有他另外的小说名篇《春风沉醉的晚上》和《迟桂花》，读后也一样喜欢。

做学生的时候，为应付各门功课，读过郁达夫的个别小说和散文，崇敬之余，并没有找来他更多的作品细读。毕业后分配回故乡，当了两年语文教师，因为期间开始陆续发表小说，所以两年后大兴安岭师范学校将我调回，让我到中文系执教。其本意是发挥我的长项，让我开写作课。但教写作课的老师对这门课极为不舍，而我以曾经的学生身份与教过自己的老师成为同事，本就压力巨大，所以当主管教学的领导跟我道出实情，我不能教写作课时，我说尊重老师的想法，我可开其他与文学相关的课。这样，中国现代文学史这门课，就落在二十三岁的我头上。以我的资历和阅历，这门课对我来说是太重了！我感觉一下子又回到了学生时代，必须勤学苦读。如果不对现代文学史教程中涉及的作家倾注亲人般的热情，你就无法开好这门课。事实证明，这门课程对我日后的写作，是一种默默的滋养。

如今的郁达夫，同张爱玲和萧红一样，被众多的海内外学者再发现再研究，早已是浮出海面的冰山，巍峨毕现，光华灼人。但在二十世纪八十年代中期，郁达夫在教材中所占位置并不突出。我因之前做学生时对他的作品印象深刻，教中国现代文学史后，便去图书馆把馆藏的郁达夫作品，悉数读了，愈发觉得他在中国现代文学史中的卓尔不群，理应席位更高。我未请示系主任，自作主张撰写教案，给郁达夫开了个专题。这在中文系来说，不是件小事，因为课时是固定的，我倾情介绍郁达夫，必然要对与之并列的一两位现代作家做课时减法，而这是违背教纲的。虽然有一些老师和学生，支持和褒扬了我的教学法，但教务处的人知晓此事后，还是找我做了谈话，说是教师要尊重教纲授课，不能以个人好恶改写教材。我口头做了检讨，心下却得意——反正我也讲完了。

十年前因为做首届郁达夫小说奖的终评委，我到过郁达夫的故乡富阳。记得初冬时令，一行人乘船游富春江时，天色灰暗，江水灰暗。我站在舱外，迎着冷风，望见江上有精灵般的水鸟翻飞，在苍茫中尽显生命的活力，无限感慨。富春江养育了郁达夫，而他就像这时令江面盘旋的水鸟，心事透明，渴望自由，颠沛流离，无论遇到什么风浪，从未停止过搏击的翅膀，直至生命的最后时刻。后来船停在一个小码头，我们上岸参观一处景观，路过一片桑园，桑树上是残枝败叶，听不见虫鸣鸟语，格外寂寥。天倒是晴朗了，阳光照耀着桑园，似乎想用它的金丝银线，将这颓败的桑园重新缝补了，还一个生机盎然的世界给我们看。可我却痴迷那水中的苍凉和岸上的萧瑟，因为它们跟郁达夫作品的气息是相通的。

而就在两年前，我再次来到浙江，领取《钱江晚报》的一个年度文学奖。本以为行程与郁达夫是无关的，但主办方将与会者安排在翁家山的民宿，这等于展开《迟桂花》这篇像羊皮口袋一样朴实纯美的小说的袋口，将我们纳入其中，你不得不沉浸在《迟桂花》的氛围中。正是南国暮春时节，晴雨不定，翁家山忽而阳光明媚，忽而细雨霏霏。雾气时而罩住了山顶，仿佛给它戴了顶帽子；时而又在山脚摇曳，仿佛要给它缠一条腰带。尽管山上商贸气息浓了，茶庄林立，但翁家山空气清新，没有令人压抑的高层建筑，还是颇为宁静，有股说不出的清幽。记得作家萧耳带我们在翁家山看茶园，赏奇花，穿行在山岭间的她长发飘飘，一袭及膝的丝绸长裙随风舞动，简直就是画中人。我心想难怪郁达夫笔下的江南女子，那般风姿绰约。而我在一个微雨的午后，撑伞在翁家山闲走，经过一座小山时，看见山下立着的指示牌，赫然写着"烟霞洞"，心下一动，《迟桂花》里翁则生和莲儿的家，不就在烟霞洞吗？于是拾级而上。登至顶上，却不见炊烟，一世界的细雨敲打着冷清的石级，山色迷离，感觉鬼魅正在湿漉漉的山谷游荡，说不出的阴森。而小说中的烟霞洞，活色生香，倒比现实的更真实似的，烙印在记忆中，这就是文学的魅力吧。

郁达夫在现实世界中，既是一个有民族气节的文人，也是一个率性多情的骑士，只要他中意的草原，不管领地属谁，他都会冲破藩篱，策马纵情驰骋。这固然可以看出他天性的自由，但也从另一侧面看出他的自负。"曾因酒醉鞭名马，生怕情多累美人"，已成为他诗作中的名句，人们对其中的"美人"，意有多解，但我更愿意将它理解为单纯的美人。郁达夫因热恋王映霞而抛弃结发妻子孙荃，孙荃自此诵经念佛，戒荤茹素，郁达夫等于践踏了一个无辜女人的青春和幸福。尽管郁达夫其后在经济上对孙荃仍有周济，但孙荃对婚姻的失望，可想而知。她的遭遇也令人想起鲁迅的原配夫人朱安，这两位旧式妇女的性情和遭遇，惊人相似。她们忠贞不二，有着超常的忍耐力和大慈悲，只不过命运让她们上错了船。我这样说，并没有在道德层面，苛责那个时代受父母之命缔结姻缘而勇于解散的人。因为在人性层面，真爱是无罪的。但郁达夫的一生，不善于维系爱，也不会受困于爱，他几度婚姻，明明暗暗的情人不断，还是妓院中风雅的嫖客。他意气用事，读他杂文时，遇到他形形色色的郁达夫启示，我会暗笑。他也终因《大公报》上向王映霞发难的那则著名启事，将他人性中的弱点，一览无余地呈现给世人。这类启事，当然不如他写给沈从文的那封《给一位文学青年的公开状》令人动容和称道。但可看出，郁达夫是性情中人，他忧国忧民，愤世嫉俗，但儿女情长的不悦，也会令他拍案而起。一个不掩饰弱点的人，无疑是真文人。

郁达夫通晓五国语言，古典文学功底深厚，东西方文化在他艺术世界的自然碰撞与融合，使他的作品气质非凡，足以奠定他在中国现代文学史上不可撼动的地位。我喜欢郁达夫的小说，因为在虚构的世界中，他的主人公不戴镣铐，在人生之路上且歌且舞，敢于倾吐人性的苦闷，将哀婉缠绵和感伤之气推向极致。《迟桂花》这类小说，是郁达夫作品中，鲜见地体现人性明媚的作品。他更多的小说，则是在人性幽暗的隧道穿行——病痛与爱恋，百转千回地交集；生命的欢歌，总在死神的阴影中低回。

通读郁达夫小说的人,不需特别留意,就会在其中发现他小说的几要素:性,酒,病,女人,而其背景又多放在夜和雪中。在他堪称上品的几部小说中,"病"又成为叙述的不二助推器,如《微雪的早晨》中的"精神异常"的朱君,《迷羊》中在A城养病的"我",《杨梅烧酒》中病后初愈的"我"与故人在湖滨小馆的夜谈;《马缨花开的时候》中的养病楼,《东梓关》中为治疗吐血病而寻访名医徐竹元的文朴,《沉沦》中患了忧郁症的主人公,甚至《春风沉醉的晚上》,人物也摆脱不了病的缠绕。而这"病"大都因"情"而生,大到国家之情,小到儿女私情。郁达夫是个善于写情的人,当然这其中不可避免地触及"性",所以有人说他的小说是性小说。我以为这低看了他作品的文学价值,因为在写"情"的时候,郁达夫从未降低他作品的趣味和审美性。而他笔下因情而生的女人,莫不惹人怜爱和同情,《迷羊》里的江湖名伶谢月英,《春风沉醉的晚上》中纸烟厂的女工,《迟桂花》里的莲儿,《微雪的早晨》中的惠英,《蜃楼》里的黑衣少妇,等等。而郁达夫在写情时,除了男女之爱,也敢于书写隐秘的情感潜流,探讨同性之爱,比如《她是一个弱女子》和《茫茫夜》。

郁达夫有他个人的性格弱点和人格局限,但他是不吝惜剖析自己的,他的作品多用第一人称,男主人公也多为落魄文人,他们爱欲中的挣扎,抑郁中的眼泪,被他写得出神入化。他钟爱自然,富春江和西湖常是他作品的底衬。十年留学日本使他深受其文化影响,他的思想现代,而他作品的语言风格偏于古典,这使他的作品充满了张力之美。他是一个充满了正义感的人,读到他小说中发出的满含着忧国之情的一声声喟叹,你可能会以为它破坏了小说的和谐,但在一个悄无声息的时代,这样的喟叹是智者和勇者的心音,铿锵有力。无论研究者将他的成就归于创造社还是他短暂涉足的左联,也无论我们怎样不喜欢他性格中的个别东西,他都是一个把自己完全暴露在阳光下的大写的人,领受灿烂的同时,必将也遭遇拂面的尘埃。鲁迅对他的评价"白者嫌其已赤,赤者嫌其太白",极为传神,至今仍是对我们这个纷争龃龉、缺乏包容、创造贫弱的浮躁文坛的犀利注解。在一个有病难言和无病呻吟的历史时期,郁达夫笔下的病与痛,无疑深具现实意义和艺术光辉。他作品的颓废和伤感,与逢迎阿谀之气背道而驰,他没有成为一个腔调的文学的俘虏,为后世作家树立了可贵的人性书写的标杆。

郁达夫在有生之年,几乎每到九一八这个令中国人耻辱的日子,都会发檄文声讨侵略者。他的母亲在日军攻陷富阳后,躲在夹墙中被活活饿死,身在福州的郁达夫在母亲灵堂起誓:"此仇必报。"而他和母亲,死因又是那么惊人地相似!日军攻打新加坡时,郁达夫乘快艇撤退到印尼群岛,化名赵廉,开办酒厂,因为无意间暴露了自己通晓日语,被迫做过日本宪兵分队的翻译,他也因之保护了不少爱国志士。郁达夫生命的终点是在苏门答腊,按照他的挚友胡愈之先生的分析和后来一些历史资料的解密,他死于日本宪兵之手。那时抗战已经胜利,他喋血于和平开始的时刻,可见和平的黎明,摆脱不了血腥。而他的遗体,至今没有下落,所以坊间关于郁达夫之死的演绎，也不乏恶意揣测者。郁达夫灵魂有知，岂不呜咽！他的小说《薄奠》写了一个人力车夫的惨死，结局尚有一辆纸车的焚烧，来偿付人力车夫最卑微的底层梦想，而郁达夫永别于世界的那一天，却连这样的薄奠也不曾拥有！

郁达夫大约知道，这个世界再神圣的牌位，终将有被弃置角落的一天，所以他从不以神的面目示人。他的短篇《在寒风里》，透过一个破落的地主家庭分家的故事，入木三分地写出在财产和利益面前，道德的崩塌，亲情的沦丧。人们在争夺家产的过程中，原先被端正挂在厅堂的祖宗神堂，竟被扔在废物堆中，无人认领。最终男主人公约了家中的长工长生，乘列车将这神堂背到上海去，这也成了他分到的唯一财产。郁达夫在描述长生背着神堂上车时，有这样一段极其精彩的描写："因为他背上背了那红木的神堂，走路不大方便，而他自己又仿佛是在背着活的人在背上似的，生怕被人挤了，致这神堂要受一点委屈。"读之令人动容。却原来神堂在一个非本族的仆人眼里，仍具压迫力和生命力，而它在本该对它顶礼膜拜的子孙眼中，连木偶都不是了。郁达夫洞见了神的沦落，笃定要做一个热血的人。他也的确这样做了。

让我再回到五月的新加坡之行吧，在弥足珍贵的一周时间里，我去花卉博物馆观赏温室中的奇花异草，去圣淘沙的海边踏浪，去亚洲文明博物馆看中世纪的佛的造像，去美术馆看徐悲鸿那幅著名的画作《放下你的鞭子》——王莹当年在新加坡的街头，就是这样做抗日宣传的，而她的结局令人唏嘘。每至夜晚，我会沿着新加坡

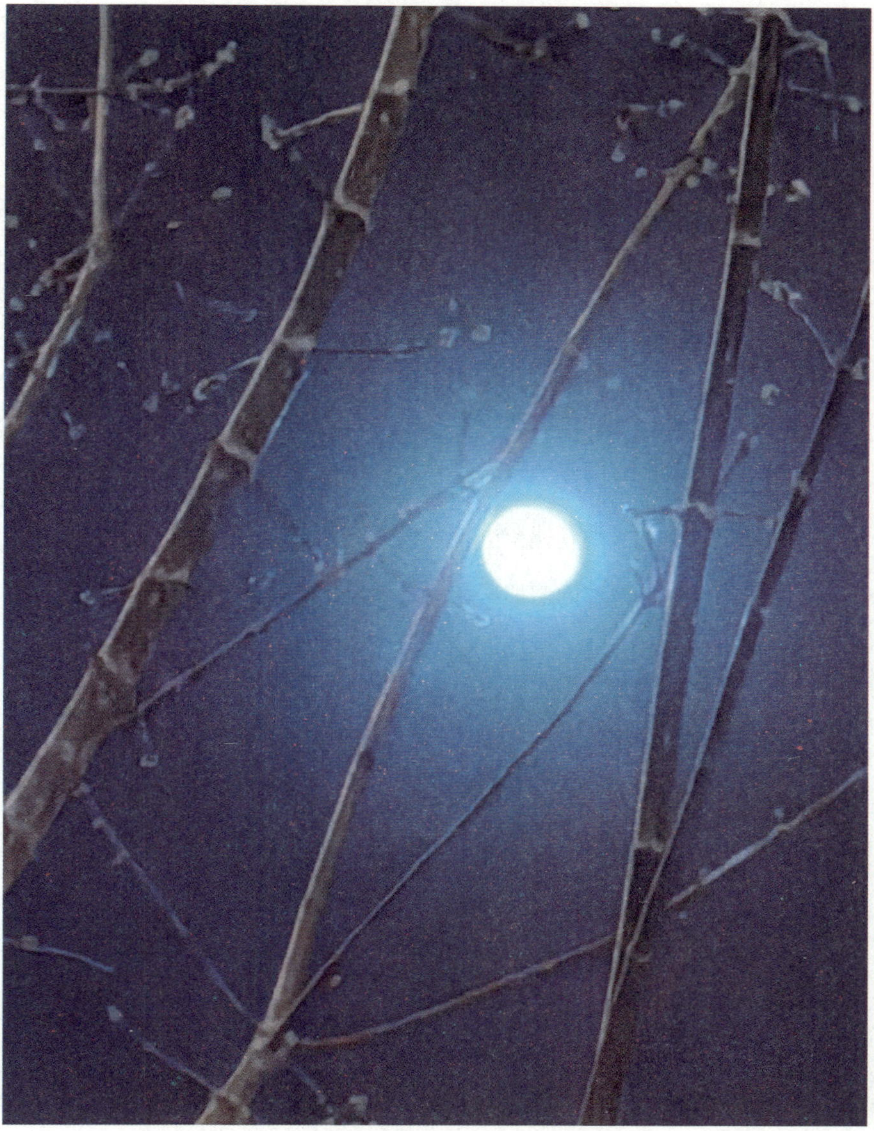

直到夜风起来，各色花瓣脱落，

它们像一只只可爱的小耳朵，

要来大地谛听什么秘密似的，

我才确信那些花树是大自然的骄子。

河散步，河畔酒吧街和克拉码头的霓虹格外绚烂，那浓重的光影倒映在河中，仿佛给这条河倾注了油彩，流也流不动的样子。河畔的花树太过繁茂，总让我疑心是假的。直到夜风起来，各色花瓣脱落，它们像一只只可爱的小耳朵，要来大地谛听什么秘密似的，我才确信那些花树是大自然的骄子。

要说新加坡之行最让我难忘的，是在牛车水参观新加坡原貌馆，这里真实还原了早期移民的生活图景，低矮的裁缝铺中悬挂着旧的花布，拥挤的学徒间似乎还弥漫着浓浓的汗味，车夫和木匠的小屋的席子上，堆卷着破败的铺盖和似乎刚用过的蒲扇——那个世纪的风，可曾因这蒲扇而一去不归？厨房粗糙的灰泥墙上，挂着出土文物似的铁锅、笸箩、笊篱，灶台上的炊具也都尘垢满面，几百年不用的模样，只有肮脏的洗手池里，堆着碗盆，仿佛谁刚用过饭，还没来得及清洗。在复原的这些做苦工和手工匠人的住屋里，桌子椅子、柜子箱子、镜子梳子、茶壶灯盏、衣裳鞋袜、暖水瓶电风扇，山水挂画和镜框镶着的老照片，甚至拖鞋和雨伞，一应俱全，再加上音响制造的那个年代的市井之音，使原貌馆充满了艰辛又朴素的生活气息。可有一间复原的小屋黑魆魆的，不着一物，探头一望，窄床上是一个枯瘦的老妇的造像，鬼一样恐怖，有游人说这是问米婆，送死者上路的灵婆。我缩回头来，看了看门侧的标示牌，原来这里复原的是死人巷的情景。硕莪巷是新加坡早期的死人街，处理丧葬事宜之地，而这间阴森黑屋，称为"大难馆"。因为有一种迷信的说法，认为人死在家里不吉利，所以大难馆应"死"而生，出现在硕莪巷，也就是死人街上。那些行将就木的人，会被送到大难馆等死，这里是看生命之花凋零、收纳人最后一口气的地方。

硕莪其实是一种可爱的棕榈树，又叫西谷椰子树，据说它寿命很短，不足二十年，而且一生只开一次花儿，开花不久便死。它的树干淀粉沉积，就是人们所熟知的"西米"，我们喝的珍珠般的西米露，就由这种淀粉加工而来，所以也有人称此树为"米树"，它是大自然馈赠给人类的干粮袋。谁能想到这种慷慨的树，这美丽的名字，会与死亡枝缠叶绕？

我站在硕莪馆的那个瞬间，联想起郁达夫的结局。他没有死在一个受难似的肮脏狭小的馆内，也是他的幸运吧。七尺之躯的男儿，岂能容生命在这逼仄阴暗之处谢幕？倘若他真的喋血于丛林，他在与这世界作别时，不知是晨曦渐起还是落霞满天的时刻？至少他在生命的最后时刻，认清了刽子手的嘴脸、战争的残酷和世情的险恶，他走得坦坦荡荡，明明白白。不可阻挡的风儿，会轻抚他的脸颊，为他做安息日的整容。而他的遗骸，会在大自然赐予的无边的硕莪馆中，遥听他生命源头富春江的水声，安详地随时光流传，褪掉血肉的袈裟，只剩一副清白的骨架，交付明月海涛，给这灾难深重的大地，烙印一个不可磨灭的生命框架。

2018 年 11 月

也是冬天，也是春天

> 走在异乡的街头，只觉得这里的冬天与我故乡相比，更像春天，因为闪烁的花朵，像黑夜的笑声，从苍绿中挣扎而出。

在我这样的外地人眼中，上海是中国城市历史中，最具沧桑美感的一册旧书，蕴藏着万千风云和无限心事。这里的每一处老弄堂，都是一句可以不停注释的名句，注脚层叠，于我来讲是陌生的。但有一处地方，在记忆中却仿佛是熟知的，就是四川北路。这条路留下了许多历史名人的足迹，而其中最难抹去的，当属鲁迅先生了。鲁迅曾在致萧军萧红的信中，提到这条路："知道已经搬了房子，好极好极，但搬来搬去，不出拉都路，正如我总在北四川路兜圈子一样。"而萧红1936年在日本写给萧军的一封信中，也提到它——"在电影上我看到了北四川路"，她也因之想到了鲁迅先生。

2017年岁尾，在《收获》杂志六十周年庆典上，在太热闹的时刻，很想独自出去走走，有天上午得空，我吃过早饭，叫了一辆的士，奔向四川北路。

也是冬天,也是春天

我先去拜谒原虹口公园的鲁迅先生墓,这座墓从当年的万国公墓迁葬于此,已经一个甲子了。天气晴好,又逢周末,园里晨练的人极多。入园处有个水果摊,苹果橘子草莓等钩织的芳香流苏,连缀着世界文豪广场。红男绿女穿梭其间,不为膜拜文豪,而是踏着热烈的节拍,跳整齐划一的舞。他们运动许久了吧,身上热了,大多将外套脱掉,只穿绒衣。广场边一棵粗大的悬铃木,此刻成了衣架,被拦腰系了一圈白带子,穿着吊钩,紫白红黄的外套挂在其上,好像这棵树在为这些衣服的主人做着招魂仪式。我努力避让舞者,走进广场。文豪们的铜雕均是全身像,或坐或站。可怜的托尔斯泰,他右手所持的手杖,挂着一个健身者的挎包,一副苍凉出走的模样,可惜我不吸烟,不然在他左手托着的烟斗上,献一缕烟丝,安抚一下他。与他一样不幸的,是手握鹅毛笔的莎士比亚和狄更斯,鹅毛笔成了天然挂钩,挂着色彩艳丽的超轻羽绒衣。最幸运当属巴尔扎克,他袖着手,深藏不露,难以附着,这尊雕像也就成了一首流畅的诗作。

出了世界文豪广场,再向前是个卖早点的食肆,等候的人,从屋里一直排到门外。想着多年前萧红在这一带,有天买早点,发现包油条的纸,居然是鲁迅先生一篇译作的原稿。萧红愕然告知鲁迅,先生却淡然,复信调侃道:"我是满足的,居然还可以包油条,可见还有一些用处。"也不知这里的早点铺,如今用什么包油条?还能包裹出这乌云见日般的绮丽文事么?

绕过食肆向前,更是人潮汹涌。我望见了推着童车散步的中年妇女，玩滑板的疾驰而过的少年，聚集在电动车上打牌的老人，立于树间吊嗓子的小生，以及在路中央手持毛刷、蘸着水写下"江山如此多娇"的歪戴帽子的男人。当然更多的是占据着每一处空地，跳广场舞的人。尽管立在路旁的音频显示器，提示分贝不超，但各路音乐汇聚起来，还是无比喧嚣，将自然的鸟语湮灭了。只见鸟儿一波一波飞过，却听不到它们的叫声。

这幅世俗生活的长轴画卷，在渐次打开的时候，我也领略了背景上的植物风光。槭树正在最美时节，吊着一树树红红黄黄的彩叶，被阳光照得晶莹剔透，看上去激情饱满，像要与旧时代决裂的起义者。除了槭树呈现壮丽之色，也有耐寒的杜鹃绽放，那红的粉的花朵，在我这个刚经历了哈尔滨十二月飞雪的北方人眼里，无疑是日历牌上被漏撕的春日，零零散散，却透着春的消息。

鲁迅墓很好寻，无论哪条甬道，都有通往那里的指示牌。赏过如火的槭树，直行约三百米左转，绕过一群咿呀唱戏的人，再右转北上，在公园的西北角，就是鲁迅先生的墓地了。

墓前广场比较开阔，最先看到的是长方形草坪上矗立着的鲁迅塑像（这块草坪是否是一册《野草》呢），他坐在藤椅上，左手握书，右手搭着扶手，默然望着往来的人。由于塑像有高大的基座，再加上草地四围有密实的冬青做了天然藩篱，所以鲁迅的雕像免于了我在世界文豪广场所见的那种尴尬，肃穆庄严。不过基座过高了，感觉鲁迅是坐在一个逼仄的楼台上看戏，让人担忧着他的安危。

墓地两侧的石板路旁，种植着樟树、广玉兰和松柏，树高枝稠，

长青的叶片在阳光下如翻飞的翠鸟，绿意荡漾。我随手摘下一片广玉兰的叶子，拈着它走向鲁迅先生长眠之所，将它轻轻摆在墓栏上，想着烘托了一季热闹花事的叶片，是从花海中荡出的一叶扁舟，心房还存有花儿的芳香吧，权当鲜花。何况在我的阅读印象中，鲁迅是不怎么写花儿的，《从百草园到三味书屋》和《秋夜》中，提到蜡梅一类的花儿，要么一笔带过，要么对所描述的花儿，连名字也叫不出来。他最浓墨重彩地写花，是在《药》中，结尾处瑜儿坟头的那圈红白的花儿（也是无名之花）。可见他笔下的花儿，是死之精魂。

鲁迅墓由上好的花岗石对接镶嵌，其形态很像一册灰白的旧书，半是掩埋半是出土的样子。因为是园中独墓，看上去显赫，却也孤独。其实无论是鲁迅的原配夫人、为他寂寞空守了四十年的朱安，还是无比崇敬鲁迅的萧红，都曾在遗言中表达了想葬在鲁迅身旁的想法，可惜都未如愿——怎么可能如愿。鲁迅曾在文章中交代过后事："赶快收敛，埋掉，拉倒。"也曾在《病后杂谈》中表达过，他不喜欢被追悼，不喜欢挽联，倘有购买纸墨白布的闲钱，不如选几部明清野史来印印，这些表述绝非是故作超拔，这像他的脾气，这像一个目光如炬的人穿行于无边的黑暗后，留给自己的大解脱——最后的光明。可鲁迅的一生，是雷电的一生，身后必将带来风雨，不会是寂寞。

鲁迅墓前并不安静，左右两侧的石杆花廊下，一侧是两个男人在练习格斗，互为拳脚；另一侧是三位大妈，在热聊什么。我脱帽向着这座冷清的墓，深深三鞠躬，静默良久，之后转身，眺望鲁迅长眠之所面对的风景，有树，有花，有草，有路，也算旖旎，也算开阔，只是那尊端坐于藤椅上的雕像，如一团巨大的阴影，阻碍着视线。也就是说，不管鲁迅是否愿意，他每天都要面对自己高高在上的背影。

墓前甬道尽头相连的路，人流不息，向右望去，可见虹口足球场的一角穹顶，像一团铅灰的云压在那里。健身和娱乐的各路音乐，此起彼落，让我有置身农贸市场的感觉。我想鲁迅被葬在这闹市的园子中，纵有绿树青草点缀、春花秋月相映、风雨雷电做永恒的日历，但终归少了一个人去后最该拥有的宁静清寂，所以我不知道他是否真的安息了。

当我怅然离开墓地的时候，忽然间狂风大作，搅起地面的落叶和尘土，在半空飞舞。公园所有的树，这时都成了鼓手，和着风声，发出海潮般的轰鸣。我回身一望，我献给鲁迅先生的那片玉兰叶，已不见踪影，我似乎听到了他略含嘲讽的笑声：敬仰和怀念，不过是一场风，让它去吧！

离开鲁迅墓地，迎着风中被撕扯下来的艳丽的槭树叶，我去参观鲁迅纪念馆。馆藏丰富，我留意的是那些曾与鲁迅相依相伴的实物，他戴过的硬硬的礼帽，这礼帽是再也不能为他挡风了；他穿过的棉袍以及蓝紫色的带花纹的毛背心，这样的衣物也再也不能为他避寒了；他用过的白瓷茶碗依然好看，但它再也不能为他送去茶香了；他用过的吸痰器，不能再为他排解胸中郁积之物了（**真正的郁**

积，靠它也是排解不了的吧），而那一支支笔，也再也不能随他在纸上叱咤风云了。展厅里还陈列着鲁迅逝世后，送殡者登记册，我俯身辨识那上面的名字时，有面对星空的感觉，因为那里登记着的，都是些灼灼闪光的名字。

离开纪念馆，风小了一些，我出了公园，一路打听，步行去鲁迅在大陆新村的最后寓所——山阴路132弄9号。

大陆新村是一带红砖的三层小楼，木格高窗，旧时住的多是日本侨民，鲁迅故居在9号最深处。一走进去，先看见一家紧闭的店门外，挂着一个牌子，上写"老板出去流浪了，月末回来"，而有烟火气的地方，窗前和檐下多摆着盆栽的花草。我走进鲁迅故居售票处时，已是正午，只有一个保安坐在里面，他告诉我参观要等到五十分钟后，因为故居开放是分时段的。见我沮丧，他说你不也得吃午饭吗，出去吃点东西，回来后时间就到了。我接受了他的建议，走出9号院，去了对面的万寿斋。这家小吃店是上海的老字号吧，店面不大，食客甚众，无一闲位。我排队买了一屉蟹粉小笼包，打包出来，又回到鲁迅故居售票处，问保安可否容我坐下，边吃边等开馆时间，保安同意了。一屉汁水浓厚的蟹粉小笼包落肚，卖票的回来了，她身后跟着四位要参观的游客，一对母女，还有两个中年男人。我们买了票，由保安带领，出了售票处。

一壁之隔的鲁迅故居门前，已有一个纤细的女孩迎候在那里，她是鲁迅故居的志愿者讲解员。保安像个大管家，掏出钥匙，打开黑漆的铸铁门，将我们带进去。由于屋内没有开灯，加之房间格局紧促，虽是坐北向南的房子，一进去还是给人阴冷的感觉。讲解员介绍着一楼会客室的陈设，餐台餐椅，墙上的画，等等，而我的目光聚焦在了瞿秋白寄存此处的那张著名的书桌上了。只三两分钟吧，就被保安吆喝着去二楼。二楼是鲁迅的书房兼卧室，不很宽敞，南窗和西墙摆放着书桌、藤椅、镜台、茶几、台灯等旧物。最让人触目惊心的是近门处东墙边的那张黑色铁床，上面还摆放着棉被和枕头，鲁迅先生就是在这张床上吐出最后一口气的。而那最后一口气是真的散了，还是附着在了室内的台灯上，做夜的眼？或是附着在了南窗的窗棂上，做曙光的播撒器？

保安又催促着上三楼了，海婴的住屋，以及客房都在此。看着小小的客房，想着瞿秋白曾在此避难，也曾在此奋笔疾书，无比伤怀。这时参观者中最年轻的初中生模样的女孩发现了问题，她问讲解员，二楼有鲁迅的床，三楼有海婴的，许广平睡在哪里呀？讲解员一时被问住了，女孩的母亲赶紧说，许广平要么和鲁迅睡一张床，要么就是海婴。我加了一句，海婴有保姆的。女孩依然很不满地嘟囔道：许广平为什么没有自己的床啊！

保安已下到一楼，他在下面大声呼唤讲解员，让她赶快带游人出来，说是时间到了，其实我们进来不过一刻钟。下楼时我走到最后，又在二楼鲁迅卧室门前驻足片刻。等我下去，保安在训斥讲解员，说她不该把游人留在最后，说这是重点文物保护区，好像我走在最后，似有不轨意图。

我郁郁出了鲁迅故居。其实我很想看看灶房的陈设，萧红不是在这儿为鲁迅烙过东北特色的韭菜盒子和油饼吗?

我回到山阴路上,风又起来了,这条路成了风匣,回荡着风声。我去寻访不远处的瞿秋白故居。走到近前,见黑漆大门紧闭,按了门铃,无人应答。铁门中央留有的菱形贴纸印痕,分明昭示着"福"字曾居其上,想来这里还住着人家吧。而这扇门,却也是瞿秋白生命中难得的一扇福门,因为在此期间他与鲁迅交往频繁,纵有时时被捕的危险,但有倾心长谈的挚友,仍是人生的黄金时光吧。

鲁迅先生与很多青年人结下了深厚的友谊,萧军、萧红、台静农、瞿秋白,等等。读鲁迅书信时,发现他最喜欢与两个人谈病情(当然他们也深切关心着他的身体),一个是母亲,一个是小他二十几岁的台静农。谈病如同谈隐私,多半是对亲人才讲的话题。而同样比鲁迅年轻许多的瞿秋白,更是深得他欣赏,有鲁迅赠予瞿秋白的手书"人生得一知己足矣,斯世当以同怀视之"为证。瞿秋白就义后,鲁迅抱病为他编校《海上述林》。我读瞿秋白的《多余的话》时,感觉他在生命的最后时刻,流露的还是对做一个文人的万般不舍。

在瞿秋白故居吃了闭门羹,我赶紧折回,因为午后《收获》杂志有作品朗诵会,我怕迟到,所以赶紧打车,想回到酒店稍事休整。可是往来的出租车,基本都载客,显示空载的车辆,停下的一瞬,总问我是约车的人吗。我这才明白,因为我不用手机上网,不能随时网上预订出租车,空驶的出租车与我这个不与时俱进的人来说,多半无关了。也就是说,我在漂泊的河流上,看见灯塔闪亮,那也不是引我上岸的。

这倒让我淡定起来，轻松起来，想着万一迟到，那是为着鲁迅先生而迟到，不无美好。我迎着风，在山阴路上徘徊。

相比鲁迅的杂文，我更偏爱他的小说，尤其喜欢《故事新编》，尽管他在致捷克汉学家普实克的信中，说这本用神话和传说做材料的书，并不是好作品（*我以为那是自谦的说法*）。其中的《铸剑》，惊心动魄，我是把这个短篇当史书来看的。鲁迅是个高超的人物雕塑家，他小说的人物，像是青铜锻造的，叩击时会有深沉的回声。而且这些人物身上洋溢着一股动人的光芒——悲凉的诗意之光，像《孔乙己》《阿Q正传》《祝福》《风波》《药》《伤逝》《在酒楼上》《明天》等堪称经典的篇章，那些栩栩如生的人物，是一个人以笔蘸着自己的生命之血，化解心中块垒时，播撒于春日晚雾中的纯美幽灵。因为他们充满了有筋骨的象征性和寓言性，成了精了，因而太阳出来也不会被照散。我想鲁迅公园中世界文豪广场的雕塑，如果换成阿Q、祥林嫂、孔乙己、单四嫂子、九斤老太、闰土、眉间尺、吕纬甫，他们与现世气氛是极相宜的——这些人哪个不是负重的高手呢。

我还喜欢鲁迅与许广平在厦门广州间的一封通信，鲁迅说那里的点心很好，但不敢多买，因为有小而红的蚂蚁，无处不在，啃噬点心，害得他常把附着蚂蚁的点心丢掉；许广平给他回复，让他在点心周围，用石灰粉画一个圈，说蚂蚁怕湿，石灰粉去湿，他的点心就不会被蚂蚁糟蹋了。记得当时我读这段时，会心一笑，因为我想起了幼时，祖父怕小孩子去偷他菜园的瓜果，常给熟了的瓜果拦腰拴上线绳做记号。我去偷摘他的柿子吃时，得先把那"护身符"小

也是冬天，也是春天

心解下。对待如我这般偷吃的孩子和蚂蚁来说，许先生所言的石灰粉，那圈"绳索"，多半是不顶用的，但从中可以看出他们感情的美好。

走在山阴路上，我浮想联翩，鲁迅在厦门所钟爱的点心，还在年复一年地出炉吧？那样的红蚂蚁也还在妖娆地匍匐吧？可当年为蚂蚁所烦恼的人，是另一个世界的星辰了，教他趋避蚂蚁之法的"小鬼"（许广平与鲁迅通信时常用的自称）也与高天为伍了。在鲁迅的各种纪念日上，有多少人是真心地怀念，视他为奇迹和燔火，又有多少人是在借着他的气节，行着磨蚀他骨头的勾当？

从鲁迅谢世之所到他长眠之地，并不遥远。但这条路在我眼里却很长很长，它仿佛记录着一个人半个多世纪的跋涉。走在异乡的街头，只觉得这里的冬天与我故乡相比，更像春天，因为闪烁的花朵，像黑夜的笑声，从苍绿中挣扎而出。这样的花朵也就格外明亮和湿润，就像感动的泪。我想起了看过的一个报道，对东方音乐很感兴趣的俄裔音乐家齐尔品，曾托贺绿汀带信给鲁迅，想请他写歌剧《红楼梦》的剧本，而鲁迅也答应了，可他不久就告别了世界。

鲁迅曾在文章中几次提到《红楼梦》，他对最终"披大红猩猩毡斗篷和尚"的宝玉，有个评价，说是和尚多矣，但披这样阔斗篷的能有几个；他在《言论自由的界限》中，说贾府是言论颇不自由的地方，而仗着酒醉骂主子的焦大——"实在是贾府的屈原"。我想鲁迅若写歌剧的《红楼梦》，最华彩的乐章，会出现在焦大、刘姥姥这类人物身上吧？因为那是鲁迅熟谙的人物，也是照映繁华终归是虚妄一梦的最透彻的镜子。

神化鲁迅，将他符号化；矮化鲁迅，将他妖魔化；强化鲁迅作品无人能及的思想性，视他作品的艺术创造性而不见，都不是客观评价。作为一个读者和文学后来人，我更认同一个文学上的鲁迅，一个也彷徨也呐喊的鲁迅，一个也会面对人生很多无言以对时刻的鲁迅，一个在《社戏》和《故事新编》等篇章中，洋溢着动人的浪漫主义情怀的鲁迅。

快走出山阴路时，我终于打到一辆车。这辆车虽然破旧，但司机健谈而随和。我一上去，他就说听你口音，是东北人吧，我说是。他又问你知道有一个歌手叫李健吗，我说知道。司机说你听过他的《贝加尔湖畔》吗，我说当然，非常好听。这时我才反应过来，他是因为一首歌的地名，才对来自东北的我格外热情——觉得贝加尔湖离东北比较近吧。司机放慢车速，放出《贝加尔湖畔》。那舒缓忧伤的旋律，让我在异乡有了特别的感动。我惆怅地对司机说，我去过贝加尔湖，爱极了它，要是它还在我们手里就好了。司机惊讶地说：它什么时候是我们的，不可能吧？我不知该怎样对他讲贝加尔湖的前世今生，那不是三言两语能解释清楚的。

司机见我无语，又放了一遍歌曲。我将目光放在窗外，往来的车辆都急匆匆的，车辆侧面，是缩着脖子仄身而行的人，是摇晃着的树和招幌，一种呜呜的声音，让《贝加尔湖畔》的独唱变成了合唱。

风很大——很大很大的风。

2018 年

06

渐行渐近的夕阳

从童话到神话的路有多长

> 文学神话都是经过漫长积累,靠岁月和才华打造出来的,但没有童话的吉光片羽,我们去往神话的路,就少了天籁般的照耀。

近来因为黑龙江文学馆施工收尾,展陈实物即将登场,所以我们邀请专家对所征集到的相关实物,逐一甄别和认证,选出最具文学价值的藏品,让虚席以待的冰冷的陈列柜,从此因为氤氲的文气,而有了温度,有了色彩,有了光芒。

文学馆实物展陈最重要的部分,是作家的手稿和信札。上个月我在浙江富阳郁达夫纪念馆看到《迷羊》手稿时,一阵激动。隔着玻璃柜,看着近百年前那沓纸页泛黄的手稿,那不同墨色的字迹,感觉郁达夫笔下的山水和人物,正透过纸页晕染开来,江湖名伶谢月英和王先生,月影似的浮现在眼前。

未来黑龙江文学馆的镇馆之宝,无疑是萧军长孙萧大忠先生捐赠的萧红1936年12月18日在东京写给萧军的信,她说:"新年了,只是希望寄几本小说来,不用挂号,丢不了。"而她点名要的是列夫·托尔斯泰的《复活》，还有英国小说家戴维·赫伯特·劳伦斯的《骑马而去的妇人》。我小心翼翼地展开这封信时，仿佛听见了萧红的心跳声，看见了她乌黑闪亮的大眼睛，听见了笔在纸页行走时那落雪般的声音，感受到了她的柔情、孤寂和怅惘。萧红走得早，但她以作品的强大生命力一直灿烂地活着，《生死场》和《呼兰河传》，是中国现代文学史永恒的经典。

为了丰富黑龙江文学馆当代文学版块的藏品，我也选择了部分信函，交由专家遴选。在书写已经普遍电子化的时代，我找到的与王蒙、林斤澜、冯骥才、王安忆、史铁生、铁凝、陈忠实、苏童等文坛前辈和友人的简短通信，让我又回到了文学的青春岁月。这些通信大都是二十年前的，其中最吸引专家目光的是2000年冬日王安忆写来的信。

  迟子建：好！

  两大本书一口气看完，很好看，一边是读了伪满洲国的十四年历史，一边是看了东北三省的风俗画，除了你这样的身体健康又傻愣愣的人，谁敢担这样的笨活儿！你干活有一股笨劲，这真是太好了。写小说其实是个粗活儿，我不是说粗疏的意思，而是笨重，像修金字塔，修长城，没有一点巧可取的。非常感动，真的！

  显然，长篇小说的篇幅和体积也是一个压力，它将短篇里的那种童话世界压成了现实，这还要有一个漫长的过程。那时候，你的童话会扩大为巨大的神话，加油！

不晓得这封信什么时候能到你手里，因你说要回老家"猫冬"，让它等你吧。

安忆

2000 年 11 月 19 日

信写在便笺纸上，短短一页，却承载了丰厚的内容。由于时隔二十年，便笺纸像失去了水分的秋叶，纸张发脆，而对折处的凹痕，则像一把隐藏的岁月利剑，我拈起的那刻，无声地将它断为两截。我赶紧将其用透明胶带先黏合在一起，这情景太像《伪满洲国》结尾我写到的那两块聚合的铜镜了，本来是杨路杨昭双胞兄弟各持半面的铜镜，可它们重逢时，只是物的团圆，兄弟俩在乱世中，一个死于土匪手下，一个死于叛徒手中。

而王安忆写这封信的背景，恰恰就与《伪满洲国》相关，2000 年我出版了这部上下两卷近七十万字的长篇小说，因为刚与王安忆等作家随王蒙率团的中国作家代表团访问爱尔兰和挪威归来，所以我寄给王安忆这套书，没想到她认真读了，给予鼓励不说，还对作品不足之处有着温暖的提醒。重读这封信，王安忆说写小说是个笨活儿，无巧可取，对创作者来说依然是金玉良言。而她关于从童话到神话的说法，在我写作了近四十年后，对它有了更深的理解和认同，因为她极为传神地道出了一个作家精神成长的必由之路，艺术的淬炼，不正是从童话到神话的过程吗？

王安忆所说的童话和神话，当然不局限于字面意义，它们还有超越童话和神话本身的广阔外延。如果说童话赋予万物以生命，我们在文学天地让花草树木、鸟兽虫鱼、江河湖海有了心脏，它们陪我们走过文学的童年后，到了神话的世界，这些心脏一定会有异样的跳动，搅起人性之海的惊涛骇浪。逝去的荣辱，现实的悲欢，会碰撞和交锋。这时我们作品的现实，是从沧桑心灵挤压出来的现实，它有多重的声部、多样的质地、多变的气味、多彩的色调。

而我写作的转折，始于个人命运的变故，十九年前本来站在恬静岸边的我，被生生抛进了风雨雷电的海上，我在拼命挣扎的时候，那个童话世界在惨烈的现实面前轰然崩塌。带着童话碎片上岸的我，忽然听得见这大地的微微叹息了，看得见别人眼里深藏的泪水了。《额尔古纳河右岸》和《世界上所有的夜晚》，就是历经风暴的我，被撕裂后从心底流出的泪和泉。其后我又创作了《白雪乌鸦》，这部聚焦百年前哈尔滨大鼠疫的作品，单就瘟疫题材来说，是我以前不可能触碰的。那场肺鼠疫就是通过飞沫传染的，当时采取了隔离、封城和戴口罩等举措，所以在遭遇新冠肺炎病毒威胁的今天，有读者关注到这部小说，而我重读的时候，最肯定自己的，还是在死亡阴影笼罩下，所勾勒的依然活力四射的日常生活，真是无论沧海，生生长流！

从《群山之巅》到《候鸟的勇敢》《炖马靴》等小说，再到刚出版的长篇《烟火漫卷》，又一个五年过去了，王安忆所说的那种巨大的神话世界，仿佛一个朦胧的发光体，始终在前方闪烁、飘移、升腾，当我伸手触摸它的时候，它已隐遁，或者变幻。我想当有一天你不知道光芒笼罩你的时候，你才会在光中。

萧红在给萧军的信中，要托尔斯泰的《复活》，也让我想起了托尔斯泰回复辜鸿铭的那封著名的信。托尔斯泰在信中表达了他崇尚中国的圣贤之书，也一再强调中国不应模仿西方民族。但我透过这封信，还是看出托尔斯泰理想的中国和他心目中的东方，似乎得驻足于农耕文明或是合着田园牧歌的节拍向前，而《复活》《战争与和平》和《安娜·卡列尼娜》，哪个不是带着现实泥淖和命运脐血的民族与历史的悲壮史诗呢？其实拖着长辫子的辜鸿铭在这点上倒是清醒的，他早意识到宗教和道德并不能解决人的心灵世界的问题，他说："在这个世界上，除了自然力，还存在一种较自然力更可怕的力量，那就是蕴藏于人心的情欲。"这个"情欲"，与王安忆所说的神话一样，涵盖面极广，是欲望的丛林，所以文学在对人性的剖析上，永远有它独特的优势和价值。我们能够写好复杂的人性，就掌握了创作的命脉。

文学神话都是经过漫长积累，靠岁月和才华打造出来的，但没有童话的吉光片羽，我们去往神话的路，就少了天籁般的照耀。

2021 年

渐行渐近的夕阳

> 我们所面对的世界,无论文本内外,都是波澜重重。夕阳光影下的人,也就有了种种心事。

去年夏秋之际,我在哈尔滨群力新居,住了四个月。其中大半精力,投入到了《候鸟的勇敢》的写作上。

这套可以远眺松花江的房子,面向群力外滩公园。每至黄昏,天气允许,我总要去公园散步一小时。夏天太阳落得迟,也落得久长,西边天涌动的深深浅浅的晚霞,忽而堆积起来,像一炉金红的火;忽而又四处飞溅,像泣血的泪滴。我迎着落日行走时,常被它晃得睁不开眼,一副半梦半醒的模样;而与它背行时,夕阳就是架在肩头的探照灯,照得脚下金光灿灿。

夕阳中总能看见各色鸟儿,在树林和滩地间,飞起落下。常见的是仿佛穿着黑白修身衣的长尾巴喜鹊,还有就是相貌平平的麻雀了。麻雀在此时喜欢聚集在一棵大树上,热烈地叫,好像开会讨论着什么。有时我起了顽皮,会悄悄走过去一摇树身,让它们散会。

我散步的时候,脑海里常翻腾着正在创作中的《候鸟的勇敢》,候鸟管护站、金瓮河、娘娘庙、瓦城的街道,这些小说中的地标,与我黄昏散步经过的场景,有一种气氛上微妙的契合。不同的是,小说故事由春至冬,而创作它历经夏秋。

我们所面对的世界,无论文本内外,都是波澜重重。夕阳光影下的人,也就有了种种心事。所以《候鸟的勇敢》中,无论善良的还是作恶的,无论贫穷的还是富有的,无论衙门里还是庙宇中人,多处于精神迷途之中。我写得最令自己动情的一章,就是结局,两只在大自然中生死相依的鸟儿,没有逃脱命运的暴风雪,而埋葬它们的两个人,在获得混沌幸福的时刻,却找不到来时的路。

这部小说写到了多种候鸟,而最值得我个人纪念的,当属其中的候鸟主人公——那对东方白鹳。我爱人去世的前一年夏天,有天傍晚,也是夕阳时分,我们去河岸散步,走着走着,忽然河岸的茂草丛中,飞出一只我从未见过的大鸟,它白身黑翅,细腿伶仃,脚掌鲜艳,像一团流浪的云,也像一个幽灵。爱人说那一定就是传说中的仙鹤,可是它缘何而来,缘何形单影只,缘何埋伏在我们所经之地,拔地而起,飞向西方?爱人去世后,我跟母亲说起这种鸟儿,她说她在此地生活了大半辈子,从未见过,那鸟儿出现后我失去了爱人,可见不是吉祥鸟。可在我眼里,它的去向如此灿烂,并非不吉,谁最终不是向着夕阳去呢,时间长短而已。因为八九十年,在宇宙的时间中不过一瞬。我忘不了这只鸟,查阅相关资料,知道它是东方白鹳,所以很自然地在《候鸟的勇敢》中,将它拉入画框。

从 1986 年我在《人民文学》发表首部中篇《北极村童话》,到 2018 年《收获》杂志刊登这部《候鸟的勇敢》,三十多年中,我发表了五十多部中篇,它们的体量多是三五万字,但这部中篇有八九万字,成为我中篇里篇幅最长的。完稿后我改了两稿,试图压缩它,没有成功,我这样说并不是说它完美,而是说它的故事和气韵该是这样的长度吧。这也使得我有机会,在人民文学出版社,在新的一年,能够奉献给亲爱的读者一册小书。我不知道《候鸟的勇敢》这条山间河流,自然冲积出的八九万字的小小滩地,其景其情能否吸引人,愿它接受读者的检验。

让我再一次回望夕阳吧,写作这部作品时,我夏天在群力外滩公园散步时,感觉夕阳那么遥远,可到了深秋,初稿完成,夕阳因为雄浑,显得无比大,有股逼视你的力量,仿佛离我很近的样子。这时我喜欢背对它行走,在凝结了霜雪的路上,有一团天火拂照,脊背不会特别凉。

2018 年

我们时代的塑胶跑道

悲伤和苦难之上,从不乏人性的阳光。

哈尔滨对于我来说,是一座埋藏着父辈眼泪的城。

埋藏着父辈眼泪的城,在后辈的写作者眼里,可以是一只血脚印,也可以是一颗露珠。

我十七岁前的行迹,就在连绵的大兴安岭山脉。山脉像长长的看不见的线,日月之光是闪亮的针,把我结结实实缝在它的怀抱中。初春的风认识我,我总是小镇那个早早摘掉围脖和手套的女孩,所以我的手总是比别的孩子要皴。夏日的溪流认得我,我常去那洗衣裳刷鞋子,将它们晾晒在溪畔草丛,交由太阳这个大功率烘干机,奔向树林采摘野果。可恶的树枝总是挂破我的衣裳,所以我身上的补丁也比别的女孩多。秋天时凝结在水洼上的薄冰认得我,它们莹白的肌肤上有着妖娆的纹路,被晨曦映照得像一面镶嵌着花枝的铜镜,我爱穿着水靴,把它们一个个踩烂,听着冰的碎裂声,感觉自己在用脚放爆竹,十分畅快,完全不理会冰的疼痛。冬天生产队的牛马认得我,那时上学除了交学费,还得交粪肥,只要发现公家的牛马出来拉脚,我就提着粪筐尾随着。可有时你跟了半里地,它们一个粪球都不赏,我便赌气地团了雪球打牛马,这时总会遭到车老板的叱骂。所以开学之前,因为粪肥不够秤,我和邻居小伙伴曾去牲口棚偷过马粪。

我少年时代的生活世界就是这样,在大自然的围场里,我是它的一个小小生物,与牛马猪羊、树木花鸟一样,感受这世界的风霜雨雪。无边无际的森林,炊烟袅袅的村落,繁花似锦的原野,纵横交织的溪流,是城市孩子在电影或画册中看到的情景,可它们却是我的日常生活图卷。

我对哈尔滨最早的认知,是从父亲的回忆中。童年的我懵懂无知,曾闹出不少笑话。比如看完京剧《沙家浜》,我认定有的地方的人是唱着说话的。比如父亲提到城市的公园时,我自作聪明地以为,这是男人才能进的园子。因为我们小镇的男人谈及女人生孩子,不说生男生女,而说生公生母,很自然地把人归于动物的行列。父亲童年不幸,我奶奶去世早,爷爷便把父亲从帽儿山送到哈尔滨的四弟家,而他四弟是在兆麟公园看门的,多子多女,生活拮据。父亲在哈尔滨读中学时寄宿,他常在酒醉时讲他去食堂买饭,不止一次遭遇因家长没有给他续上伙食费而被停伙的情景。贫穷和饥饿的滋味,被父亲过早地尝到了。父亲说他功课不错,小提琴拉得也好,但因家里没钱供他继续求学,中学毕业后,他没跟任何人商量,独自报名来参加大兴安岭的开发建设。爷爷的四弟得知这个消息时，父亲已在火车站了。父亲这一去，直到1986年因病辞世，近三十年没回过哈尔滨。而他留给我的哈尔滨故事，多半浸透着眼泪。

父亲去世后，1990年我从大兴安岭师范学校，调转到哈尔滨工作。每次去兆麟公园，我都会忧伤满怀，想着这曾是父亲留下足迹的地方啊，谁能让他的脚印复活呢？

初来哈尔滨，我的写作与这座城市少有关联，虽是它的居民，但更像个过客，还是倾情写我心心念念的故乡。直到二十世纪末我打造《伪满洲国》，哈尔滨作为这个历史舞台的主场景之一，我无法回避，所以开始读城史，在作品中尝试建构它。但它始终没有以强悍的主体风貌，在我作品中独立呈现过。十年过去了，二十年过去了，我在哈尔滨生活日久，了解愈深，自然而然将笔伸向这座城，于是有了《黄鸡白酒》《起舞》《白雪乌鸦》《晚安玫瑰》等作品。

熟悉我的读者朋友知道，我的长篇小说节奏，通常是四到五年一部。其实写完《群山之巅》，这部关于哈尔滨的长篇，就列入我的创作计划中。无论是素材积累的厚度，还是在情感浓度上，我与哈尔滨已难解难分，很想对它进行一次酣畅淋漓的文学表达。完成《候鸟的勇敢》《炖马靴》等中短篇小说后，2019年4月，我开始了《烟火漫卷》的写作。上部与下部的标题，也是从一开始就确定了的——《谁来署名的早晨》与《谁来落幕的夜晚》。写完上部第二章，我随中国作协代表团访欧，虽然旅途中没有续写，但笔下的人物和故事，一路跟着我漂洋过海，始终在脑海沉浮升腾，历经了另一番风雨的考验。

我们首站去的是我2000年到访过的挪威，因为卑尔根给我留下的印象太深了，当年归国后我还写了个短篇《格里格海的细雨黄昏》。而此次到卑尔根，最令我吃惊的是，这座城市少有变化，几乎每个标志性建筑物和街道，还都是我记忆中的模样，甚至是城中心广场的拼花地砖，一如从前。而在中国，如果你相隔近二十年再去一座城市，熟悉感会荡然无存，它既说明了中国的飞速发展，也说明我们缺乏城市灵魂。而有老灵魂的城市，一砖一瓦、一木一石都是有情的。在卑尔根海岸，我眼前浮现的是"榆樱院"的影子，这座小说中的院落，在现实的哈尔滨道外区不止一处，它们是中华巴洛克风格的老建筑，历经百年，其貌苍苍，深藏在现代高楼下，看上去破败不堪，但每扇窗子和每道回廊，都有故事。它们不像中央大街黄金地段的各式老建筑，被政府全力保护和利用起来。这种半土半洋的建筑，身处百年前哈尔滨大鼠疫发生地，与这个区的新闻电影院一样，是引车卖浆者的乐园，夜夜上演地方戏，演绎着平民的悲喜剧。从这些遗留的历史建筑上，能看到它固守传统，又不甘于落伍的鲜明痕迹。这种艺术的挣扎，是城市的挣扎，也是生之挣扎吧。

从卑尔根我看到了"榆樱院"这类建筑褶皱深处的光华，到了塞尔维亚，我则仿佛相遇了《烟火漫卷》中那些伤痛的人——伤痛又何时分过语言和肤色呢！在塞尔维亚的几日少见晴天，与塞尔维亚作家的两场交流活动，也就在阴雨中进行。其中几位前南老作家，令我肃然起敬。他们朴素得像农夫，好像每个人都刚参加完葬礼，脸上弥漫着一股说不出的哀伤。对，是哀伤不是忧伤。忧伤是黎明前的短暂黑暗，哀伤则是夕阳西下后漫长的黑暗。他们对文学的虔敬，对民族命运的忧虑，使得他们的发言惜字如金，但说出的每句话，又都带着可贵的文学温度，那是血泪。这是我参加的各类国际文学论坛中，唯一没有谁用调侃和玩世不恭的语气说话，唯一没有笑声发出的座谈。窗里的座谈氛围与窗外的冷雨，形成一体。苦难和尊严，是文学的富矿和好品质，一点不假，安德里奇的《德里纳河上的桥》诞生在这片土地，不足为奇。塞尔维亚作家脑海中抹不去对战争废墟的记忆，而我们也抹不掉对这片土地一堆废墟的记忆。尽管穿城而过的多瑙河在雾雨中，不言不语地向前，但伤痛的记忆依然回流，刻在我们每个人的心上。

五月初归国后，回到书桌前的我，总觉在阴雨中，虽说外面春花烂漫。作家在心灵世界应该置身的，就是这样的天气吧。我一边写长篇，一边忙公务。因为筹建黑龙江文学馆，馆陈内容由我牵头负责，所以几乎每周都要主持一次会议，和各门类专家梳理从古至今的黑龙江文学史。半年时间，召开了近二十场会，展陈大纲数易其稿。但无论多累，回到家里，我不忘垦殖这块长篇园地，它带给我创作的愉悦和心灵的安宁。

写累了，我会停顿一两天，乘公交车或是地铁，在城区之间穿行。我起大早去观察医院门诊挂号处排队的人们，到凌晨的哈达果蔬批发市场去看交易情况，去夜市吃小吃，到花市看花，去旧货市场了解哪些老器物受欢迎，到天主堂看教徒怎样做礼拜。当然，我还去新闻电影院看二人转，到老会堂音乐厅欣赏演出，寻味道外风味小吃。凡是我作品涉及的地方，哪怕只是一笔带过，都要去触摸一下它的门，或是感受一下它的声音或气息。最触动我的，是在医大二院地铁站看到的情景。从那里上来的乘客，多是看病的或是看护病患者的，他们有的提着装有医学影像片子的白色塑料袋，有的拎着饭盒，大都面色灰黄、无精打采。有的上了地铁找到座位，立刻就歪头打盹。在一个与病相关的站点，感觉是站在命运的交叉口，多少生命就此被病魔吞噬，又有多少生命经过救治重获新生。这个站点的每一盏灯，都像神灯。能够照耀病患者的灯，必是慈悲的。

长篇写到三分之二处，我遭遇到一个网上恶帖的攻击，选择报案后，虽然心情受到影响，但并未因此停笔。文学确实是晦暗时刻的闪电，有一股穿透阴霾的力量。与此同时，我和同事又马不停蹄地筹备作代协换届。但无论多忙，我每天都要把长篇打开，即便一字不写，也要感受一下它的气息。

2019年岁末，长篇初稿终于如愿完成了。记得写完最后一行字时，是午后三点多。抬眼望向窗外，天色灰蒙蒙的。我穿上羽绒服，去了小说中写到的群力外滩公园。春夏秋季时，来这里跑步和散步的人很多。那时只要天气好，我会在黄昏时去塑胶跑道，慢跑两千米。但冬季以后，天寒地冻，滩地风大，我只得在小区院子散步了。十二月的哈尔滨，太阳落得很早。何况天阴着，落日是没得看了。公园不见行人，一派荒凉。候鸟迁徙了，但留鸟仍在，寻常的麻雀在光秃秃的树间飞起落下。它们小小个头，却不惧风吹雪打，该有着怎样强大的心脏啊。

我沿着外滩公园猩红的塑胶跑道，朝阳明滩大桥方向走去。

这条由一家商业银行铺设的公益跑道，全长近四公里。最初铺设完工后，短短两三年时间，跑道多处破损，前年不得不铲掉重铺。因为塑胶材料有刺鼻的气味，所以施工那段日子，来此散步的人锐减。为了防止人们踏入未干透的跑道，施工方用马扎铁和绳子将跑道区域拦起来。可是六月中旬的一个傍晚，我去散步时，在塑胶跑道发现一只死去的燕子。燕子的嗅觉难道与人类不一样，把刺鼻的气味当成了芳香剂？它落入塑胶泥潭，翅膀摊开，还是飞翔的姿态，好像要在大地上给自己做个美丽标本。而与它相距不远，则是一只凝然不动的大老鼠——没想到滩地的老鼠如此肥硕。这家伙看来不甘心死去，剧烈挣扎过，将身下那块塑胶搅起大大的旋涡，像是用毛笔画出的一个逗号，虽说它的结局是句号。而我一路走过，还看见跑道上落着烟头、塑料袋、一次性口罩、糖纸、房屋小广告等，当然更多是树叶。本不是落叶时节，但那两日风大，绿的叶子被风劫走，命差的就落在塑胶跑道上，彻底毁了容颜。

无论死去的是燕子还是老鼠，无论它们是天上的精灵还是地上的窃贼，我为每个无辜逝去的生灵痛惜。

我们在保护人不踏入跑道时，没有想到保护大自然中与我们同生共息的生灵，这一直是人类最大的悲哀。

如今的塑胶跑道早已修复，我迎着冷风走到记忆中燕子和老鼠

葬身之地时，哪还看得到一点疤痕？它早以全新的面貌、更韧性的肌理，承载着人们的脚步。去冬雪大，跑道边缘处有被风刮过来的雪，像是给火焰般的跑道镶嵌的一道白流苏。完成一部长篇，多想在冷风中看到一轮金红的落日啊，可天空把它的果实早早收走了，留给我的是阴郁的云。

2020年新年之后，开过作协换届会，极度疲惫的我立刻重感冒了，坚持着再开完省政协会，是年关了，我一路咳嗽着奔回故乡。每年腊月尽头，我都要去白雪笼罩的山上给父亲上坟，和他说说心里话。那天我一边给他洒酒和烧纸，一边告诉他我完成了一部关于哈尔滨的长篇小说，还告诉他去年是我过得最累的一年，但我挺过来了。父亲离开我们三十多年了，但我有了委屈，还是会说给他听。我总想另一世的父亲，一定还在疼着他的女儿。

还记得去年十一月中旬，长篇写到四分之三时，我从大连参加完东北学会议，乘坐高铁列车回哈尔滨。透过车窗望着茫茫夜，第一次感觉黑暗是滚滚而来的。一个人的内心得多强大，才能抵抗这世上自然的黑暗和我不断见证的人性黑暗啊。列车经过一个小城时，不知什么人在放烟火，冲天而起的斑斓光束，把一个萧瑟的小城点亮了。但车速太快，烟火很快被甩在身后，前方依然是绵延的黑暗。这不期而至的烟花，催下了我心底的泪水。而在列车上流泪，这是第二次。第一次是2002年初春，爱人车祸罹难，我从哈尔滨乘夜行列车北上奔丧，眼泪流了一路。而这一次，却仿佛不是因为悲伤和绝望，而是在无边无际的黑暗中，看到了仿佛地层深处喷涌而出的如花绚丽。这种从绽放就宣告结束的美好,摄人心魄。所以回到哈尔滨后,我给小说中的一个历经创痛的主人公放了这样一场烟火。

我的长篇通常修改两遍,年后从故乡回到哈尔滨,新冠肺炎疫情蔓延,哈尔滨与大多数省会城市一样,采取了限制出行措施。我与同事一边和《黑龙江日报》共同策划组织"抗疫"专号文章,一边修改长篇。每日黄昏,站在阳台暖融融的微光中,望着空荡荡的街市,有一种活在虚构中的感觉。与此同时,大量读书,网上观影。波拉尼奥的《2666》是这期间我读到的最复杂的一部书,小说中的每个人似乎都是现代社会"病毒"的潜在携带者,充满了不安、焦虑与恐惧,波拉尼奥对人性的书写深入骨髓。我唯一不喜欢的地方,是他把罪恶的爆发点集中在墨西哥,就像中国古典小说写到情爱悲剧,往往离不开"后花园"一样。如果人类存在着犯罪的渊薮,那它一定是从心灵世界开始的。

二月改过一稿,放了一个月,四月再改二稿,这部长篇如今要离开我,走向读者了。在小说家的世界中,总是发生着一场又一场的告别,那是与笔下人物无声的告别。在告别之际,我要衷心感谢《烟火漫卷》中的每个人物,每个生灵,是他们伴我度过又一个严冬。

我在哈尔滨生活了三十年,关于这座城市的文学书写,现当代都涌现了许多优秀作家,我只不过是其中一个小小的参与者。任何一块地理概念的区域,无论它是城市还是乡村,都是所有文学写作者的共同资源。这点作家不能像某些低等动物那样,以野蛮的撒尿方式圈占文学领地,因为没有任何一块文学领地是私人的。无论是黑龙江还是哈尔滨，它的文学与它的经济一样，是所有乐于来此书写和开拓的人们的共同财富。

在埋藏着父辈眼泪的城市，我发现的是一颗露珠。

我对小说中写到的经营"爱心护送"车的人，做过艰难采访，因为他们中的绝大多数人是拒绝的。当然也有我在现实中寻不到影子，但在我对这座城市历史的回溯中追踪到的人物。像犹太人谢普莲娜、俄裔工程师伊格纳维奇、日本战俘、民间画师，等等，他们是百年前这片土地的青春面孔，如今他们的后辈，无论犹太后裔、战争遗孤还是退休狱警，与小镇弃尸者、孤独的老人、伤痛的少年、怀揣梦想的异乡人甚至城郊的赶马人等，在哈尔滨共同迎来早晨、送别夜晚。我告别这些人物时，感觉他们似乎还有没说完的话。还有作品中葬身塑胶泥潭的雀鹰，当我给这部书画上句号时，又看见了它那仿佛沾着鲜血的羽翼，什么样的天空和大地，才能让它获得诗意的栖居呢？这让我想起四年前到群力新居的次日，是新年的早晨，我走向北阳台时，迎接我的除了新年的阳光，还有一只站在窗外的鹰！这森林草原的动物为何出现在城市？它是迷路了、受伤了还是因为饥饿？它有话要说与一个孤独的房屋主人吗？我有无穷的疑问。当我反身取相机，想拍下它的那刻，机警孤傲的它张开翅膀，朝着天空飞去。一个浪迹天涯的精灵，一定有着一肚子的故事。这只鹰和我在塑胶跑道遇见的死去的燕子，合二为一，成了小说中雀鹰的化身。

小说总要结束，但现实从未有尾声。哈尔滨这座自开埠起就体现出鲜明包容性的城市,无论是城里人还是城外人,他们的碰撞与融合,他们在彼此寻找中所呈现的生命经纬,是文学的织锦,会吸引我与他们再续缘分。

我偏爱格里格、肖邦、斯美塔那、西贝柳斯这些民族乐派的大师,在他们的音乐里,你能听到他们身后祖国的山河之音,看到挪威的山峦、波兰的大地、捷克的河流、芬兰的天空。音乐家和作家在呈现大千世界时,也许只是山峦里山妖的一声歌唱,大地上人民的一声叹息,天空中归鸟的一声呢喃,以及河流的一声呜咽。但这每一个细小之音汇聚成流时,声势就大了。这样的民族之音,欢乐中沉浸着悲伤,光荣里有苦难的泪痕。而悲伤和苦难之上,从不缺乏人性的阳光。就像我们此时身处的世界,在新冠肺炎的阴影中,如此动荡如此寂静,但大地一定会在不久的将来,敞开温暖宽厚的怀抱,给我们劳作的自由。

毫无疑问,经历炼狱,回春后的大地一定会生机勃发,烟火依然如歌漫卷。

2020 年

一座城的生灵烟火

> 如果我们丧失了生灵的烟火,一座城就少了最动人的色彩。

童年时在故乡,因为狗没有看好家,我踹过狗肚子;鸡不爱下蛋了,我用柳条捅过鸡屁股;猪对我采的野菜挑三拣四,我会掐断它一顿主食儿,饿得它嗷嗷直叫。这些行为若是被姥姥发现了,会遭到她的责备,她惯常说的是,瞧瞧人家的眼睛多清亮哇,怪可怜人的,可不许欺负不会说话的哇。"人家"二字,说明了姥姥把小动物看做了人类一族。

也的确啊,狗再犯浑,从不咬主人,哪怕它挨了主人的揍,呜呜哀叫的时候,满眼还是忠诚;牛马犯懒,车把式抽它鞭子时,也没见它们回击,虽说它们的蹄子,比拳击运动员的拳头力道都大,可以打得你满地找牙。吃了鞭子的牛马不吭不哈,照例为人卖命。

鸡鸭鹅狗猫、牛马猪羊驴,这是家畜世界的生灵,与人类相生相伴。它们生活在居民区,不愁温饱。而游荡在山林的野生动物,一切靠自己，不乏冻死饿死的。野生动物时常与人类遭逢，比如春天耕田的人遇见狼，夏季锄草的人遇见蛇，秋季采山的人遇见熊或犴，冬天拉烧柴的人遇见狍子和雪兔。这样的遇见，不都是美好，有时农人被毒蛇咬了，采山的被熊袭击了，就会带来灾祸。常窜入居民区的野生动物是黄鼠狼，我们叫它"黄皮子"，它的目标是鸡舍，这家伙嗜血成性，通常只喝鸡血不吃肉，有时一夜能掐死一群鸡。因它身体能释放一种奇怪的气味，有时致人迷幻，说胡话或眩晕，人们畏惧，所以黄鼠狼作孽，主人驱赶它时，还得先赔不是，说着乞求的话。

　　我来哈尔滨生活三十年了，进了钢筋水泥的丛林，与家畜和野生动物照面的机会，无疑就少了。去年因出版了以哈尔滨为背景的长篇《烟火漫卷》，其中写到一只雀鹰，有好奇的读者问我，在哈尔滨户外真能看见鹰吗？在大多数人心目中，它出现在城市，一定是在动物园中，翅膀都是僵硬的，这也勾起了我对这座城生灵的回忆，它们无疑是人间烟火的一种。

　　先说马吧。我初来哈尔滨，是二十世纪九十年代初，商品房还没兴起，老式住宅楼的楼道，成了居民们越冬蔬菜的公共储藏间。每到深秋，从郊县来哈尔滨卖秋菜的马车就来了。它们停靠在各居民小区入口或是菜市场的十字街头，售卖土豆、大葱、萝卜和大白菜。一车秋菜若是一天卖不完，马就要和主人在城里过夜。霜降之后的哈尔滨很冷了，夜里气温常降至零下，卖菜的裹着棉大衣蜷缩在马车的秋菜上，而马习惯站着睡，所以若是清晨起得早，常见马

凝然不动垂立着，像是城市的守卫，而它蹄子旁的水洼，有时凝结了薄冰，朝晖映在其上，仿佛大地做了一份煎蛋，给承受了一夜霜露的他们，奉献了一份早餐。有了冬储菜，哈尔滨人对从西伯利亚长驱入境的寒流，就有温暖的把握了。我虽一个人生活，但自那时起，也养成习惯，买上十几棵大白菜，腌一小缸酸菜，在雪花飘舞时分，让五花肉和酸菜在灶上炽热相逢，让荤素开启冬日的二重唱。能在北风呼号时分，吃上热气腾腾的酸菜白肉，是哈尔滨人的快意时刻。

近年进城卖秋菜的，多是农用机动车了，但马车并未消失，马的眼神和步态一如从前，它载着的越冬蔬菜也一如从前，虽说现在生活条件好了，蔬菜摊四季都是春天的花园，姹紫嫣红的，但哈尔滨人还是会买些耐储的菜，留待冬天。所以我在《烟火漫卷》中，很自然写到一对郊县的农民夫妇，赶着马车进城卖秋菜，马车撞伤了女主人公黄娥，引发了一串故事。

除了马，我印象深的还有江鸥。刚来哈尔滨时青春飞扬，我常在夏日傍晚去松花江畔看落日，江鸥在水面飞起落下，白色的羽翼被夕阳映照成金色，仿佛它们是一群来自天堂的鸟儿，总能拨动年轻的心，给人以美的遐想，它们是松花江永不沉落的珍珠。

本世纪初，哈尔滨养猫狗的市民多了起来。像我这样在山镇长大的孩子，对饱食终日的宠物，很难喜欢起来，因为在故乡与我们相伴的狗，是要看家护院的，而猫得守卫粮仓不遭鼠患。城里的宠物狗，常穿着花背心和棉袜子与主人遛街，而它们肆意便溺时，少见有公德心的主人拾捡爱犬粪便,所以我在小区散步时习惯低着头,生怕踩上这样的"地雷"。做宠物必然有失宠之时,碰到无良的主子,当它们老了、病了,或者新宠出现,就有惨遭遗弃的,所以流浪的猫狗近年多了起来。《烟火漫卷》中写到流浪猫,源自我曾在南岗居所楼下的花坛遇见的一只白色流浪猫,它又老又脏,肚子是塌的,常到垃圾堆找吃的。我买了猫粮,散步时会在丁香树丛的一块大石头上,撒上一些,渐渐地它也认得我,见着我会停下看一眼,有时还撒娇似的,躺倒打个滚。因为我不常在南岗住,一袋猫粮大半年还没撒完。就在那年初冬,一场小雪后,我又回南岗住,想着天冷了,流浪猫一定找温暖的窝去了,所以傍晚散步也没带猫粮。未料到一踏入花坛小径,就见干枯的丁香树下它的尸骸。它侧身躺着,瘦得肚子仿佛没了,就像一块消融着的雪。我喊来小区保安,他说前两天还见它窜来窜去呢,咋说死就死了。他说不可能是饿死的,因为那段时间小区的住户常喂它,看来它是冻死的。我给了保安一点钱,请他拿把锹,把它埋了。从那以后走在花园小径,总觉良心不安。在《烟火漫卷》中,我让榆樱院中的两只流浪猫,一只为雀鹰殉死,另一只离开了榆樱院,再度流浪。

而《烟火漫卷》中的雀鹰,我在《后记》中已交代过,它确实是有原型的。我曾在一家商业银行铺设塑胶跑道的工地,看见过一只深陷塑胶泥潭的燕子,它死时翅膀张开,可以想见它在生命的最后一息,多想挣离大地,飞回天空!而四年前搬到群力新居的次日,新年的早晨,我在北阳台的窗外发现了一只鹰!

鹰来到一座城市,一定带着我们不知道的气流,不知道的风云,不知道的迷失,不知道的它所经历的山林草原、峭壁悬崖,以及属于它的勇敢和怯懦、伤痛与离别。我将这只梦幻般出现又消失的鹰,和那只葬身塑胶跑道的燕子,合二为一,在《烟火漫卷》中放飞了一只雀鹰。我让它蜷伏在跨越湿地公园的阳明滩大桥的栏杆上,这样开"爱心护送"车的刘建国载着翁子安经过时,就能遇见它,从而有了雀鹰在榆樱院的故事。

城市的生灵在黎明与黑夜之间,始终静静地唱着生命的歌谣。去年九月王蒙先生来黑龙江省政协,做关于弘扬中国传统文化的专题报告,会后我陪先生一行游览太阳岛公园的湿地。由于去秋雨水大,湿地小路已成小河,电瓶车缓缓而行时,车轱辘都被淹了,感觉是乘船。车行不久,先见一只灰鹤从灌木丛飞起,像青衣抛出的一条华丽水袖,惊艳一车人,还没等我们把视线从它身上转移,又有一双白鹤飞起,在车头前方蹁跹起舞,大秀恩爱。王蒙先生慨叹哈尔滨的生态环境太好了!我跟太阳岛公园管委会的同志开玩笑,说这不是安排的"秀"吧。他不无骄傲地说,你想安排的话,这些野鸟谁又会听你的呢!而这些涉禽类鸟——大自然的芭蕾舞演员们,很快被接下来的一条鱼抢了风头,一条寸长的银色鲫鱼,竟然从流水潺潺的路面,蹦上电瓶车!我们飞快拍下那条来到人群中的鱼,见它还摆着尾,赶紧择了处丰泽的水面,把它放生了。

不期然现身的鹤,与跃上电瓶车的鲫鱼,以及去年秋天我在卧室发现的纱窗外匍匐的一只蝙蝠,似乎抹去了我之前在塑胶跑道看到的死去的燕子时，所留下的心理阴影。哈尔滨的生态环境，确实得到了极大改善。王勃《滕王阁序》中的"落霞与孤鹜齐飞，秋水共长天一色"的至纯之境，似乎在那个时刻，从唐代曼妙地穿越到这座现代都城了。然而这种骄傲感没维持多久，候鸟迁徙的季节，我看到一则新闻，有只东方白鹳在南迁途中，在哈尔滨的呼兰区，倒挂在高压线上，被解救后已经死亡，而它的脚部，疑似有盗猎分子布设的猎夹。一只戴着镣铐追逐着温暖的东方白鹳，命绝于人类泯灭的良知，没有比这儿最深重的渊薮了！这太像我《候鸟的勇敢》的情节了，一只被盗猎者布设的超强力粘鸟胶所伤的东方白鹳，没有赶上季节迁徙的步伐，它与留下陪它的伴侣，伤愈后南飞，但时令已过，双双殒命于暴风雪中。别说这是它们的命运，当人心向下时，人性的黑暗，会埋葬这世上最不该埋葬的生灵。这样的埋葬多了，人类就岌岌可危了。

如果我们丧失了生灵的烟火，一座城就少了最动人的色彩。我们治理环境，更要拯救人心。只有生灵的烟火融入大地，一座城的人间烟火才是美的。

2021 年

用文字收拢时代速度的缰绳

> 文学比时代慢半拍的天性，让它成为收获过的大地之上一个安然的拾穗者，自觉地承担了去沙取金的使命。

来新加坡参加文学节前，我向《联合早报》的张曦娜女士询问，这次活动是否有演讲环节？她回复说有（我心想要是没有多好呀，相当于上学时成功逃过一课），并且告诉我这届文学节的主题是——时代速度，文字温度，让我围绕它备稿。

这个主题八个字，但涵盖面太广了。也就是说，它是连绵的群山，望不到边际，可我作为参与者，也只能进山，找到熟悉的风景，谈点个人创作体会。也许它只是群山中一个不起眼的山头，或是山间一条无名的小河，但可以肯定的是，这样的山河，是我的脚丈量过的，用心印证过的，带有我的体温。

速度和温度，虽然都有个"度"字，但是两个不同的概念。先说速度，按照词典解释，它是表示物体运动的快慢程度；而温度，是物体冷热程度的物理量。速率和温标，无疑是物体的外化形式，是我们能够记录到的。而文字的温度，因为出自人体，靠的是心灵捕捉，我们在谈文字温度时，显然与记录其他物体的温度、标尺不同。

在一个全球化的时代，似乎很多事物都在竞赛，不由自主地进入跑道。竞赛自然产生了速度。最快的速度应该是什么呢？在不同领域不同地区的人眼里，高速度的概念是不一样的。比如在经济学家眼里，GDP的涨幅就是完美速度；在探索宇宙的人眼里，火箭的速度是最震撼人的；在铁路设计者心目中，列车在铁轨上稳健地每一次提升时速，是最激动人心的。可是在一些经济欠发达地区，耕牛被拖拉机取代，自行车被摩托车打入冷宫，那么拖拉机和摩托车的速度，在这些人眼里，就是高速。这如同人们看待日子，对它的快慢，感受程度也是不一样的。在生活节奏快的都市白领眼里，因繁忙而感觉一天很短，时间总是不够用；而在遥远的乡村，能够过闲适日子的人眼里，日升月落，就像唱京剧，一板一眼，一天太长了。所以速度进入人类生活轨道后，就不是绝对速度了。

快速发展不可避免地消耗地球资源，我们的物质生活获得极大丰富和便利的同时，也付出了沉重代价。全球气候变暖，北冰洋冰盖快速缩小，大气臭氧层中臭氧含量逐日减少，地球上物种消失的速度超过科学家预测，各类化工物质的过量排放，让我们与星空成了隔世情人。信息的发达，生活方式的改变，使我们的文学作品，可能永远少了一些诗意人物，比如乡村邮差，比如以手工劳作之美而著称的木匠、铁匠、人工割麦者和淘金者、专办红白喜事的阴阳先生等。

在发展过程中,现代和文明,本该是铁轨的双轨,共同负载时代的高速列车,可这两条轨道,出现了越来越多的不对称,甚至扭曲变形。所以我们生活的列车,在人类日渐膨胀的欲望中,并不是一路凯歌高奏的,越来越多的站台出现了迷失者。盲目向前,让人疲惫空虚,灵魂无所依托,快速度并没有带来与之同步的愉悦度。这个时候,文学作品以它独立不羁的气质,加入做时代速度减速阀的行列中——回望我们的足迹,反思我们发展中的过激行为,从各个不同角度,拾取我们不该遗忘的事物,让灵魂有所皈依。文学比时代慢半拍的天性,让它成为收获过的大地之上一个安然的拾穗者,自觉地承担了去沙取金的使命。

那就结合我的个人创作,来谈谈与此话题相关的一些作品吧。

我出生在中国最北的村庄,中俄界河黑龙江,就在村中静静流过。由于地处偏远,每年有半年是飘雪的日子,我感受的大自然风寒,自然比别人要多。我发表的首部中篇《北极村童话》,就是回望式的作品。小说中那个中俄边境的小村庄,就是我童年生活的地方。寒风凛冽的长冬,泥泞的春天,绚烂的夏日,苍凉的秋日,是作品变幻的幕布,而在幕布前穿行的人,莫不有着这样那样的隐秘伤痛——从苏联逃过来的白俄老奶奶,在伪满时为日本人淘过金的姥爷,以及在"文革"阴云中被扭曲的人。我初登文坛,演绎的这曲故地"童话",弥漫着伤怀之气,为我日后的写作奠定了基调,也为回望式作品的出现,拉开了序幕。这以后三十年出版的作品中,长篇《树下》《伪满洲国》《额尔古纳河右岸》《白雪乌鸦》《群山之巅》；短篇《逝川》《亲亲土豆》《雾月牛栏》《清水洗尘》《一坛猪油》《采浆果的人》；中篇《日落碗窑》《秧歌》《布基兰小站的腊八夜》《世界上所有的夜晚》《晚安玫瑰》等，都与回望有着千丝万缕的联系。

向下看的姿态，回望的眼光，使我的写作一直是一条缓缓流淌的河流，它愿意在历史的幽谷徜徉，拾取往日阳光；它也愿意将浮夸的泡沫荡去，使其相对清澈。我想通过三篇小说，展开来谈我对这个问题的粗浅认识。

写作三十多年，我发表的五百多万字小说作品中，我留意了一下，长篇中篇短篇的比例相对是均衡的，也就是说，这几种小说的长度，在我的写作历程中，从未在哪个阶段缺失，它们是齐头并进向前发展的，所以各选一篇来解读。

先从短篇小说《采浆果的人》入手吧。在社会发展进程中，对金钱的过度崇拜，是人类脚步开始出现踉跄的一大因由。最早感受到金钱对一个村庄的腐蚀的，是我听到的一个故事。我的故乡生长有各类野生浆果，比如都柿（蓝莓）、雅格达（红豆越橘），因为它们富含花青素，对健康非常有益，所以在市场上成为新宠。每到秋天，收购野生浆果的人就来了。这些收购商付给采山人的是现金，因而很吸引人。野生浆果没有成本投入，只需付出辛劳，加上那么一点运气，就可以给家庭增加额外收入。所以一到秋天，那些以种地为生的人，不顾自己辛劳耕耘了几个月的庄稼，把秋收置于脑后，带着采摘浆果的工具，去了深山。北国的冬天说来就来，昨天还是

也是冬天,
也是春天

秋阳朗照,一夜之间,天就可能变脸了,降下滔天大雪。有一年农人们疯狂地采浆果的时候,无情的大雪来了,将他们未及收获的农作物,无情掩埋了。这个事件促使我写出《采浆果的人》,在小说中,我塑造了一对智障兄妹大鲁二鲁(*我童年生活的山村,确有这样一对智障兄妹,他们非常善良勤劳*),小说中的大鲁二鲁尊重父母遗训,也就是农事古训,春天要去田地播种,秋天不忘了收获归仓,这样就会一年衣食无忧。大鲁二鲁将春种秋收的朴素原则,视为生活的最高原则,所以外乡人来收购野生浆果时,他们不为眼前利益所诱惑,按部就班地秋收,将萝卜、土豆、白菜等越冬蔬菜,一样样地收回家中。大雪突袭时,只有他们收完了庄稼,而村庄其他人都傻了眼,因为他们一年的收成,被大雪化为泡影了。我们可以看出,所谓的聪明人在追逐金钱时,舍本逐末,沦为傻子;而看似痴呆的,却是生活中真正的聪明人。结尾我写到二鲁在大雪过后,戴了一串鲜红的项链出来,这项链是用刺玫果串成的,这种野果通常生长在地头的草丛中,看来大鲁二鲁在收获间隙,也采了浆果,并为它做了最美的镶嵌。

接下来要谈到的一部中篇小说《布基兰小站的腊八夜》,是我十年前发表的作品,那正是中国铁路高速发展时期,一次次的列车提速,带来了经济繁荣,也给出行人带来了便利。但是,也出现了一些弊端。也就是说,一些偏远之地的小站,比如四等五等的小站(*它们多是村镇所在地*),在提速过程中,它们被时代列车甩下来了,列车不再停靠,呼啸着一跃而过。生活在这种地方的人,出行就颇为周折,要驱车去更大的站,比如县城等,才能搭上外出的列车。

小说故事的主要内核,源自一个真实故事。我故乡的一个警察,在腊月忙年的时候,抓到一个贼。贼窜入一户有钱人家的仓房,偷了一袋面、一条肉。北方的冬天一来就是半年,所以我们那儿,家家都在户外搭建了仓房,作为天然冰箱。鸡鸭鱼肉这样的年货,都是放在仓房中的,吃时拿到屋子解冻。贼去的那家仓房,有很多年货,但他偷的东西很少,警察审讯他时,问他这是为什么,他说家里实在太穷,所以只偷了面和肉,想在过年时能像别人家一样,包顿饺子吃,他以为有钱人家不在意丢这点东西,没想到他们报案了,而且案发后他很快就落网了。后来才知道,不是因为警察神勇,是这贼太没经验了,极北的雪地就像干净的白纸,将他作案的足迹清晰地呈供给警方,警察循着足迹就锁定了他。警察自然不相信这个贼所说的一切,去了他家,结果令警察大吃一惊,这家确实穷得快揭不开锅了,警察动了恻隐之心,自掏腰包买了大米和豆油,送到他家,把这个贼放了。

我在小说中,用这个真实故事做了主要线索,然后将故事发展下去——警察的善良之举,让贼无地自容,他发誓不再干偷盗的事情、洗心革面,冲动之下,剁下了自己右手的三根手指以表决心。警察对这个贼的莽撞之举又怜又恨,催促他接指。当地并不太懂行的医生给贼做了断指再植手术,结果发现不行,警察便催促他去哈尔滨做二次手术。我们知道断指再植,如果时间耽搁过久,再高超的医生也回天乏术。因为开往哈尔滨的列车提速了,在这个小站不再停了，而连降的大雪又封锁了陆路交通，公路阻断，他不能乘坐汽车就近去列车停靠站搭上火车，所以警察动了让快车在这个小站停一下的念头。他去联系车站的信号员，信号员跟机务段沟通后未被允许，一筹莫展之际，一个重要人物登场了，她就是小说中的云娘，一个信奉神灵的鄂伦春老妪。她是个孤老婆子，陪伴她的是一条叫嘎乌（鄂伦春语，"撑杆"之意）的老狗。

我将故事放在腊八的日子，在民间传说中，腊八是佛祖释迦牟尼成道日，被称为"法宝节"，人们喜欢在这一天食粥，所以这天有喝腊八粥的习俗。故事的场景就很自然地放在了火车站旁的一家小店——顺吉客店，南来北往者聚集之地。腊八节的晚上，顺吉客店准备了肉粥。小说中的主要人物，警察、云娘、剁掉了手指的贼、车站信号员，以及一对提着一条鲜活红鱼，要搭乘列车去山东威海，赶在儿子忌日时（他们的儿子是见义勇为的英雄）给儿子结阴婚的夫妇，渐次在这里登场。

在构思这篇小说时，我就想这列已不被允许在这个小站停下的快速列车，在腊八节的夜晚，一定要停下。怎么让它停？这是考验作者的问题。于是我让带着神偶口袋的云娘出场，她身后有个真正的神灵，就是叫嘎乌的那条狗。它在山林陪伴主人多年，已是老眼昏花、风烛残年了。我写嘎乌在列车没提速前，每天晚上在固定时刻，从山脚出发，穿越车站的铁轨，到顺吉客店接喝过酒的云娘回家。嘎乌病了好几个月，并不知道列车提速了，但腊八节的这天，久已不来顺吉客店的云娘，一如从前地来喝酒了，各路想让列车停留一刻的人也纷纷登场，在大家绝望之际，嘎乌按照以往时刻，突然来客店接喝酒的主人回家，结果耳聋的它在穿越铁轨时，被提速后的列车撞个正着，嘎乌殒命之际，列车停了下来，那对赶着为儿子操办阴婚的夫妻，如愿踏上列车。我在小说中，没让那个自残的贼踏上那趟列车，因为他已有勇气接受残缺的人生了，他把断指投进客店火炉，当柴烧了。结尾我是让云娘背着死去的嘎乌，在夜色中蹒跚回家。

小说的主要情节就是这样，在飞驰的高速列车下，有我们该停顿片刻拾取的人类神话，有该体恤和关爱的生灵，有穿越生死和时空的大爱。我给这个四等小站所在的镇子，命名为布基兰，它是鄂伦春语，意思是神衣上喇叭状的饰物，是祈福用的。

这篇小说后来被改编成电影，名为《布基兰》，我参加了首映，影片基本的调子是对的，风景足够震撼，但投资方考虑到商业元素，加了一些情节，总体不够和谐，有些遗憾。

讲过了短篇和中篇，大家自然期待我今天要讲的长篇，是哪一部了。如果说我在这个话题的短篇中篇的选本上，略有踌躇的话，那么在长篇的选择上，是没有犹疑地，它一定就是《额尔古纳河右岸》，是的，就是它，我二〇〇五年出版的作品。我在小说中写了鄂温克族使鹿部落近百年的风云。

这个部落目前只有两百多人，与他们饲养的驯鹿相依为伴，在我故乡大兴安岭的山林中迁徙游走。他们信奉萨满教，喜食生肉，住在移动的希楞柱里，日月是他们的灯盏，溪流就是他们永不枯竭的自来水水源。大兴安岭林木茂盛,是新中国建设的重要木材基地,林木经过半个世纪的砍伐和自然灾害,生态环境大不如前。所以政府及时实施了天然林保护工程,禁止采伐,让林木休养生息。

我所描写的部落,就是在这个历史背景下,面临着转型。政府的考虑似乎无可指责,为保护森林,让他们过上更舒适的日子,在山林外造屋,让他们搬迁下山,居有定所。他们用上了煤气灶、自来水,享受较好的医疗,而且政府为他们饲养的驯鹿,盖了鹿圈。但是他们下山定居后,无论是驯鹿还是部族的人,都遇到了生存问题,驯鹿不吃培植的草料,人们不喜欢睡在看不见星星的屋子里,生活方式和文化信仰双重的水土不服,促使他们和驯鹿又回归森林。

我去采访这个部落的时候,印象最深的莫过于他们对死亡的态度(他们平均寿命只在五十岁上下),无比坦然和超然,在与大自然同生共息的岁月中,他们把自己看成了自然的一部分,像一棵树或一朵花一样。他们相信死后会复生,不惧生命在尘世凋谢,当然这与他们的宗教信仰有关。他们已不像过去那样猎杀野生动物,也去山外买牛肉等肉食带到山上,对大自然的索取少之又少,而且极富大爱。比如我小说中写到的女萨满,在实际生活中,她确实是每救一个人,就会死一个自己的孩子,但她从未放弃过救人,她也因此失去了几个自己的孩子。还有,他们喜欢歌唱,能即兴编词,当然他们用的是鄂温克语,一种能说但没有文字记录的语言。这些现实人物触动着我,转化为小说人物——那里有不顾个人安危的萨满,有走出森林后又回归的民族画家,有为鄂温克语言造字的人,等等等等，可以说我是想在一个高速发展的时代，从他们身上看我们将遗失的文明，而那又应该是我们倾情拥抱的。

其实对待这样的我们人类文明的活化石，不仅仅是中国存在着该怎样更好对待的问题，发达国家也如此。写作这部长篇的动因之一，就是二〇〇三年，我在澳大利亚访问了一个月。我在北部的达尔文市见到的土著，刺痛了我，他们进城后，成了政府需要赈济和拯救的一族，他们离开生活领地，在达尔文市消沉地泡在酒馆，或是在街头卖艺，他们那种颓废的精神状态，令我难过。我想他们如果还生活在过去生活的领地，是自己土地的主人，没有来到灯红酒绿的都市，也许就不会迷失。

还有一个事情，是我二〇〇五年在美国爱荷华国际写作中心时经历的，当然那时我已完成了《额尔古纳河右岸》的写作。有一次主办方组织来自世界各地的作家们，游览密西西比河。日程上说我们将参观印第安人的遗址，对此我无比期待。记得那天寻访遗址，走在林木茂盛的山间，我以为所到的遗址一定有着印第安人的生活印迹，哪怕是一件原始武器，一个褪色的生活器物也好，可是我失望了。我们最终看到的遗址，只是一座山下遗留下来的一些石片。印第安人的生活印迹，早已是昨日长风，消失在山谷里了。

再回到刚才的话题，也就是我的这部长篇，当我写作它时，走出山林定居的鄂温克山民，开始渐次回归了，现在政府已给他们提供了更为人性的生存方式，他们依然可以和驯鹿生活在深山里，不定期下山补充给养。我侧面了解到，一些猎民点成为旅游热点，他们的经济状况开始改善。

二〇一二年我在参加伦敦书展时,参加了一场与英国作家的对谈。主持人问我为什么会想到写《额尔古纳河右岸》,我想一部作品诞生的因素有很多,这不是三言两语能解释清楚的。但我采取了最简单明了的回答,我打量着主持人穿的鞋子,打量着与我对谈的英国作家穿的鞋子,又看了看自己的鞋子,我说:"在全球化背景下,我们穿的鞋子,很可能是同一品牌的,但是在中国的北方,有一个部落的人,他们生活在大森林中,他们穿的鞋子,是自己打制的,是那种朴拙而美丽的鹿皮靴子。我觉得这样的靴子留下的足迹,值得一个小说家去追踪,更值得人类铭记。"这段话依然是我今天特别想说的。

在我眼里,破坏自然,远离自然,无视人类历史进程中我们不该遗忘的文明,就是跟万千生灵告别,人类会不知不觉被孤立起来,我们的心灵会走向黑夜。

二〇一八年过世的英国著名物理学家霍金在二〇一〇年接受采访时预言,地球将在二六〇〇年前毁灭,他说人类已步入越来越危险的时期,我们已经历了多次事关生死的时刻。由于一天天掠夺地球资源,人类不能将赌注放在一个星球上,应该考虑移民火星或其他星球。这些论断,并非危言耸听,因为灾难是冷面杀手,它的降临通常是悄无声息的。

但我对地球上智慧的人类还是抱有信心,因为人类已经从历史上的各类战争、重大传染性疾病、应对生态危机等泥泞中跋涉而出,积累了丰富的经验，只要我们还有慈心和爱心，有反躬自省的勇气，有科学的发展理念，那么我们头顶的阴霾，不会挥之不去。文学在这个过程中能做什么？我们在座的应该对美国作家梭罗的《瓦尔登湖》不陌生，对蕾切尔·卡森女士的《寂静的春天》不陌生，对苏联的艾特玛托夫的《死刑台》不陌生，这些作品通常被划归到自然文学或生态文学的行列。它们从不同侧面，指出了我们面临的问题——自然危机、生态危机、道德危机等，提醒我们摆脱贪婪，免于灾难。这些作品，无疑是这个趋向的典范文本。

近些年玄幻穿越类小说格外受宠，中国的穿越小说，穿越过去时，很多是回到汉唐时期，而穿越未来时，常常是外星系。其实这也反向证明了作家们对复杂现实是有深入思索的，他们看似以逃逸的方式，进入另一块文学区域，其实表达的还是对现实世界的忧虑。因为没有哪个时空是尘埃不染的。

但我们必须承认的是，文学还有比我今天谈的话题更为普遍的精神价值、社会价值和文化价值，如果作品都是一个倾向和调子的，那也是悲哀。一个不争的事实是，文学在全球化过程中，越来越边缘化，越来越小众，所以不断有人宣告文学死了，可纵观这些年的文学发展，它依然顽强活着，哪怕活在角落。我曾说过，只要人类存在，我们对万事万物还渴望着表达的话，文学依然是最佳途径，不会消亡。

再回到开篇的题目上吧，用文字收拢时代速度的缰绳，其实这也只是一种形容，或是一种希冀。单纯的文字本身，是没有温度和情感的，可作家将文字组织起来，当文字变成文学的时候，它就有非凡的气韵了，能与人的心灵世界沟通，安抚着尘世的我们。茶后诵读一首诗或散文，夜晚读几页动人的小说，依然会给奔波劳碌的我们，带来艺术的享受。所以说文学在这个时代，因为是开启心灵之门的一把隐秘钥匙，依然不可或缺。

我说以文字收拢时代速度的缰绳，并没有拉历史倒车的企图。更加开放和包容的世界，是每一个人心中都呼唤的。我只是想说，我们以文字收拢一下时代速度的缰绳，就不会因过松，而纵容它脱缰；也不会因过紧，使它裹足不前。我希望我们手握的缰绳张弛有度、不疾不徐，这样我们才能走出优雅的步伐。在这个旅程上，选择文学，无比美好。

二〇一八年五月在新加坡华族文化中心的演讲

是谁在遥望乡土时还会满含热泪

> 我生活的领地温差很大,腊月夜晚多极寒,盛夏正午也会酷热,冷暖不定,恰如悲欣交集的人生。

我童年生活的地方属于林中小镇,算不得真正的乡村,但每户人家都开垦了自留地。房前屋后的地,我们称为菜园,分前、后菜园。前菜园往往有个弥勒佛似的大肚酱缸,后菜园则栽种两三棵亭亭玉立的臭李子树和山丁子树,它们都是从山中移植来的。臭李子结黑果子,山丁子结红果子,是我们那时的水果。前、后菜园除了种蔬菜瓜果,也种几行花——扫帚梅、姜丝辣之类,这些寻常的花儿都很艳丽,一直开到霜降时分。前菜园的角落,往往有猪圈、鸡舍和茅厕,可让庄稼疯长的粪肥,都出自这里。夏天你蹲在茅厕,能听见虫鸣,看见炊烟以及炊烟之上的云。而你在菜园劳作,蝴蝶、蜜蜂和蜻蜓莫不带着各自的爱情故事,相互纠缠或追逐着从你指尖掠过。

家门以外的自留地我们称为大地了,通常每家有个两三亩,种的是可放入地窖的越冬蔬菜,土豆、白菜、萝卜等。大地离家远,去那儿干活时，得扛上农具，带上干粮，所以秋收时节，还得动用手推车或者马车、牛车，把蔬菜拉回来。此时天空中的大雁排成人字形南归，妇女们开始忙着渍酸菜，忙着弹棉花做冬衣了。雪花一扬起冬天的水袖，就会蹁跹起舞个半年，直到转年五月冰消雪融，新绿像大地的星星一闪一闪地出现，生机才会回来。北归的燕子依然认它们的老窝，衔着混合着树叶和草棍的湿泥，修补被寒风吹破的屋子。而有的巢穴再也没有鸟儿认领了，成了永远的空巢，鸟主也许死在了迁徙途中，也许在越冬之地遭遇到了我们想象不到的生命的寒流，从此成为泥土的一部分。

我们的前后菜园围起来的房屋，是清一色的板夹泥房子，长方形的一个模式，一栋房子住三四户人家。房屋的梁柱用原木，墙壁则用板材再糊上泥巴，泥巴兑上切得寸长的干草，所以这屋子既有树木和泥土的气息，也有干草的芳香。住在屋里的人，有恩爱的，有离异的；有快乐的，有忧愁的；有慈眉善目的，有面目狰狞的；有醉鬼，也有泼妇。人们经历着生老病死，合着大自然的节拍春种秋收着。那些有老人的人家，在菜园的干草垛或者门外的柴垛旁，会摆一口白茬儿棺材，等到老人故去，这棺材就刷上了红漆，载着故者去山上长眠了。大人们讲鬼怪故事时，少不了借尸还魂之类，棺材往往是其中的元素，所以我童年经过有棺材的门口时，若是天黑或是乌云滚滚，总觉脊背发凉，头皮发麻。自少年时代起我们就懂得，这世界的阳光即便照耀的是纵横的垃圾和污水，也如金子一般珍贵。

那时上学除了交学杂费,三月开学还得交粪肥,统一交给生产队,所以拾粪是我们必备的本领。寒冬时分,若是在街巷中看见牛马在前面走,忽然屙下屎来,那简直是中彩了,热气腾腾的牛粪在我眼里就是盛开的花朵,而圆鼓鼓的马粪蛋则像诱人的冻梨,得赶紧回家拿铲子和粪筐,不然晚了就成了别人的斤两了。

我的父母虽然不是农民,但因为我们有着几片自留地,种地是从春到秋的日常生活,所以我从小就会干农活,翻地、播种、施肥、打垄、除草、间苗、打柿子杈、抈倭瓜花、支豆角架,这些农活至今能做。家家的山墙都挂着镰刀、锄头、镐头、二齿子和三齿子等农具。盛夏时节,我们常常笼起蚊烟,把饭桌支在前菜园的酱缸旁,吃着新鲜的蘸酱菜,谈天说地看晚霞。

而到了冬天,雪花从不发布预告,一场接一场地在大地上演它们的舞剧。有时这舞蹈狂放,是鹅毛大雪,一团一团的;有时这舞蹈矜持,是莹莹小雪,一缕一缕的。这时家家把炕桌支在热炕头上,桌中央那一盆热气腾腾的炖菜,不是土豆炖白菜,就是萝卜炖冻豆腐,再不就是酸菜炖粉条,多是秋收后下到地窖的冬储菜,吃得人通体舒泰,格外温存,将窗外的雪花都当春花来赏了。

我生活的领地温差很大,腊月夜晚多极寒,盛夏正午也会酷热,冷暖不定,恰如悲欣交集的人生。这片乡土,是我的文学萌芽之地,天然地带着它的体温。短篇《沉睡的大固其固》《北国一片苍茫》《逝川》《雾月牛栏》《清水洗尘》《白雪的墓园》《亲亲土豆》《腊月宰猪》《解冻》《塔里亚风雪夜》《一匹马两个人》《换牛记》《一坛猪油》,

中篇《北极村童话》《日落碗窑》《原野上的羊群》《逆行精灵》《奇寒》《布基兰小站的腊八夜》《原始风景》《秧歌》等，从篇名大约可以"听出"我作品的乡土笛音。苍茫的林海，土地上的庄稼，陪伴我们的生灵——牛马猪羊，风霜雨雪、民俗风情、神话传说、历史掌故，就像能让生命体屹立的骨骼一样，让我的作品是血肉之躯，虽然它们有缺点，但那粗重的呼吸，喑哑的咳嗽，深沉的叹息，也都是作品免于贫血的要素。

一个作家命定的乡土可能只有一小块，但深耕好它，你会获得文学的广阔天地。无论你走到哪儿，这一小块乡土，就像你名字的徽章，不会被岁月抹去印痕。

不可否认的是，我们熟悉的乡土，在新世纪像面积逐年缩减的北极冰盖一样，悄然发生着改变。农业现代化和城市化进程，产生了农民工大军，一批又一批的人离开故土，到城市谋生，他们摆脱了泥土的泥泞，却也陷入另一种泥泞。乡土社会的人口结构和感情结构的经纬，不再是我们熟悉的认知。农具渐次退场，茂盛的庄稼地里找不到劳作的人，小城镇建设让炊烟成了凋零的花朵，与人和谐劳作的牛马也逐次退场了。供销社不复存在，电商让商品插上了翅膀，直抵家门。这一切的进步，让旧式田园牧歌的生活成为昨日长风。

前几年回乡，我给祖父和父亲上坟，回到曾经生活了二十几年的小镇，家中的老房子半塌陷了，满院子是过膝的荒草。那前菜园的酱缸呢，后菜园的果树呢，山墙的农具呢，四季如春的地窖呢，家中的看门狗呢，跳到窗台叫晨的大公鸡呢，收秋和拉柴用的手推车呢，左邻右舍的人呢？我站在这个几乎被遗弃的万般荒寂的小镇中，怀疑自己是一个鬼。故土仍在，但熟悉的人和事潮水般退去，只有晚霞还是那么湿润忧伤，像一方方银粉的丝绸手帕，预备着为归乡者擦拭泪痕似的。我未敢踏入院子，外祖母在世时说过，屋子长久没人住了，会被野物惦记上，成了它们的安乐窝，人眼很难发现的。我生怕踏入院子荒草的一刻，毁了一个生灵的家。

重新打量乡土，你会看见震颤中的裂缝，当然也看见这裂缝中的生机。那片土地曾给了我文学的力量，让我在作品中能为一个中年亡故的人堆土豆坟，让一个愚痴的女孩能把火红的浆果串成项链来戴，让一匹老马至死不渝地忠诚于善良的主人，让风雪弥漫的腊八夜人人都有一碗热粥，让上岸后流着眼泪的鱼又能回到水里，让一坛猪油里埋藏着一个深沉的爱情故事。没有这片乡土，这样的故事不可能在我笔下生长。所以当我走上文学之路后，哪怕是进城了，这片乡土依然像影子一样跟着我，让我倾心拾取它的光辉。

当我站在荒草萋萋的老宅的那个时刻，感觉又触摸到了久违的乡土的心音。在我的前方，似乎有一带金色的泥泞，诱惑着我去跋涉，等待我分离出泥泞中的热土、丰收的种子、腐败的植物、露珠、污水和泉。

钟情并深耕于乡土（当然不仅仅是乡土）的成就斐然的中外作家，我们熟知的就有托尔斯泰、巴尔扎克、蒲宁、艾特玛托夫、契诃夫、福克纳、马尔克斯、汉姆生、川端康成、鲁迅、沈从文等，他们以不同的艺术手法，缔造了一个有别于我们在历史教科书中看到的世界史、民族史、风情史甚至是自然史，一个有情有义、有爱有恨、有悲有喜、有苦有乐的让读者获得灵魂洗礼的世界。

而现代东北作家群中萧红的《呼兰河传》《生死场》，萧军的《八月的乡村》，端木蕻良的《科尔沁旗草原》，当代作家曲波的《林海雪原》和周立波的《暴风骤雨》，在不同的历史时期，成就了东北乡土的代表性作品，为我们提供了宝贵的文学财富。

作为一个文学后来人，到2023年，我写作刚好四十年了，当我们这一代出生于二十世纪五六十年代、以乡土之光照亮自己最初文学征程的作家，意识到熟悉的乡土已发生变化，我们在触摸它时因意识板结而下笔艰涩的时候，就要主动地切近它，找到它的律动，与之同频共振，才有可能培植出真正有生命力的文学之花。

我曾到过托尔斯泰的亚斯纳亚·波良纳庄园，拜谒托翁墓园。他的墓就在他耕种过的土地中，那么肥沃，万木葱茏，而他的墓没有墓碑，简朴得就像一方朴素的印章，与植物合为一体，似乎仍在轻轻亲吻着大地，沉沉发出疾呼，令人动容。

四年前我随《文学的故乡》节目摄制组回乡，那是三九天，记得在拍摄我坐着马拉爬犁穿行在林海的画面时，户外零下38摄氏度，一匹白色的老马载着我呼啸着奔跑时，速度与寒风联手，打造出一把把看不见的小刀子，飕飕地从耳畔掠过，只觉脸被割似的生疼。画面拍了一遍导演不满意，于是再拍，我冻得手脚麻木，马更是被累得气喘吁吁。拍摄结束，马车夫心疼地抚摸着他的白马，说它揣着崽子,快要生了。他说这话让我非常羞愧,连说怎么能让这样一匹马奔跑?马车夫说不碍事,马比人皮实多了。

一匹马通常产一驹,也就是说,那天载着我的至少是两匹马,当我们欣赏所谓的壮美时,有看不见的生灵在呻吟。当该被怜惜的生命出现时,因藏在深处,俗眼已不察,这无疑应该引起我们的警醒。

我无法定义乡土文学,就像我无法定义自己的写作一样。我只知道,在乡土的遥望者中,能满含热泪的,必然有写作者。

图书在版编目（CIP）数据

也是冬天，也是春天：升级彩插版 / 迟子建著. -- 武汉：长江文艺出版社，2023.3(2024.1 重印)
ISBN 978-7-5702-2872-0

Ⅰ.①也… Ⅱ.①迟… Ⅲ.①散文集－中国－当代 Ⅳ.①I267

中国版本图书馆 CIP 数据核字(2022)第 164821 号

也是冬天，也是春天
YESHI DONGTIAN, YESHI CHUNTIAN

责任编辑：程华清 雷 蕾	责任校对：毛季慧
新媒体运营：程 婕	
封面设计：沐希设计	责任印制：邱 莉 胡丽平

出版： 长江出版传媒 长江文艺出版社
地址： 武汉市雄楚大街 268 号　　邮编：430070
发行： 长江文艺出版社
http://www.cjlap.com
印刷： 崇阳文昌印务股份有限公司

开本：640 毫米×970 毫米　　1/16　　印张：20　　插页：14 页
版次：2023 年 3 月第 1 版　　2024 年 1 月第 14 次印刷
字数：205 千字　　印数：395001-420000 册

定价：49.80 元

版权所有，盗版必究（举报电话：027—87679308　87679310）
（图书出现印装问题，本社负责调换）